Ihr persönliches Leseexemplar

Über Ihre Meinung freuen wir uns sehr.

Bitte schreiben Sie uns an
leseexemplar@harpercollins.de
Mit der Zitierung Ihrer Meinung
erklären Sie sich einverstanden.
Herzlichen Dank!

Unverkäufliches Leseexemplar
erscheint am 19. März 2024
Taschenbuch
€ 12,00 [D] / € 12,40 [A]
ISBN 978-3-365-00590-3

Wir bitten Sie, Rezensionen nicht vor
dem 19. März 2024 zu veröffentlichen.
Wir danken für Ihr Verständnis.

Zum Buch:

Alex Logan hat ein klares Ziel vor Augen: Er will seiner Großmutter ein gutes Leben ermöglichen, so wie sie es für ihn getan hat. Deshalb hat er Jura studiert, obwohl ihn der Job in der Kanzlei mehr belastet, als dass er ihm Freude bereitet. Und deshalb zieht er in das Zimmer an der Chestnut Road ein, das er sich mit Julie teilt – um Geld zu sparen, und weil er ohnehin kaum zu Hause ist. Seine Mitbewohnerin scheint so chaotisch wie die bunt verstreuten Dinge im Bad. Doch irgendetwas geschieht mit Alex, wenn er in ihre großen, dunklen Augen blickt. Und während er auf seiner Seite des Zimmers im Bett liegt, fragt er sich immer öfter, was sie wohl hinter dem provisorischen Vorhang tut, den sie durch den Raum gespannt hat …

Zur Autorin:

Anne Sanders arbeitete als Journalistin unter anderem für die *Süddeutsche Zeitung*, bevor sie sich 2014 voll und ganz für die Schriftstellerei entschied. Ihre Liebe zu den Britischen Inseln zieht sich durch so gut wie all ihre Romane – auch durch die Jugendbücher, die sie unter anderem Namen verfasst. Die Bestsellerautorin lebt mit Mann und Katzen im Großraum München.

Lieferbare Titel:

Liebe kann doch jedem mal passieren (Das-Haus-in-der-Chestnut-Road-Reihe 1)

Anne Sanders

Liebe kann doch jedem mal passieren

ROMAN

HarperCollins

1. Auflage 2024
Originalausgabe

Umschlaggestaltung von Hauptmann & Kompanie Werbeagentur, Zürich
Umschlagabbildungen: Junge Frau und Haus: ©Hauptmann & Kompanie Werbeagentur; Wolken: shutterstock_563282638
Gesetzt aus der Stempel Garamond
von GGP Media GmbH, Pößneck
Druck und Bindung von GGP Media GmbH, Pößneck
Printed in Germany
ISBN 978-3-365-00590-3
www.harpercollins.de

Klimaneutral
Druckprodukt
ClimatePartner.com/15109-2009-1001

MIX
Papier
FSC FSC® C014496

1
Julie

Die Sache ist die: Entscheidungen und ich, wir werden niemals Freundinnen werden. Nehmen wir eine gewöhnliche Speisekarte. Es gibt Weißweinrisotto oder Pasta mit Auberginen, und was immer ich mir aussuche, es wird garantiert das Falsche sein. Vom Nebentisch weht der Duft des Risottos herüber, wahlweise der des Nudelgerichts, und siehe da – habe ich es nicht gleich geahnt? Es ist wie bei einer sich selbst erfüllenden Prophezeiung, bei der ich mich niemals werde austricksen können. Ich liege einfach immer daneben. Das mag bei der Wahl des Abendessens keine weitreichenden Folgen nach sich ziehen, aber was, wenn ich beispielsweise ein Zimmer mieten möchte? Sagen wir, für die nächsten drei Monate, weil ich wirklich dringend Abstand brauche von zu Hause? Weil ich mir über so vieles klar werden muss, Sie machen sich keine Vorstellung davon. Weil ich nun, mit beinah dreißig, an einem Punkt meines Lebens angelangt bin, an dem sich all die falschen Entscheidungen der vergangenen Jahre aufs Gemeinste zu rächen beginnen. Nein, es geht nicht mehr nur ums Essen. Es geht um so vieles mehr.

Es geht darum, sich an einer Weggabelung des Schicksals exakt in die falsche Richtung zu begeben und es fortan nicht zu schaffen umzukehren. Es geht darum, sich erst zu nichts entschließen zu können, nur um dann – überhastet und am Rande der Verzweiflung – das gänzlich Verkehrte zu wählen. Was mich exakt in dieses Zimmer führt. Das Zimmer, das ich gemietet habe, weil schlicht keine Zeit blieb, wochenlang das Für und Wider abzuwägen, bis mir ein Bart wächst.

Ich starre die alte Dame an, die die Misere, in die ich mich hineinmanövriert habe, offensichtlich kein bisschen besser zu machen gedenkt. Mrs. Gastrell. Wohnhaft: 23 Chestnut Road, Apartment 1A. Hochgewachsen, hager, wachsame Augen in einem strengen Gesicht. Wäre ich ihr persönlich begegnet, bevor ich den Vertrag zur Untermiete unterschrieb, ich hätte mir die Sache mit dem Bart womöglich noch einmal überlegt. Doch wie schon erwähnt: Alles musste so unglaublich schnell gehen. So schnell, dass mir dieses winzige Detail durch die Lappen gehen konnte, diese leicht zu übersehende Nebensächlichkeit, die sich in diesen Minuten zu einem ausgesprochenen Fiasko entfaltet.

»Ich verstehe es immer noch nicht«, wiederhole ich, ein kleines bisschen inständiger noch als zwei Minuten zuvor. »Wie kann man ein fünfundzwanzig Quadratmeter großes Zimmer an zwei Personen gleichzeitig vermieten? Dazu noch an völlig Fremde?«

»Und ich sagte Ihnen bereits«, erwidert sie kühl, »sehen Sie in Ihrem Vertrag nach.« Mrs. Gastrell hält die Arme vor ihrem schmalen Körper verschränkt, während – wie war doch gleich sein Name? – sich mit einer Hand die Stirn zu reiben beginnt, bevor er es abrupt wieder bleiben lässt. Er ist der weitere Grund, weshalb sich diese Szene gerade zu einer ausgewachsenen Tragödie entspinnt. Ein sehr, sehr ausgewachsener Grund noch dazu: Mein Alter, würde ich schätzen, aber das dürfte das Einzige sein, das wir gemeinsam haben. Er sieht aus wie ein Investment-Banker Schrägstrich Unternehmensberater Schrägstrich Immobilienhai. Mittelgroß, mittelblond. Schöne Zähne. Ich weiß, was mich hierhergeführt hat. Doch wie ist einer wie er da hineingeraten?

»Hören Sie, Miss …«, beginnt er und wirkt irgendwie erschöpft dabei.

»Cooper. Julie Cooper.« Ich dagegen klinge rastlos, ich höre es selbst, und er stockt, als würde er abwägen, wie sinnvoll es ist, gegen eine womöglich drohende Panikattacke anzureden. Bis vor gar nicht allzu langer Zeit hätte ich mich nicht für jemanden gehalten, der leicht in Angstzustände gerät, und nun seht mich an! Meine Finger zittern vor Anspannung, während ich den Mietvertrag, den Mrs. Gastrell mir via E-Mail hatte zukommen lassen, aus meiner Handtasche krame. Es ist der Vertrag, an den ich mich klammere, seit mein Leben vor zwei Wochen quasi implodierte, seit meine Zukunftsvision, so düster sie auch gewesen sein mochte, von einer Sekunde zur anderen in ihre Bestandteile zerbarst.

»Vertrag zur Untermiete«, lese ich vor. »Halbes Zimmer in geräumiger Altbauwohnung, 12,5 Quadratmeter, Fenster, 1. Stock, 23 Chestnut Road, Brighton. Eigenes Badezimmer. Küche zur Mitbenutzung.«

Ich blicke auf.

Mrs. Gastrell sagt: »Und was bitte schön ist an *halbes Zimmer* uneindeutig?«

Ungläubig starre ich sie an – diese personifizierte Gleichgültigkeit, diese gönnerhafte Ignoranz –, bevor sich meine Stimme doch noch überschlägt. »Ein halbes Zimmer!«, rufe ich. »*Ein halbes Zimmer* ist normalerweise eine Art Kammer, richtig? So etwas, das in, sagen wir, London oder Cambridge oder eben in Brighton andauernd vermietet wird, weil man sich in derlei Städten nun mal nichts anderes leisten kann als einen überdimensionierten Schuhkarton! *Ein halbes Zimmer* heißt: Der Raum ist klein. Nicht mehr als eine Rumpelkammer. Wenn man Glück hat, verfügt er über ein Fenster. *Ein halbes Zimmer* heißt aber nicht, dass das Zimmer eigentlich fünfundzwanzig Quadratmeter misst und dann doppelt vermietet wird. Es heißt nicht, dass sich eine fremde Frau und ein fremder Mann besagtes Zimmer teilen. Ich kann doch unmöglich die Einzige sein, die das wahnwitzig findet, oder etwa doch?« Ich sehe von einer zum anderen. Mein Herz fühlt sich an, als wäre ich gerade einen Marathon gelaufen, doch ich traue mich kaum, Luft zu holen, denn die knistert vor Anspannung.

»Sollen wir ein Fenster öffnen?«

»Was?«

Mein potenzieller Mitbewohner betrachtet mich stirnrunzelnd, bevor er sich einem der beiden Fenster zuwendet.

Typisch britische Kassettenform. Hoch und hell. Kurzzeitig abgelenkt, lasse ich den Blick über den dunklen Holzboden schweifen, zum Stuck an der Decke. Die Flügeltür – herrje, ich wollte schon immer in einer Wohnung mit Flügeltüren leben! Zu schade. Es ist ein wirklich hübsches Zimmer, geräumig, lichtdurchflutet, von geschmackvoller Eleganz. Ein *richtig* schönes Zimmer – das ich mir ganz sicher nicht mit einem Mann teilen werde.

»Sie sehen aus, als würden Sie hyperventilieren.« Er schiebt den Rahmen nach oben und lässt Luft in den Raum fließen.

Ich verschränke die Arme vor der Brust. »Und Sie wirken erstaunlich gelassen.«

»Das könnte eventuell daran liegen, dass ich Verträge lesen kann.«

»Dass ich …« Ungläubig starre ich ihn an. »Ich *kann* Verträge lesen! Vielleicht habe ich nur nicht damit gerechnet, zwischen den Zeilen nach … nach verdeckten Stolperfallen zu fahnden. Freundlich ausgedrückt.«

Mrs. Gastrell verzieht keine Miene. Überhaupt ist sie eine erstaunlich schweigsame Person, muss ich feststellen. Sie folgt unserer Unterhaltung, als säße sie auf den Zuschauerrängen eines Tennisturniers. Ping, pong. Ping, pong.

»Ich sage es nur ungern«, meldet sich der Mitmieter erneut zu Wort, »aber tatsächlich ist es mehr als normal für britische Verhältnisse, dass Zimmer an zwei Personen vermietet werden. Ich habe meine komplette Studienzeit so verbracht.«

»Scheint schon eine Weile her zu sein«, bemerke ich freundlich. »Ist in Ihnen nie der Wunsch aufgekeimt, über sich hinauszuwachsen und ein eigenes Zimmer für sich ganz allein zu beanspruchen?«

Er öffnet den Mund im selben Augenblick, in dem sein Mobiltelefon zu läuten beginnt. Dass er es in der Hand hält, fällt mir jetzt erst auf. Mr. Busybody, wie es scheint. Und es passt. Der Anzug wirkt wichtig und teuer, und wieso trägt er überhaupt einen? Es ist Samstag, das ist kein Vorstellungsgespräch, wir haben beide den Mietvertrag bereits unterschrieben, er seinen, ich meinen … Und nun finde den Fehler in diesem Satz. Wir beide. Mietvertrag. Unterschrieben. Ich kenne den Mann überhaupt nicht. Und ich kann immer noch nicht fassen, dass mir das passiert.

»Es geht nicht.« Ich stopfe das Dokument zurück in meine Tasche, überlege es mir im nächsten Moment anders und strecke ihn stattdessen der Vermieterin entgegen. »Ich kann das unmöglich tun. Hiermit trete ich von dem Vertrag zurück. Es tut mir leid, aber Sie werden sich jemand anderen suchen müssen.«

Mrs. Gastrell mustert mich ungerührt. »Das macht nichts«, erklärt sie. »Solange Ihnen klar ist, dass ich die Monatsmiete, die Sie im Voraus bezahlt haben, leider einbehalten muss.«

Ich lasse die Schultern sinken. Nichts anderes hatte ich von dieser Frau erwartet. Vermutlich kann ich froh sein, dass ich nicht hier einziehe. Wer will sich schon mit einem blonden Harvey Specter das Zimmer und mit Dolores Umbridge die Wohnung teilen?

Wehmütig denke ich an mein kleines Apartment in Newcastle. Aber sobald ich das tue, spulen sich auch die anderen Bilder in meinem Kopf ab; ich sehe die erstarrte Miene meines Vaters, den enttäuschten Blick meiner Mutter. Ich spüre wieder, wie sich meine Kehle zuschnürt und der Boden mir entgegenrast.

Abrupt drehe ich mich um und flüchte aus der Wohnung. Nur dass ich bereits auf der Treppe gegen das nächste Hindernis stoße.

2
Julie

Es ist eine ausladende Männerbrust, gegen die ich da remple, beziehungsweise mehr die gepolsterte Schulter – der Mann ist einen guten, halb kahlen Kopf kleiner als ich, das Gesicht so rot wie die Tomatenspritzer auf seiner ehemals weißen Kochschürze.

»*Mio dio*«, nuschelt er unter einem dichten, schwarzgrauen Schnauzbart hervor, sobald ich von ihm abgerückt bin. »Das war knapp.«

Er balanciert eine mit gegrilltem Gemüse beladene Platte, einen Korb mit aufgeschnittenem Weißbrot, einen Teller mit köstlich duftenden Spaghetti und eine kleine Flasche Rotwein, samt Glas, das er ebenfalls in letzter Sekunde vor einem Sturz auf den Treppenabsatz retten konnte.

»Entschuldigung, das tut mir wahnsinnig leid.« Spontan nehme ich ihm den Brotkorb ab, der unter seinem Kinn klemmt. Und da ich schon dabei bin, schnappe ich mir die Weinflasche, die unter seinem Arm steckt, auch noch.

»*Grazie, ragazza.*« Er lächelt mich an.

Ich starre, auf einmal unsicher, was mich bis vor einer Minute noch beschäftigt hat: die Gedanken an meinen Zusammenbruch, die Atemnot, die mich aus Mrs. Gastrells

Wohnung hatte flüchten lassen. Ich schätze den Mann auf Mitte fünfzig, Anfang sechzig vielleicht, vermutlich ist er Italiener, doch er strahlt eine Ruhe aus wie ein tibetanischer Tempel-Mönch. Seine braunen Augen funkeln, und mit einem Mal besänftigt sich mein Herzschlag. Als hätte jemand eine Klangschale in Schwingung gebracht, die mir ein gut gemeintes *Ommmmm* ins Ohr raunt.

Ein seltsamer Nachmittag ist das heute. Mit seltsamen Begegnungen. Und noch seltsameren Entscheidungen.

»Der Aufzug ist kaputt. Mal wieder.« Er verdreht die Augen. »Helfen Sie mir, das nach oben zu tragen, dann bin ich ganz bei Ihnen.«

»Ich wollte eigentlich gerade …«, beginne ich, doch da ist er schon auf halbem Weg die Treppe rauf, und ich kann ihm ja schlecht Brot und Wein zurück in die Hand drücken – in welche auch? Also folge ich ihm bis ins Dachgeschoss, wobei ich mich schon frage, was er gemeint haben könnte mit: *Dann bin ganz bei Ihnen*.

Oben angekommen gibt es, anders als in den übrigen Stockwerken, nur eine statt zwei Eingangstüren, und vor dieser platzieren wir das kleine, italienische Menü, das mit einem beherzten Klopfen und einem »Etwas zu essen für Sie, Mr. Walker! Stellen Sie das leere Geschirr einfach wieder vor die Tür, ich hole es später ab«, angekündigt wird.

»Künstler«, raunt der Mann mir zu, als würde das alles erklären. »Wir machen uns manchmal Sorgen, er könnte vor lauter Malen und Hämmern das Essen vergessen. Darum bringe ich ihm ab und an etwas an die Tür. Wir wollen doch nicht riskieren, dass er zu schwach wird, um sie zu öffnen.«

Er zuckt die Schultern, nimmt dann meinen Arm und führt mich die Treppe hinunter, was sich merkwürdig vertraut und gleichzeitig völlig unangebracht anfühlt.

»Also«, fragt er, »was hat sie getan?«

»Wer?«

»Mrs. Gastrell!«

»Oh. Sie hat … Sie …« Verwirrt runzle ich die Stirn, als mir einfällt, dass ich längst aus dem Haus sein müsste, um mir irgendwo ein günstiges Zimmer für die Nacht zu suchen, und nicht am Arm eines Wildfremden durch ein knarzendes Treppenhaus stolzieren sollte. Und woher will er überhaupt wissen, dass Mrs. Gastrell irgendetwas getan haben könnte?

»Was auch immer es war«, bekomme ich zu hören, »es ist sicher nichts, was nicht mit einem guten alten Kräuterschnaps zu neutralisieren wäre.«

Signore Orlando Esposito ist, wie ich keine drei Minuten später herausfinde, Inhaber des italienischen Lokals, das sich im Erdgeschoss des Mietshauses befindet und *Little Italy* heißt. Nachdem er mir dies erklärt hat, verliert er keine Zeit, mich vor sich her an seine Bar zu scheuchen.

»Nein, ich möchte wirklich nichts trinken«, protestiere ich.

»Unsinn, *ragazza*! Das ist ein altes Familienrezept! Du willst unsere Familie doch nicht beleidigen?«

Für eine Sekunde überlege ich, ob Orlando Esposito im Entferntesten an einen Mafiaboss erinnern könnte. Es würde zu diesem Tag passen, wenn ich am Ende in die Fänge eines Paten gerate. Aus dem Augenwinkel betrachte ich die weiß-rot eingedeckten Holztische, die Tropfkerzen in den bauchigen Weinflaschen, die zahllosen Bilder an den Wänden, die Orte, Strände und Personen in und aus Italien abbilden. Sieht so eine Mafia-Hölle aus? Absolut, befinde ich. Es sei denn, irgendjemand hat einen ahnungslosen Inneneinrichter vor die Aufgabe gestellt, eine klassisch italienische Taverne zu gestalten, die kein Klischee auslässt und wirkt wie eine Filmkulisse.

Signor Esposito – *Orlando*, wie er betont – schiebt mir ein kleines Glas hin, gefüllt mit einer trüben, dunklen Flüssigkeit. Er stößt sein eigenes dagegen und prostet mir zu.

»Wirklich … ich … also, normalerweise … Wissen Sie, wie viele gesundheitliche Risiken auf den regelmäßigen Verzehr von Alkohol zurückgehen?«, protestiere ich schwach. Orlando sieht mich eindringlich an. »Gut. Okay. Ich kann eine Ausnahme machen, nehme ich an. Wow. Das ist … « Ich beginne zu husten und höre erst wieder damit auf, als mir von hinten jemand auf den Rücken klopft.

»Der Familienschnaps?«, fragt eine weibliche Stimme. »Orlando, was hat die Ärmste verbrochen, dass du ihr dieses zweifelhafte Gebräu antust?«

»Sie hatte eine zweifelsohne denkwürdige Begegnung mit Mrs. Gastrell.«

»Oje.« Die junge Kellnerin schiebt ihr leeres Tablett auf die Theke, bevor sie sich auf den Barhocker neben mich hievt. Sie hat blondes, halblanges Haar, helle Augen und schöne, gerade Zähne. »In diesem Fall«, sagt sie, »nehme ich alles zurück und verlange auch einen Schnaps. Manche Menschen können einen schnurstracks zum Alkoholismus geleiten, und Mrs. Gastrell gehört ganz sicher dazu.« Sie seufzt vielsagend, bevor sie mich anlächelt. »Hallo. Ich bin Hannah.«

»Julie«, krächze ich. Meine Kehle fühlt sich leicht verbrannt an. »Was stimmt denn nicht mit Mrs. Gastrell?«

»Das hast du nicht selbst rausgefunden?«

»Sie hat bei dem alten Drachen ein Zimmer gemietet«, erklärt Orlando, »in ihrer Wohnung. Mehr weiß ich noch nicht.«

Es klingt vorwurfsvoll. Dabei ließ der Weg aus dem vierten Stock ins *Little Italy* nicht wirklich Raum für ausführliche Erklärungen. Also fasse ich die Problematik kurz zusammen und erkläre, dass mir nicht klar war, dass ich das Zimmer, welches ich gemietet hatte, würde teilen müssen, erst recht nicht mit einem Mann, und dass sich Mrs. Gastrell darüber hinaus als äußerst uneinsichtig erwies.

»Unglaublich«, sagt Hannah. »Ich meine, nicht das mit dem Zimmer für zwei, das ist unglücklicherweise inzwischen gar nicht mehr so unüblich, wie es sein sollte. Aber dass sie dir vorher nichts davon gesagt hat!«

»Sie behauptet, ich hätte es dem Mietvertrag selbst entnehmen müssen.«

Beide schütteln wir den Kopf, als einer der Gäste ruft. »Hallo? Fräulein? Könnte ich wohl noch was bestellen?«

»Einen kleinen Moment!« Hannah sieht über die Schulter zu dem Tisch neben der Küche, an dem ein junger Typ sitzt und mit seinem Handy spielt.

»Dante?«

»Hm?« Mit leichter Verzögerung hebt er den Blick von seinem Smartphone.

»Die Pause ist zu Ende.«

»Ach, wirklich?« Er hat schwarze, halblange Haare, dunkle Augen und ein anzügliches Grinsen auf dem Gesicht, das mich auf der Stelle erröten lassen würde, wäre ich nicht schon längst über meine Zwanziger hinweg.

Orlando bellt ihm einen Strang italienischer Sätze entgegen, und schließlich verdreht der Junge die Augen und nimmt betont lasziv den Weg in Richtung des wartenden Gastes auf. Als er an uns vorbeikommt, zwinkert er mir zu. Ich meine, ich kann nicht sicher sein, aber doch … Genau das hat er getan!

»Also, wo waren wir?«

Ich sehe Hannah an. Vermutlich besteht mein Blick aus lauter Fragezeichen, und sie lacht.

»Das war Dante«, erklärt sie. »Einer von Orlandos Söhnen. Beachte ihn gar nicht. Er hält sich für den italienischen Ryan Gosling oder so was.«

»Wenn er sich wenigstens für Marcello Mastroianni halten würde«, grummelt Orlando. »Also, wie viel verlangt sie?«

»Wer?«

»Mrs. Gastrell! Für dieses Zimmer! Das halbe!«

Ich nenne den beiden den Betrag.

»Was?« Hannah schreit auf, Orlando greift erneut zur Schnapsflasche. »Für die Hälfte des Zimmers?«

Ich nicke. »Es war das Günstigste, das ich in der Eile gefunden habe.«

»Wieso hattest du es eilig?«, fragt Hannah prompt.

Ich zögere ein paar Sekunden zu lange, und sie bemerkt es.

Orlando ebenfalls. Er sagt: »Ich werde mich mal wieder um die Bar kümmern. Bleib du ruhig sitzen, Hannah.« Dann verschwindet er ans andere Ende des Tresens.

Es ist ein seltsames Gefühl, an dieser Bar zu sitzen. Genauso wenig, wie ich mich bis vor ein paar Tagen für eine Anwärterin von Panikattacken gehalten hätte, gehöre ich nicht zu den Menschen, die allein, wahlweise flankiert von völlig unbekannten Personen, am Tresen eines Restaurants ausharren. Ich trinke auch keinen Schnaps, zumindest unter normalen Umständen nicht. Ich meine, ich bin Ärztin. Es mag Kolleginnen geben und Kollegen, die sich gerade deshalb in unnatürlichen Mengen einen hinter die Binde kippen, ich gehöre nicht dazu. Ich trinke nicht, maximal selten. Habe nie eine Zigarette angerührt. Die Zahl meiner Sexualpartner lässt sich bequem an zwei Fingern abzählen. Noch nie in meinem Leben habe ich einen Orgasmus vorgetäuscht.

Na, fabelhaft. Wie bin ich jetzt darauf gekommen?

Ah, ja, richtig. Weil ich ansonsten im Vortäuschen falscher Tatsachen gar nicht mal so untalentiert bin.

»Er ist ein guter Chef, oder?«, frage ich, während ich Orlando nachsehe und jeden weiteren Gedanken daran, was mich hierher nach Brighton geführt hat, von mir wegschiebe.

»Oh ja«, erwidert Hannah. »Der Beste. So einen hätte ich auch gern.«

Überrascht blicke ich sie an. »Er ist nicht dein Chef?«

»Nein, ich arbeite hier nicht wirklich, ich helfe nur hin und wieder mal aus.« Sie verzieht das Gesicht. »In letzter Zeit eher öfter. Eigentlich sollten Dante und Romeo – das ist der andere Sohn – sich mehr einbringen, immerhin ist das ein Familienbetrieb, doch die zwei sind zurzeit schwieriger zu bändigen als eine Horde Wühlmäuse.«

Orlando brummt etwas Unverständliches, während er

eine Flasche Wasser, eine Schale Oliven sowie zwei weitere Gläser Schnaps vor uns abstellt und erklärt: »Wenn die beiden je erwachsen werden, veranstalte ich ein Feuerwerk!«

»Orlando!«

Ich zucke zusammen ob der Lautstärke der fremden Frauenstimme.

»*La saltimbocca!*«

»Meine Liebste«, erklärt Orlando lächelnd, bevor er voller Inbrunst zurückruft: »Sì, Maria, ich komme, ich komme.«

Hannah greift nach zwei Gläsern und schenkt uns Wasser ein, während sich zwischen Tresen und Küche eine hitzige Unterhaltung auf Italienisch entspinnt. Von meinem Platz aus kann ich Orlandos Frau nicht sehen, zu hören ist sie allerdings prächtig, weshalb ich mich beinah ängstlich im Raum umblicke, um zu prüfen, ob sich unter den Gästen jemand gestört fühlt. Offenbar nicht. Niemand sieht auch nur in die Richtung des Gezeters.

»Falls du dich das fragst«, beginnt Hannah, als hätte sie meine Gedanken gelesen, »ja, es geht hier meistens so turbulent zu. Ich meine, der Laden heißt nicht umsonst *Little Italy*. Ich war noch nie in Italien, aber so in etwa stellt man es sich vor, oder? Laut und lustig.«

»Sie streiten also gar nicht?«

»Auf keinen Fall! Orlando vergöttert Maria. Und solange er sie nicht infrage stellt, streitet auch niemand.« Sie grinst. »Manchmal höre ich sie bis in den zweiten Stock. Und mittlerweile wirkt dieser leicht überdrehte Italo-Soundtrack fast wie eine Art Einschlafmusik auf mich.«

Ich blinzle überrascht. »Du wohnst auch hier?«

»Jawohl. Und die Espositos direkt unter mir. Das macht es so praktisch, ab und zu einzuspringen, wenn Orlando

Hilfe braucht. Aber eigentlich bin ich Journalistin – oder sagen wir: Lokalreporterin. Ich arbeite für den *Argus*.«

»Ah.« Ich setze eine wissende Miene auf.

»Du hast noch nie davon gehört, gib's zu.«

»Äh … Nein. Tut mir leid.«

»Macht nichts.« Sie zuckt mit einer Schulter, und ich bekomme den Eindruck, dass es sehr wohl etwas macht.

»Irgendwann werde ich sicher mal für eine größere Zeitung schreiben, zumindest habe ich mir das fest vorgenommen. Bis dahin – Lokalnews, und ab und an das *Little Italy*. Es gibt wahrlich schlimmere Aushilfsjobs.«

»Aushilfsjob«, wiederhole ich nachdenklich.

»Genau.«

Hannah sieht mich fragend an, und ich schüttle den Kopf. »Ach, nichts. Ich dachte nur gerade, dass ich mir einen Aushilfsjob suchen sollte, um mir ein ganzes Zimmer zu leisten.« Ich könnte es mir natürlich auch so leisten, allerdings würde das eine gehörige Delle in meine Ersparnisse hämmern, und das gilt es besser zu vermeiden. Schließlich zahle ich zu Hause immer noch mein Apartment ab. Und ob ich nach meiner Rückkehr noch einen Job habe, steht in den Sternen. Ob ich ihn dann noch haben will, genauso.

»Was ist denn dein Beruf?«, fragt Hannah, und unwillkürlich verziehe ich das Gesicht. »Was, ist er so furchtbar?«

»Nein. Vermutlich nicht. Keine Ahnung. Vielleicht doch. Ich bin Zahnärztin.«

»Ooooh.« Nun ist es an Hannah, schmerzvoll das Gesicht zu verziehen, und ich muss lachen.

»Ganz genau. *Ooooh*.«

»Bei manchen Berufen fragt man sich, wie jemand auf die Idee kommen kann, das lernen zu wollen, oder? Solche

Jobs wie … Tatortreiniger! Schlachter! Oder eben Zahnärztin! Oh, sorry, das waren miese Vergleiche.« Hannah lacht.

»Nein, schon gut.« Ich greife nach dem Schnapsglas. Orlando hat recht, er mildert den Stress ungemein. »Es stimmt, was du sagst – es gibt womöglich kaum etwas Schlimmeres.«

»Mich würde schon das Geräusch des Bohrers wahnsinnig machen. So grässlich!«

»Und ob«, stimme ich zu. »Ich hasse dieses Geräusch. Allein der Gedanke daran bereitet mir Gänsehaut.« Und weil es sicher nicht schaden kann, greife ich mir den Schnaps von Hannah auch noch, und dies ist der Punkt, an dem ihr Lächeln ein kleines bisschen ins Flackern gerät. Sie ist Journalistin, denke ich. Vermutlich wittert sie die Geschichte dahinter – eine Geschichte, die es definitiv gibt, auch wenn ich sie so ungern wie selten erzähle und generell lieber gar nicht.

»*Mie signore*!« Orlando ist zurück und stellt je einen Teller dampfender Spaghetti vor uns ab.

»Was …«, beginne ich.

»*Pasta alla nonna*«, sagt er. »Die heutige Empfehlung meiner lieben Maria gegen stressvolle Begegnungen aller Art. Dazu ein Glas Rotwein?«

Ohne eine Antwort abzuwarten, stellt er Gläser und eine Karaffe vor uns ab, und ich sehe Hannah an. »Es ist ein solch kolossaler Jammer, dass ich hier nicht einziehen kann.«

»Ich wette, sie hat die Miete trotzdem einbehalten«, vermutet Orlando.

»Das hat sie«, rufe ich. »Allerdings hat sie das!«

Ich probiere die Nudeln, und sie sind fantastisch! Die Tomatensoße ist süß und kräftig, ich schmecke Knoblauch und Oliven, unter einer Decke frisch geriebenen Parmesans – herrlich! Vielleicht sollte ich öfter jemand anderen für mich entscheiden lassen, nicht nur, was das Essen betrifft. Vielleicht ist das das Geheimnis zu meinem Glück.

»Als würde sie das Geld brauchen.« Hannah schüttelt den Kopf, während sie ihr Glas hebt und mir zuprostet. Nach mittlerweile drei Schnäpsen auf nüchternen Magen sollte ich vermutlich nichts mehr trinken, aber – mein Gott. Harte Tage erfordern harte Maßnahmen. Also stoße ich mein Weinglas gegen ihres und nehme einen Schluck. So gut! Orlando weiß, wie man seine Gäste verzückt, das steht fest.

»Wobei«, fährt Hannah fort. »Vielleicht braucht sie das Geld doch? Ich meine, wie sonst sollte sie auf die Idee kommen, mit jemandem zusammenleben zu können? Diese Frau ist so wenig mit der menschlichen Rasse kompatibel wie ein Moskito.«

»Sie hatte einen Ehemann!«, wirft Orlando ein. »Er hat sie nur nicht überlebt.«

»Aaah, das tut mir wiederum leid.« Das tut es wirklich. Ich bin kein Unmensch. »Vielleicht hat sie eine kleine Rente und will sie aufbessern?« Ich sehe fragend in die Runde.

»Vielleicht«, beginnt Orlando, »hat sie irgendjemandem einen Auftragskiller auf den Hals gehetzt oder sie *plant*, jemandem einen Auftragskiller auf den Hals zu hetzen, und braucht jetzt dringend Zusatzeinnahmen. Ah, *scusa*. Ich muss zurück an den Zapfhahn.«

Hannah zuckt mit den Schultern. »Bei Mrs. Gastrell ist alles vorstellbar. Alles.«

»Ist sie wirklich so furchtbar?«

»Ich will es mal so formulieren: Vermutlich niemand im

Haus hat sie je ein freundliches Wort sagen hören, Small Talk ist ganz und gar nicht ihr Ding, lächeln auch nicht. Und obwohl sie scheinbar keinerlei Interesse an ihren Haus-Mitbewohnern zeigt, weiß sie doch immer über alles genauestens Bescheid und taucht in den unmöglichsten Momenten hinter dir auf, fast wie ein Geist.«

Ich starre Hannah an. »Allmählich tut mir der Kerl leid, der die andere Hälfte des Zimmers gemietet hat.«

»Wird er denn einziehen?«

»Es sah ganz danach aus.«

»Dann stört ihn diese seltsame Konstellation nicht?«

Ich schnaube. »Er sagte, er habe seine gesamte Studienzeit so gewohnt. Und es klang, als wollte er es auch nicht anders. Da fällt mir ein …« Ich nehme eine weitere Gabel voll Pasta und krame dann mein Handy aus der Tasche, um auf die Uhr zu sehen. Es ist zwanzig nach sechs. Und ich habe zwei verpasste Anrufe von meiner Mutter. Seufzend schiebe ich das Telefon zurück in die Tasche. »Ich sollte langsam aufbrechen und mir ein Hotelzimmer suchen, zumindest für die nächsten paar Nächte. Bis ich ein anderes zur Untermiete gefunden habe.«

»Es tut mir ehrlich leid, dass ich dir nicht anbieten kann, bei mir zu wohnen«, sagt Hannah. »Bis vor Kurzem hatte ich noch ein Zimmer frei, aber dann ist meine Schwester zu mir gezogen.« Ein Schatten huscht über ihr Gesicht, ganz kurz nur, was mich auf den Gedanken bringt, dass in unser aller Leben Schatten lauern, manche finster, manche schwarz.

»Ein paar Nächte«, fügt Hannah schließlich hinzu, »könntest du aber sicher auf der Auszieh-Couch in meinem Arbeitszimmer schlafen.«

»Oh, nein, das geht wirklich zu weit. Du und Orlando wart schon netter zu mir, als ich je gutmachen kann. Ehrlich gesagt wart ihr das Beste, was mir seit langer Zeit passiert ist.« Es stimmt, denke ich. Wenn ich ganz ehrlich zu mir bin, ist mir so viel Freundlichkeit und Hilfsbereitschaft noch nie begegnet. Für eine Sekunde lasse ich mich von der Vorstellung treiben, in dieses Haus zu ziehen, mich mit Hannah anzufreunden, mich abends mit ihr hier auf ein Glas Rotwein zu treffen … Bei dem Gedanken an noch mehr Wein fange ich bereits im Sitzen an zu schwanken. Als ich versuche, vom Hocker zu klettern, wird es schlimmer.

»Nein, ich werde einfach meinen Koffer …« Beinah wäre ich umgekippt, doch mitten in der Bewegung erstarre ich. Mein Koffer! Ach, du heiliger Mist, ich habe meinen Koffer oben in der Wohnung gelassen!

Ich fasse Hannah am Arm, will ihr gerade mitteilen, dass ich tatsächlich so dumm war, mein Gepäck in Mrs. Gastrells Höllenschlund zu vergessen, als mir jedes weitere Wort in der Kehle stecken bleibt. In der Tür zum *Little Italy* steht Mrs. Gastrells derzeit einziger Mieter, die blonden Haare vom Wind zerzaust, die Anzugjacke von Regentropfen gesprenkelt, in der Hand meinen dunkelblauen Rollkoffer.

Und Hannah erklärt mit weit aufgerissenen Augen: »Na, also den würde ich unbedingt auch auf meiner Couch schlafen lassen.«

3
Alex

Ich gebe zu, ich war nicht gerade begeistert, als mir klar wurde, dass sich im Erdgeschoss meiner neuen Bleibe ein Restaurant befindet, und nun fühle ich mich in meiner Ahnung bestätigt: Der Laden ist knallvoll, das Stimmengewirr lauter als dieser furchtbare italienische Schlager, den sie hier herunterdudeln, und würde es nicht schon seit Stunden regnen, wären die Tische und Stühle draußen sicher ebenfalls besetzt. Selbstverständlich zeigen die Fenster in meinem Zimmer zur Straße. Ich kann von Glück sagen, dass ich ohnehin so gut wie nie hier sein werde und dass, wenn ich spät nach Hause komme, das Restaurant bereits geschlossen sein wird.

Die Hoffnung stirbt zuletzt, heißt es. Richtig?

Trotz der vielen Menschen in dem Lokal entdecke ich sie sofort: Sie lehnt an der Bar, die Hand auf dem Arm einer blonden, jungen Frau, und sie blickt in meine Richtung. Die Art, wie sie die Stirn runzelt, wirkt so angestrengt, dass ich allein vom Hinsehen Kopfschmerzen bekomme. Obwohl ich damit gerechnet hätte, dass sie längst über alle Berge ist, bin ich nicht überrascht darüber, sie hier anzutreffen. Mrs. Gastrell sagte etwas in der Art wie *Sie ist unten beim Italiener, verlassen Sie sich drauf*, und – keine

Ahnung, woher sie das wissen konnte – offensichtlich hatte sie recht. Ich traue dieser Frau nicht. So viele Jahre sie auf dem Buckel hat, so faustdick hat sie es hinter den Ohren. Ich schwöre, ich kenne diesen gerissenen Blick. Meine Großmutter sieht ganz genauso aus, wenn sie etwas im Schilde führt. Und ich glaube dieser ach so ahnungslosen Dame keine Sekunde lang, dass ihr nicht klar war, dass Julie Cooper völlig unbedarft in dieses Mietverhältnis geschlittert ist. Und dass sie sich nicht zudem köstlich über die Szene amüsiert, die sich vorhin in ihrer Wohnung abgespielt hat.

Ich schiebe den Koffer vor mir her, während ich auf meine Beinah-Mitbewohnerin zugehe.

»Hallo«, beginne ich. »Mrs. Gastrell hatte so eine Vermutung, dass ich Sie hier finden würde. Sie haben Ihren Koffer stehen lassen.«

»Ha!«, ruft die Blonde neben ihr. »Sie hatte so eine Ahnung. Verstehst du jetzt, was ich meine?«

Für ein paar Sekunden sieht Julie verwirrt von mir zu ihrer Freundin und wieder zurück, dann sagt sie: »Danke. Ich wollte ihn gerade holen.«

Sie ist einen guten Kopf kleiner als ich. Und als würde ihr im selben Moment auffallen, dass sie zu mir aufsehen muss, klettert sie zurück auf den Barhocker, ohne mich dabei aus den Augen zu lassen. Sie wirkt etwas ruhiger als vorhin, allerdings immer noch weit entfernt von gelassen. Warum auch immer verursacht sie mir ein schlechtes Gewissen, obwohl ich im Grunde gar nichts getan habe. Klasse.

»Hören Sie«, beginne ich. »Es tut mir leid, wie das eben gelaufen ist. Ich würde Ihnen das Zimmer überlassen, aber ich fange übermorgen einen neuen Job an, außerdem besteht sie darauf, den Raum an zwei Personen zu vermieten. Andernfalls an eine, die eben die doppelte Miete zahlt.«

»Und das können Sie sich nicht leisten, nehme ich an.«

Das klang erstens nicht wie eine Frage und zweitens beinah zynisch. Hinter ihr taucht ein korpulenter Barmann auf und stellt zwei Schnapsgläser mit einem trüben, bräunlichen Gebräu auf dem Tresen ab. Er macht keine Anstalten, wieder zu gehen, verschränkt stattdessen die Arme auf der Theke und sieht mich neugierig an. Ohne mit der Wimper zu zucken, kippen die zwei Frauen den Inhalt der Gläser hinunter.

»Warum sollte ich sie mir leisten wollen?«, frage ich schließlich. »Ich habe einen gültigen Mietvertrag für ein halbes Zimmer, und das gedenke ich zu nutzen.«

»Und das gedenkt er zu nutzen«, wiederholt der Wirt.

Julie Cooper sieht mich an. Ihre dunklen Augen sind groß und rund und vorwurfsvoll. Sie stechen aus ihrem Gesicht hervor, trotz der Brille, trotz der dichten, markanten Brauen, die eigentlich alles dominieren müssten. Sie sieht aus wie eine dieser grau-braunen Rennmäuse mit Riesenaugen, und bereits zum zweiten Mal innerhalb der vergangenen fünf Minuten frage ich mich, weshalb ich mich schlecht fühle. Ich habe nichts weiter getan, als mir nach bestem Wissen und Gewissen eine möglichst bezahlbare Unterkunft zu suchen. Nicht mehr, nicht weniger. Ich unterdrücke ein Stöhnen, dann sehe ich weg, geradewegs in das lachende Gesicht von Julies Sitznachbarin.

»Hi.« Sie streckt mir eine Hand entgegen. »Ich bin Hannah. Zweiter Stock, Apartment 2B.«

»Alex. Logan. 1A, schätze ich.«

»Sind Sie Anwalt?«

»Was?«

»Ich weiß nicht, Sie klingen wie einer.«

Der Wirt murmelt irgendwas auf Italienisch und füllt die Schnapsgläser nach. Julies Blick fällt darauf, und ich bin kurz davor, einen Kommentar abzugeben, etwas wie: *Sind Sie sicher, dass Sie Ihr Körpergewicht in Alkohol aufwiegen möchten?*, doch in letzter Sekunde lasse ich es sein. Es geht mich nichts an. Nicht, wie viel sie trinkt, und nicht, ob sie später hier auf dem Tresen schläft. Oder darunter.

»Hier ist Ihr Koffer. War nett, Sie kennenzulernen.«

»Ganz meinerseits.« Als sie mich jetzt erneut ansieht, fällt mir auf, wie glasig ihre Augen sind, das tiefe Braun längst nicht mehr so klar wie in meiner Erinnerung.

Ach, verdammt. Ich würde mir die Haare raufen, hätte ich mir verräterische Gesten dieser Art nicht während des Jura-Studiums abgewöhnt. »Also gut«, beginne ich. »Was haben Sie jetzt vor? Wollen Sie eine Nacht darüber schlafen, bevor Sie eine endgültige Entscheidung treffen?«

Sie legt den Kopf schief. »Sind Sie wirklich Anwalt?«

»Ist das eine Fangfrage?«

»Sie sind tatsächlich Anwalt und können sich kein eigenes Zimmer leisten?«

Für eine Sekunde hat sie mich aus dem Tritt gebracht. Die Frau hat keine Ahnung, wie viel Wahrheit in dieser Frage steckt. Und wie viel Tragik.

»Ich bin sehr selten zu Hause«, erkläre ich schließlich. »Falls Sie es sich anders überlegen. Ich meine, die Miete für den ersten Monat haben Sie ohnehin schon bezahlt.«

Ich warte ihre Antwort nicht ab, drehe mich um und halte auf den Ausgang zu.

4
Alex

Ich kann verstehen, dass Julie Cooper keine Lust hat, sich mit einem fremden Mann ein Zimmer zu teilen, das kann ich wirklich. Und ich muss zugeben, meine bisherigen Mitbewohner waren allesamt männlich, aber um ehrlich zu sein, andersherum wäre es mir auch egal. Es stimmt, was ich ihr gesagt habe: Ich bin ohnehin so gut wie nie zu Hause. Wenn man das hier ein Zuhause nennen kann. Es ist mehr ein Provisorium, etwas anderes soll es auch nicht sein. Eine günstige Möglichkeit für mich, regelmäßig ein paar Stunden zu schlafen und meine Sachen unterzustellen.

Als ich vom Restaurant in die Wohnung zurückkehre, ist darin kein Laut zu hören, und dennoch habe ich das sichere Gefühl, dass Mrs. Gastrell nichts entgeht. Für ein paar Sekunden bleibe ich ganz still stehen, den Blick auf die Tür am Ende des Flurs gerichtet, hinter der sich die Räume der alten Dame befinden. Ich höre gar nichts, keine Schritte, keinen Fernseher, nicht mal ein Knarzen. Ich frage mich, weshalb sie sich Untermieter ins Haus holt, es würde mich wirklich interessieren. Die Wohnung ist Altbau, aber überaus stilvoll, mit Stuck an den hohen Decken, edlen Holzböden und verschnörkelten Türen. Mein Blick fällt auf den Läufer, auf dem ich stehe – ein echter Perser, wenn mich nicht alles täuscht. Vielleicht kann sie sich die Miete allein nicht mehr leisten. Vielleicht will sie es nicht.

Ein letztes Mal lausche ich in die Stille, dann öffne ich die Tür zu meinem Zimmer und sehe mich um. Es ist geräumig, quadratisch, verfügt über zwei hohe Fenster, durch die immer noch Licht in den Raum fällt, obwohl es draußen bereits dämmert. Es ist möbliert, aber nur minimal: Je ein Bett, je ein Schrank. Auf jeder Seite ein Nachttisch mit Lampe. Ein großer Tisch unter dem Fenster, zwei Stühle davor. An der Decke eine Art Kristallleuchter. Der Raum mag puristisch eingerichtet sein, doch die Möbel sind antik und ganz sicher nicht billig gewesen.

Ich beginne damit, mein Zeug aus den zwei Kisten zu räumen, die ich neben einem Koffer mitgebracht habe. Sachbücher hauptsächlich, Nachschlagewerke, Fachliteratur. Die Anzüge habe ich in Kleidersäcken transportiert, damit sie nicht verknittern. Bügel um Bügel Zweiteiler in allen erdenklichen Grautönen, von hell bis dunkel, für jeden Anlass. Ich hänge sie in den Schrank. Staple die Hemden daneben, noch einmal doppelt so viele, beige, weiß, rosa, grau. Krawatten, Einstecktücher. Wenn ich etwas an diesem Job hasse, dann diese grässliche Einheitlichkeit der Garderobe, die sich wie eine Uniform anfühlt. Wobei, das ist falsch. Es gibt weit gravierendere Dinge an der Arbeit in der Kanzlei zu hassen als die Notwendigkeit, sich zu verkleiden. *Canton, Briar & Best* zählt nicht umsonst zu den namhaftesten Anwaltsbüros in diesem Teil Englands. Der Umgangston ist kühl, die Erwartungen sind hoch, das Arbeitspensum enorm. Und dennoch, oder womöglich deswegen, sollte ich dankbar sein, dass ich das Auswahlverfahren für mich entscheiden konnte.

Ich frage mich, ob Mrs. Gastrell ein Bügelbrett im Haus hat. Ich könnte die Hemden in die Reinigung geben, ich könnte mir das Geld dafür aber auch sparen. Und sparen wäre in meiner Situation sicher die bessere Idee.

Ich bin gerade dabei, Socken und Schuhe zu verstauen, als mein Handy klingelt, zum wiederholten Mal an diesem Abend. Und es ist, wenig überraschend, noch einmal Gran am Apparat.

»Hey«, melde ich mich knapp.

»Alex, hallo. Hier ist deine Granny.«

»Ich weiß. Die Nummer leuchtet auf, du erinnerst dich?«

»Natürlich. Ich bin doch nicht senil. Das ist reine Höflichkeit. Du weißt noch, was das ist?«

Ich würde den Kopf schütteln, hätte ich das Telefon nicht unters Kinn geklemmt. An ihren guten Tagen ist meine Großmutter eine derart scharfzüngige, schlagfertige Person, dass es mir an den anderen, nicht so guten Tagen umso schwerer fällt, mit ihrer beginnenden Altersdemenz umzugehen. Aber es ist, wie es ist. Und das Wohnheim die derzeit beste Lösung für uns alle, auch wenn sie das im Augenblick leider anders sieht.

»Weißt du, ich habe nachgedacht: Die Enkelin von Mrs. Parker … Du weißt noch, wer Mrs. Parker war? Die alte Dame, die in der Redrode Street neben uns gewohnt hat? Sie ist leider vor ein paar Jahren gestorben, was ich gar nicht mitbekommen hätte, weil wir ja schon ewig nicht mehr dort wohnen, aber Mr. Hersher, der Hausmeister …«

»Gran? Komm zum Punkt, ja? Was ist mit der Enkelin von Mrs. Parker?« Mit einer Hand teste ich die Stärke der Matratze, bevor ich mich daraufsetze und ein paarmal hoch und runter wippe.

Meine Großmutter gibt einen schnalzenden Ton von sich. »Also gut, Mr. Vielbeschäftigt, ich komme zum *Punkt*. Die Enkelin von Mrs. Parker, Tessa – sie ist inzwischen sicher auch schon an die fünfzig, so genau …«

»Gran.« Ich stehe auf und schnappe mir meinen mittlerweile leeren Koffer, um ihn unterm Bett zu verstauen. »Was ist mit Mrs. Parkers Enkelin?«

»Nun, sie ist Maklerin, und …«

»Oh nein, nicht schon wieder.« Ich richte mich auf, halte das Handy sorgfältiger an mein Ohr gepresst und gehe zum Fenster.

»Sie könnte sich doch wenigstens mal umhören, Alex. Sie arbeitet in London, aber bestimmt kann sie auch in Brighton …«

»Du bist doch erst ein paar Tage in dem …« Ich verkneife mir das Wort *Heim*, das zu einem Reizwort für meine Großmutter geworden ist, seit wir beschlossen haben, dass sie in einem wohnen sollte. Seit *ich* das beschlossen habe, gemeinsam mit Grans Ärztin und unter dem andauernden Protest meiner Großmutter. An einem absoluten Tiefpunkt hat sie eingewilligt, nachdem sie am Piccadilly Circus beinah unter die Räder eines Touristenbusses geraten war. Sie hatte den Überblick verloren, von welcher Seite die Autos kommen würden, und konnte sich dann an dem reizüberfluteten Ort nicht mehr orientieren. Passanten riefen Sanitäter, denen sie ihren Namen nicht sofort nennen konnte. Es war der bislang schlimmste Aussetzer, doch zuvor hatte es schon kleinere gegeben. Eingangstüren, die die ganze Nacht weit offen standen, weil vergessen worden war, sie zu schließen, ganz zu schweigen von glühend heißen Herdplatten, die bereits zu schmauchen begannen. Meine Großmutter ist klug genug, um einzusehen, dass sie sich an manchen Tagen selbst gefährdet – und störrisch genug, es am Ende doch zu ignorieren.

»Du bist erst ein paar Tage dort«, sage ich also, »gib dir und der Residenz ein bisschen Zeit, euch aneinander zu gewöhnen.«

»*Residenz.*« Gran schnaubt abfällig. »Gestern habe ich in der Ecke unter meinem Waschtisch einen grauen Fleck an der Wand entdeckt. Ich wette, das ist Schimmel. Würdest du das in einer *Residenz* erwarten? Und am Mittwoch …«

Es läutet. Ich halte das Telefon ein Stück vom Ohr weg, während meine Großmutter weiterlamentiert und ich in Richtung Tür lausche. Mrs. Gastrell spricht mit jemandem – also war sie doch in der Wohnung, wie ich es vermutet hatte –, ein paar Augenblicke später wird die Zimmertür geöffnet.

»Ist das eine Gewohnheit von Ihnen?«, höre ich die Vermieterin fragen. »Betrunken nach Hause zu kommen, vor 20:00 Uhr?«

»Ich bin nicht betrunken!«

»Wenn Sie das sagen.«

»Und wenn ich hier wohnen würde, ginge es Sie auch nichts an, wann ich nach Hause komme. Und wie! In welchem Zustand, meine ich!«

Lautstark schließt Julie Cooper die Tür hinter sich, dann starrt sie mich an, als habe sie absolut nicht damit gerechnet, noch jemand anderen in dem Zimmer vorzufinden.

»Alex? Hörst du mir überhaupt zu?«, fragt Gran.

»Was? Oh ja, klar. Ich höre zu.« Verwirrt wende ich den Blick ab und gehe zurück zum Fenster. Die altertümlichen Laternen vorm Haus werfen einen warmen Schein auf die regennasse Straße. Die ruhig ist, kaum befahren, gesäumt von bunten Häusern, allesamt kleiner als die Hausnummer 23. Es ist eine nette Straße. Wie aus einem Gemälde von Jack Vettriano.

»Was ist nun mit Tessa?«

»Tessa?«

Meine Großmutter seufzt. »Kann ich sie fragen, ob sie sich in Brighton nach einer Wohnung für uns beide umsehen soll?«

»Nein.« Das klang harscher, als es klingen sollte. Ich drehe mich zu Julie Cooper um, die nach wie vor nur dasteht und mich beobachtet. Ich ziehe die Brauen nach oben, so wie ich es in Gesprächen mit Klienten tue, wenn ich annehmen muss, dass zur ganzen Wahrheit noch ein ganzes Stück fehlt. Julie Cooper greift sich mit trotzigem Blick ihren Koffer und rollt ihn zu dem freien Bett.

»Tut mir leid, aber ich muss jetzt auflegen«, erkläre ich abwesend.

»Ist jemand gekommen? Hast du Besuch?«

»Nein, natürlich nicht. Aber ich hab noch zu tun. Ich melde mich morgen bei dir.«

»Es ist Samstag.«

»Morgen, okay?«

»In Ordnung, Schatz.«

»Okay.«

»Ich vermisse meine Freiheit, Alex. Und ich vermisse es, dein Gesicht als Erstes am Morgen zu sehen. Jetzt sind es lauter alte, schrumpelige Grimassen, die mir beim Frühstück entgegenstarren.«

Ich starre in das Gesicht von Julie. »So schlimm wird es nicht sein.«

»Schlimmer.«

»Gut, wie du meinst. Wir werden sehen. Ich komme morgen vorbei.«

»Wann?«

»Sobald ich kann.«

»Wenn Tessa aber doch nun …«

»Lass es sein, hörst du? Du machst alles nur schlimmer damit. Wir haben das schon besprochen. So wie es jetzt ist, ist es am besten – für den Moment. Ich sage nicht, dass alles so bleiben muss, okay? Aber ich bin gerade erst eingezogen. Und du auch. Belassen wir es dabei. Ich komme zu dir, so oft ich kann.«

Meine Großmutter seufzt. Ich hasse es, ihr etwas abzuschlagen, aber in dieser Sache muss ich unnachgiebig bleiben, einfach weil es zu gefährlich ist, es nicht zu sein. Meine Großmutter braucht jemanden, der im Zweifelsfall ein Auge auf sie hat. Und ich, mit meinen Mammut-Arbeitstagen, kann das einfach nicht mehr leisten.

»Wir sehen uns morgen.«

»Immerhin.«

»Gute Nacht.« Ich drücke das Gespräch weg.

Für einen flüchtigen Moment sieht es so aus, als würden Julies Augen einen Tick schmaler, dann dreht sie sich um und wuchtet umständlich ihren Koffer aufs Bett.

»Wenn ich gewusst hätte, dass Sie es sich anders überlegen, hätte ich Sie gefragt, welche Seite des Zimmers Ihnen lieber ist.«

»Die Seite ist mir ganz egal.«

»Alles klar.«

Sie wühlt in dem Inhalt ihres Trolleys und zieht schließlich eine Tasche hervor, von der ich annehme, dass sie ihre

Bad-Utensilien enthält. Ich sehe auf die Uhr. Es ist gerade mal fünf nach acht.

»Ich bin müde«, erklärt Julie.

»Okay …«

»Hat dieser Drachen Ihnen zufällig gesagt, wo mein Badezimmer ist?«

»*Unser* Badezimmer ist gleich gegenüber, die rechte der beiden Türen.«

Für einige zähe Sekunden sieht sie mich einfach nur an. Dann sagt sie: »Eigenes Bad hieß es in der Anzeige.«

»Für das Zimmer«, stelle ich klar.

Woraufhin sie die Augen verdreht, jedenfalls nehme ich an, dass sie das im Sinn hat. Tatsächlich wirkt die Geste eher … befremdlich. Ich denke, Mrs. Gastrell hat recht. Julie Cooper ist betrunken.

»Also – Mitbewohnerin?« Ich strecke ihr die Hand entgegen und lasse sie Sekunden später unverrichteter Dinge wieder sinken.

»Nur für Nacht. Heute keine Energie mehr, Zimmer suchen.«

»Und keine Energie mehr, vollständige Sätze zu bilden?«

»Hm?«

»Nichts.«

Sie nuschelt ein bisschen. Ich hoffe, sie schnarcht nicht.

Sie sagt: »Nacht«, und läuft aus dem Zimmer, nur wenig schwankend.

Bis ich mich umgezogen habe, ist sie noch nicht wieder aufgetaucht. Als ich das Zimmer verlasse, höre ich in dem Gemeinschaftsbad Wasser rauschen. Ich warte einige Sekunden vor der Tür, bis ich sicher sein kann, dass sie nicht in der Wanne ertrunken ist oder etwas in der Art (an einer

Stelle höre ich sie gurgeln, was mich einigermaßen beruhigt).

Als ich um zwei Uhr nachts zurückkomme, liegt sie in ihrem Bett und schnarcht.

5
Julie

Ich wache auf und wünsche mir in derselben Sekunde, ich hätte es nicht getan: Der Kopf schmerzt, meine Kehle ist rau und der Kiefer völlig verspannt, was mich daran erinnert, dass ich meine Mutter anrufen muss, damit sie mir meine Beißschiene nachsendet. So viele Gedanken, kaum dass ich die Augen aufgeschlagen habe – und bevor mir einfällt, wo genau ich mich hier befinde.

Ich taste nach meiner Brille und drehe den Kopf in Richtung des anderen Betts. Es ist leer und ordentlich gemacht, eine schwere dunkle Tagesdecke liegt darauf. Es wirkt, als hätte nie jemand darin übernachtet, und ich wünschte so sehr, das wäre wahr. Wer weiß, was für peinliche Dinge ich im Schlaf getan habe? Womöglich habe ich geredet oder mich unglücklich abgedeckt oder, keine Ahnung, unbewusst an meinem Bauchnabel herumgespielt? Ein befreundeter Arzt erklärte mir einmal, dass die meisten Menschen sich im Schlaf ganz automatisch an ihrem Nabel zu schaffen machen. Ich habe ihm nicht geglaubt, und trotzdem plagt mich seither so eine Art Nabelscheu. Jedenfalls betrachte ich meine Körpermitte irgendwie mit skeptischerem Blick.

Ich nehme mein Handy von dem antiken Nachtkästchen und sehe auf die Uhr. Noch nicht mal sieben. Wann um Himmels willen ist dieser Typ denn aufgestanden? Oder, Moment mal – vielleicht hat er tatsächlich nicht hier übernachtet. Als ich gestern Abend aus dem Badezimmer kam, war er nicht da, später gehört habe ich ihn auch nicht.

Ich frage mich, ob er eine Freundin hat.

Nein, das frage ich mich nicht. Wieso auch?

Allerdings – da war dieses Telefongespräch, als ich gestern zur Tür hereinkam, auch wenn ich mich nur noch dunkel daran erinnere. Und ich denke, da war eine Frau am anderen Ende der Leitung, selbst wenn ich nicht genau sagen kann, wie ich darauf komme. Vielleicht die Art und Weise, wie er mit der Person gesprochen hat. Harsch und ungeduldig. Wenig respektvoll. Nicht nett. Ah! Tessa! Ja, so hieß sie. Vielleicht ist er zu ihr gefahren, um seinen missbilligenden Tonfall wiedergutzumachen. Und vielleicht sollte ich aufhören, mich um die Angelegenheiten anderer zu kümmern. Ist ja nicht so, als hätte ich nicht selbst genug Probleme.

Beinah hätte ich Hannah davon erzählt. Ungefähr zweieinhalb Gläser Rotwein, nachdem Alex Logan mir meinen Koffer ins *Little Italy* gebracht hatte. Dann habe ich es in letzter Sekunde doch nicht getan. Ich weiß nicht, wieso, denn eigentlich ist Hannah jemand, dem ich vom ersten Augenblick an vertraut habe. Ich mag ihre Freundlichkeit und ihren Humor und die Leichtigkeit, mit der sie Dinge angeht. Und die Tatsache, dass sie mir keine Fragen gestellt hat, nachdem sie bemerkt hatte, dass ich nicht bereit war, darüber zu reden. Wenn man etwas so Dummes getan hat wie ich, braucht es womöglich ein bisschen Zeit, bis man es laut aussprechen kann.

Wenn es so weit ist, könnte ich mir vorstellen, dass Hannah genau die Richtige dafür ist. Und es wäre schön, wenn ich sie öfter treffen könnte, auch wenn ich nicht in dieses Haus ziehe. Brighton ist keine Großstadt. Ich könnte so oder so dann und wann im *Little Italy* vorbeischauen. Und mich womöglich nicht ganz so allein fühlen wie in den vergangenen Monaten.

Ach, Julie.

Ernsthaft?

Ich schäle mich aus dem Bett, darum bemüht, mit der Decke zugleich das Selbstmitleid abzustreifen, in dem ich mich offensichtlich übertrieben gern suhle. Es ist meine eigene Schuld, dass ich jetzt hier bin, allein, ohne Job, ohne Familie und ohne meine Freunde. All das hatte ich in Newcastle, und doch habe ich dieses Leben hinter mir gelassen – vorübergehend oder nicht, das wird sich erst noch zeigen.

Ich bin auf dem Weg ins Bad, als ich den Klebezettel bemerke, der auf Augenhöhe an der Tür hängt.

Ich habe Ihnen ja gesagt, ich bin so gut wie nicht zu Hause. Von mir aus bleiben Sie so lange, bis Sie etwas Geeigneteres gefunden haben. Gruß, AL

Ich hatte nicht vor, dieses seltsame Angebot von Mr. AL anzunehmen, wirklich nicht. Denn was ich im ersten Augenblick noch als aufmerksam und freundlich empfand, kam mir im nächsten ein bisschen zu gönnerhaft vor. Ich meine: *Von mir aus bleiben Sie so lange, bis Sie etwas Geeigneteres gefunden haben?* Immerhin zahle ich Miete, wenn auch unfreiwillig, und wenn ich entscheide, zu bleiben, dann weil *ich* es will und nicht *von ihm aus*. So.

Doch als ich etwa fünf Stunden später in das Haus an der Chestnut Road zurückkehre, sind folgende drei Dinge passiert, die sich unglücklicherweise nicht ignorieren lassen.

Erstens musste ich leider die Einsicht gewinnen, dass in Brighton aufgrund des laufenden Semesters so gut wie keine Zimmer mehr zu bekommen sind. Die wenigen, die zur Auswahl stehen, sind entweder absolut überteuert oder – man beachte die Ironie – sie sind zur Hälfte bereits von jemand anders angemietet worden. Bleibt also die Möglichkeit, sich für einige Tage ein Hotelzimmer zu suchen, bis … exakt. Bis was? Die ersten Studenten das Handtuch werfen und wieder ausziehen?

Ich könnte woanders hingehen. Ich muss nicht in Brighton bleiben. Allerdings ist die Vorstellung, noch ein Stück weiterzuziehen, bis nach Eastbourne vielleicht oder in die andere Richtung, nach Portsmouth – die Vorstellung allein ist schon so anstrengend, dass ich mich auf der Stelle setzen und ausruhen möchte.

Dazu allerdings wird es nicht kommen, zumindest nicht heute. Für das zweite Ereignis des Tages nämlich hat kein Geringerer gesorgt als Orlando Esposito, der mich auf dem Weg zurück in die Wohnung (und zu meinem nach wie vor gepackten Koffer) abfing, um mich anzuflehen, im Restaurant auszuhelfen. Sohn Dante war offenbar dem Beispiel seines Bruders Romeo gefolgt und blitzschnell von der Bildfläche verschwunden, als es darum ging, dass jemand die Abendschicht im Restaurant übernehmen sollte. Hannah stand ausnahmsweise nicht zur Verfügung, weil sie für ihre Lokalzeitung von einer Vereinssitzung berichten müsse.

»Ich habe noch nie im Leben in der Gastronomie gearbeitet«, war das Erste, das mir zu Orlandos eindringlicher

Rede einfiel, woraufhin er erwiderte: »Aaaah, ich danke dir, *ragazza*, dich schickt der Himmel!«

Und die dritte, nennen wir es, Überraschung? Dass Mrs. Gastrell offenbar bereits wusste, wie dieser Tag enden würde, bevor ich mir auf das Große und Ganze überhaupt einen Reim machen konnte. Als sie mir die Tür öffnete, mit dem von mir bereits unterschriebenen Mietvertrag wedelte und fragte: »Also, wollen Sie das Zimmer nun haben oder nicht?«, da fühlte ich mich für den Bruchteil einer Sekunde in meine Vergangenheit zurückkatapultiert.

Es war der Sommer, bevor ich zwanzig wurde, und Adele und ich verbrachten ihn in Griechenland. Wir hatten nur den Flug nach Athen gebucht, waren dann mit der Fähre von Insel zu Insel gehüpft, um am Ende auf der vermeintlich schönsten, nämlich Santorin, zu landen. Leider war der Ort komplett überlaufen und ein freies, bezahlbares Zimmer zu bekommen, so gut wie unmöglich (haha!). Jedenfalls landeten wir über einer Diskothek, und dort lagen wir dann im Bett, spätnachts hellwach, und lauschten dem dumpfen Stampfen des Basses unter uns. Wir schworen, gleich am nächsten Tag auszuchecken, uns etwas anderes zu suchen, zur Not die Insel zu verlassen, und bis heute ist unklar, weshalb nichts dergleichen geschah.

Wir standen am nächsten Morgen auf, genossen den Tag, fielen abends ins Bett. Wir störten uns nicht ein einziges weiteres Mal an der Diskothek unter uns, es war einfach kein Thema mehr, die Insel war herrlich, der Urlaub zu schön. Wir blieben sieben fantastische Nächte, und wir zogen nicht um.

Daran musste ich denken, als ich Mrs. Gastrell schließlich sagte: »Ja. Ich werde das Zimmer wohl nehmen.«

6
Alex

Als ich Julie Cooper erklärte, meine komplette Studienzeit in halben Zimmern gewohnt zu haben, entsprach das zwar der Wahrheit, allerdings habe ich einen wesentlichen Teil verschwiegen – den nämlich, dass ich beinah jede Sekunde davon gehasst habe. Mein Mitbewohner auf dem Uni-Campus hieß Harris und kam aus irgendeinem Kaff in den schottischen Highlands, weshalb ich ihn kaum verstand, und das war womöglich das Beste an ihm. Harris war laut und hielt sich für einen Komiker, dabei war er bloß taktlos und bisweilen böswillig, witzig war er jedenfalls nicht. Es war eine Leistung, ihm in dem vierzehn Quadratmeter großen Zimmer aus dem Weg zu gehen, auf die ich bis heute stolz bin. Schon damals fuhr ich nachts Taxi, um mein Studium zu finanzieren, und ich gewöhnte mir an, vor ihm aufzustehen, um zu joggen – jedes Mittel war recht, wenn es mich vor Harris' Anblick bewahrte. Zu Studienzeiten hat dieses Konzept funktioniert. Nun aber studiere ich nicht mehr, und Julie Cooper ist nicht Harris. Ganz im Gegenteil.

Gleich am ersten Tag, nachdem sie sich dazu entschieden hatte zu bleiben, spannte sie eine Leine zwischen die Zimmerhälften, über die sie weiße Bettlaken hängte, die sie im Mega-Pack bestellt haben muss. Es sieht jetzt aus wie in einem heruntergekommenen Hinterhof, aber ich schätze, das macht es ihr leichter, so zu tun, als gäbe es mich nicht. Was mich kein bisschen stört, ganz und gar nicht. Ich bin ebenfalls nicht der Typ, der auf Small Talk Wert legt oder auf erzwungene Höflichkeit.

Wir sehen uns so gut wie nie. Und wir sprechen kaum miteinander. Wenn ich vom Laufen komme, schläft sie noch. Wenn ich nachts nach Hause zurückkehre, schläft sie wieder. Wenn ich am Abend, nach einem Tag in der Kanzlei, kurz vorbeischaue, um mich umzuziehen, ist sie so gut wie immer weg.

Heute allerdings nicht. Heute dringt ihre Stimme auf den Flur, noch bevor ich die Tür zu unserem Zimmer geöffnet habe.

Nein. Um Himmels willen, nein! Ich bin erst seit ein paar Tagen hier.
Ja, ich weiß, du meinst es gut.
Schick sie mir einfach mit der Post zu, in Ordnung?
Ich wüsste nicht, wem es nützen sollte, wenn ihr zwei euch jetzt auf den Weg nach Brighton macht.
Ach, Mum.
Ja, es ist ein sehr schönes Zimmer.
Die Gegend ist auch hübsch, zentral, aber nicht zu laut.
Nein, ich weiß noch nicht, was ich mit meiner Zeit anfange.
Mum! Mir ist klar, das ist eine schwierige Situation für euch, aber ihr fandet doch auch, dass …
Genau. Ja. Es geht jetzt erst mal nur um mich. Dieses eine Mal.

Ich zucke zusammen bei diesem Satz, so wie ich es immer tue, wenn ich ihn höre, weil er mich triggert wie kein anderer. Das erste Mal, als ich diese Worte gehört habe, war ich fünf Jahre alt und wurde bei meiner Großmutter abgegeben.

Ich schüttle das beklemmende Gefühl ab und öffne die Tür, lauter als nötig. Durch einen Spalt zwischen den aufgehängten Laken hindurch kann ich sehen, wie Julie sich zur Wand dreht.

»Ich muss Schluss machen. Nein, die … Vermieterin hat gerade geklopft. Ich weiß nicht, was sie von mir möchte. Ja, eine sehr nette Frau. Es ist alles in bester Ordnung.«

Ja, denke ich. Das ist exakt das, was ich meiner Großmutter auch erzähle – alles in bester Ordnung. Kein Wort darüber, unter welchen Bedingungen ich in dieser *Wohngemeinschaft* lebe. Wozu auch.

»Wunderbar. Natürlich. Grüß Dad von mir. Bis … irgendwann. Bye.«

»Hallo.«

Ich starre auf das weiße Laken. »Hallo.«

»Sind Sie angezogen?«

»Ich bin gerade erst zur Tür reingekommen.«

Der Vorhang teilt sich und Julie steckt erst den Kopf hindurch, bevor sie eines der Laken ein Stück beiseiteschiebt und damit den Sichtschutz aufhebt. Sie bleibt in ihrem Teil des Zimmers. Vermutlich ist es nicht mehr erlaubt, den Bereich des anderen zu betreten, was weiß ich schon?

Es geht jetzt erst mal nur um mich.

Ich stemme die Hände in die Seiten. Eine Art Abwehrgeste, die gleichzeitig Überlegenheit suggerieren soll. Julie starrt mich irritiert an, und ich lasse die Arme wieder sinken. Ich habe mir so viele Masken und Gesten für diesen Job an- und abtrainiert, dass ich manchmal vergesse, mich außerhalb des Büros zu verhalten wie ein ganz normaler Mensch. Kann sein, ich habe Julie Cooper falsch eingeschätzt. Kann sein, sie ist auf sich selbst bezogen, womöglich egoistisch und kein bisschen die leicht orientierungslose, schutzbedürftige Person, für die ich sie anfänglich gehalten habe. Aber das ist egal. Es geht nicht darum, jemanden zu mögen, sich gar anzufreunden. Es geht darum, Respekt und Distanz zum anderen zu wahren, damit dieses Wohnprojekt hier mit dreißig ebenso gut funktioniert, wie es das mit zwanzig getan hat.

»Es ist seltsam, in seinem eigenen Zimmer keine Privatsphäre zu haben, oder? Denken Sie, wir sollten ein paar Regeln aufstellen? Anklopfen, bevor wir den Raum betreten, zum Beispiel?«

Sie sagt es in ganz ruhigem Ton, nicht vorwurfsvoll, nicht anklagend, aber es ist klar, dass die Frage auch eine Art Verwarnung beinhaltet. Vielleicht wäre Julie Cooper eine bessere Anwältin geworden, als ich einer bin.

Womöglich ist sie eine? Ich weiß so gut wie nichts über sie. Und ich würde es gern dabei belassen.

»Wenn Sie sich dann besser fühlen, können wir gern ausmachen, künftig anzuklopfen«, räume ich ein.

»Es geht doch nicht nur darum, dass ich mich besser fühle. Hätten Sie nicht auch gern ein bisschen mehr Privatsphäre?«

Keine Ahnung, ich verbringe ohnehin kaum Zeit hier, denke ich. »Ja, natürlich. Lassen Sie es uns genauso machen. Anklopfen, dann eintreten.«

»Gut.« Sie nickt. »Brauchen wir, ich weiß nicht – eine Liste für die Bad- und Küchenbenutzung? Einen Putzplan?«

»Äh ... Okay? Ich meine, ich würde ungern nicht das Bad benutzen dürfen, weil es außerhalb einer vereinbarten Zeit liegt, aber darüber hinaus ... Einen Putzplan können wir gern aufstellen.«

»Fantastisch. Einmal die Woche, abwechselnd Küche und Bad?«

»Perfekt.«

»Gut.«

»Prima.«

Sie zieht das Laken zurück an seinen Platz.

Die Distanz ist wieder hergestellt.

War nett, mit Ihnen zu plaudern.

7
Julie

»Julie! Julie! Hier bin ich! Hier drüben!«

Auf halbem Weg zur Bar mache ich kehrt und steuere auf die Nische hinter der Tür zu, aus der Hannah mir entgegenwinkt.

»Verstecken wir uns vor jemandem?«, frage ich, während ich mich ihr gegenüber auf einen Stuhl fallen lasse.

»Was hast du gegen unsere Kuschelecke? Sie ist bei Gästen äußerst beliebt. Aus Gründen.« Sie zwinkert mir vielsagend zu. »Für uns bedeutet sie die vielleicht einmalige Chance, ein Gespräch zu führen, ohne dass mindestens die Hälfte der Familie Esposito ihren Senf dazugibt.«

Es ist das erste Mal, seit ich in Brighton bin, dass Hannah und ich uns für den Abend verabredet haben. Einige Male sind wir uns im *Little Italy* über den Weg gelaufen, wenn ich eine Schicht übernommen hatte und sie auf einen Teller Pasta vorbeischaute oder umgekehrt. Das kleine Restaurant ist tatsächlich zu einer Art zweitem Wohnzimmer für uns geworden – für mich im Besonderen, da ich oben keines habe, für Hannah, weil sie dann und wann eine Pause von ihrer Schwester braucht, wie sie sagt. Und wie ich es schon nach unserer ersten Begegnung vermutet hatte, verstehen wir beide uns blendend. Es ist schön, jemanden im Haus zu wissen, dessen Gesellschaft man so mühelos genießt. Und ich hatte mich darauf gefreut, einmal in Ruhe mit Hannah sprechen zu können, statt zwischen zwei Bestellungen nur ein paar Sätze zu wechseln. Selbst wenn das bedeutet, sich von Dante bedienen lassen zu müssen.

Wie aufs Stichwort taucht er in dieser Sekunde neben unserem Tisch auf. »Was darf ich euch bringen, meine zwei Traumfrauen?«

Hannah und ich sehen einander an. Es fällt gar nicht leicht, in Dantes Gegenwart nicht mit den Augen zu rollen, selbst wenn er nur eine Bestellung aufnehmen will. Was ich nach mehr als einer Woche, die ich im *Little Italy* aushelfe, mit Sicherheit bestätigen kann, ist, dass Orlandos ältester Sohn über eine, sagen wir, *einladende* Persönlichkeit verfügt. Übersetzt bedeutet das: Alles, was nicht bei drei über die Tische und aus dem Fenster gesprungen ist, wird Gegenstand seiner Flirtversuche, egal ob Mann, Frau, jung oder Ü50. Dass derlei ambitioniertes Balzverhalten zuweilen anstrengend sein kann, lässt sich daran bemessen, wie oft der gute Dante nicht zu seiner Schicht erscheint, weil er sich von vorangegangenen Strapazen erholen muss.

Dante ist dreiundzwanzig.

Die Male, die er mich in dieser ersten Woche schon um ein Date gebeten hat, übersteigt diese Zahl bei Weitem.

»Ein Glas Weißwein«, sage ich ihm. »Und eine Karaffe Wasser, bitte.«

»Ein Bier für mich«, fügt Hannah hinzu, und Dante erwidert: »Das Übliche also«, und klingt dabei so unanständig, wie man diesen harmlosen Satz nur aussprechen kann.

Ich schüttle mich ein bisschen.

»Was?« Hannah lacht, sobald unser zweifelhafter Kellner außer Hörweite ist.

»Nichts. Ich frage mich nur gerade, wie es sein kann, dass es tatsächlich Frauen gibt – oder Männer –, die auf seine Masche reinfallen.«

»Einen gewissen Charme kannst du ihm nicht absprechen, oder? Außerdem sieht er gut aus. Ich meine, gesetzt den Fall, du stehst auf den Typ römischer Gott. Glänzende Haare. Dunkle Augen. Die gerade Nase.« Hannahs Stimme ist eine Oktave tiefer gerutscht. »Sicher verfügt er über Fähigkeiten, von denen wir uns jetzt noch gar keine Vorstellung machen.«

Ich betrachte sie skeptisch. »Du hattest doch nichts mit ihm, oder?«

»Gott, nein!«

»Aber er hat es versucht?«

»Klar hat er das! Ziemlich hartnäckig sogar. Aber irgendwann lässt es nach, falls es dich tröstet. Dante ist sehr viel Gebell, wenn du verstehst, was ich meine, aber er beißt nur selten.«

»Was ich mir nicht bildhaft vorstellen möchte«, sage ich, und Hannah grinst.

»Wie ist es sonst so, ich meine, abgesehen von Dante? Hast du dich inzwischen hier eingelebt? Bereust du, dass du geblieben bist? Konntest du dich an deinen ebenfalls recht ansehnlichen Mitbewohner gewöhnen?«

Ich gebe ein schnaubendes Geräusch von mir. »Ja, nein und nein, in dieser Reihenfolge«, erkläre ich, ebenfalls lächelnd, auch wenn ich es nicht wirklich fühle. Ich habe es nicht bereut, mich für das Zimmer entschieden zu haben. Ich bin nur ganz allgemein noch furchtbar unsicher, was meine Gesamtsituation betrifft, und je öfter ich mit Hannah spreche, desto mehr habe ich den Eindruck, es herrscht ein Ungleichgewicht zwischen uns. Sie ist so offen, mitteilsam und hilfsbereit, und ich … Ich halte etwas so Wesentliches vor ihr zurück wie beispielsweise den nicht unerheblichen Grund, weshalb ich überhaupt hier bin. Hier, in Brighton, in der Chestnut Road, mit ihr an diesem Tisch.

»Hannah?«

»Hm?«

»Erinnerst du dich, dass ich dir erzählt habe, dass ich Zahnärztin bin?«

»Wie könnte ich das vergessen? Ich habe noch nie jemanden kennengelernt, der so häufig die Zähne von anderen kommentiert oder ungefragt Tipps zur Mundhygiene vom Stapel lässt.« Hannah lacht.

Ich verziehe das Gesicht. »Und du weißt auch noch, dass ich sagte, ich mag den Beruf nicht sonderlich?«

»Natürlich.« Sie nickt erwartungsvoll.

Ich hole tief Luft. »Okay. Ich erzähle dir die ganze Geschichte, ja? Auch wenn du mich danach für verrückt erklärst.«

Und dann tue ich genau das, beichte Hannah all meine Fehlentscheidungen und wohin sie mich führten und … Gut. Von vorne.

Ich habe Zahnmedizin studiert, weil in meiner Familie einfach jeder Zahnmedizin studiert hat. Mein Vater, meine Mutter, meine Großeltern – so ziemlich jeder, bis hin zu den entferntesten Wahlverwandten im nordenglischen Hinterland. Im Gegensatz zu allen anderen scheine ich allerdings irgendwie aus der Art zu schlagen, denn eigentlich wusste ich schon im Grundstudium, dass Zahnmedizin nichts für mich ist. Absolut rein gar nichts. Trotzdem habe ich es durchgezogen – Fehler Nummer eins, würde ich im Nachhinein sagen. Fehler Nummer zwei: Ich habe drei Jahre lang in der Praxis meiner Eltern mitgearbeitet, ohne ihnen auch nur den kleinsten Hinweis darauf zu geben, wie furchtbar das für mich war, jede einzelne Sekunde lang.

Habe ich sehr, sehr wenige Tassen im Schrank? Womöglich. Hannah sieht mich jedenfalls mittlerweile an, als könnte sie sie problemlos zählen.

»Hilfe«, sagt sie. »Wieso hast du das getan?«

Das ist eine richtig gute Frage. Wieso habe ich es getan? Was stimmt nicht mit mir? Ich hasse diesen Beruf, aus den tiefsten Tiefen meiner Seele. Ich hasse es, Menschen in den Mund zu sehen, hasse die Beläge und fauligen Stellen, die Geräusche des Bohrers und das Spritzen von Blut. Ich hasse es, Menschen erzählen zu müssen, dass es schon nicht wehtun wird, und ich hasse es, beim Anblick dieser lächerlichen Mundspreizer nicht lachen zu dürfen.

»Ich werde jeden Zahnarztbesuch von jetzt an mit völlig anderen Augen sehen«, murmelt Hannah, nachdem ich meinen kleinen Monolog beendet habe. Dann bricht sie in schallendes Gelächter aus.

Und zum allerersten Mal muss ich mitlachen über die Absurdität dieser Problematik, über die vollkommene Groteske, in der ich seit Jahren feststecke.

Dante kehrt zurück und verteilt Gläser, Flaschen sowie zwei Schalen mit Oliven vor uns auf dem Tisch. Wir bestellen Pizza Verdure für mich und Rigatoni al Forno für Hannah, und als sich unser Kellner mit einem aufreizenden Lächeln zurückzieht, entlockt er uns beiden damit nicht mehr als ein Kopfschütteln.

»Und dann?«, fragt Hannah. »Hast du deinen Eltern irgendwann erzählt, dass du den Job nicht auf ewig machen möchtest?«

»Die ganze Zeit habe ich auf den richtigen Moment gewartet, und dann war es mit einem Mal zu spät. Vor ein paar Wochen eröffneten mir die beiden, dass sie mir die Praxis schon früher überschreiben wollen als geplant – zehn Jahre früher, um genau zu sein. Weil sie jetzt, solange sie noch jung genug sind, ein bisschen reisen und ihren Ruhestand genießen wollen.«

»Oje.«

»Exakt.«

Hannah verzieht mitfühlend das Gesicht, und ich füge den Rest der Geschichte hinzu: wie ich eine echte Panikattacke bekam bei der Vorstellung, für den Rest meines Lebens an die Praxis gefesselt zu sein, wie ich neben dem Behandlungsstuhl ohnmächtig wurde und mir den Kopf am Spülbecken stieß. Wie erschüttert meine Eltern waren und wie besorgt und dass sie darauf bestanden, mich zu einem Arzt zu schicken, der mir möglichst ein Burn-out attestieren sollte.

»Alles«, erkläre ich Hannah abschließend, »nur um nicht wahrhaben zu müssen, dass ich nicht den Beruf ausüben möchte, den sich meine Eltern für mich gewünscht haben.«

»Ich finde es ungeheuerlich, dass du es überhaupt getan hast. Den Beruf ergriffen, meine ich.«

»Ich war einfach … dumm. Ein überbehütetes Kind und ein ziemlich bequemer Teenager. Ich hatte keine Lust, mir Gedanken darüber zu machen, was ich wirklich will, und hielt die Praxis meiner Eltern für den Weg mit dem geringsten Widerstand. Ja! Sag's nur, ich habe mir das alles selbst zuzuschreiben!«

»Nein, das würde ich nicht sagen. Bestimmt hat zu all der Bequemlichkeit, die du dir vorwirfst, auch der Umstand beigetragen, dass du deine Eltern glücklich machen wolltest.« Sie sieht mich an, voller Anteilnahme. Sie ist wahrlich unglaublich liebenswert, Hannah Lewis aus Apartment 2B. Innerhalb von nur einer Woche ist sie mir zu einer so guten Freundin geworden.

»Und? Hat dein Arzt dir ein Burn-out attestiert?«

»Nicht direkt. Aber er hielt es durchaus für erstrebenswert, dass ich mich für ein paar Monate aus allem ausklinke und zur Ruhe komme. Also habe ich meine Eltern um ein Sabbatical gebeten. Und sie haben mich mit Handkuss fortgeschickt, sie standen immer noch unter Schock, nehme ich an.«

»Wow.« Hannah schüttelt den Kopf. »Was für eine Geschichte. Ich meine, ich hatte schon vermutet, dass du vor irgendetwas davongelaufen bist, als ich dich am ersten Abend hier im *Little Italy* gesehen habe. Allerdings hätte ich nicht gedacht, dass es eine Zahnarztpraxis ist, vor der du fliehst.«

Ich pruste einen Schluck Wasser zurück in mein Glas. »Ja, oder? Wer läuft schon sozusagen vor seinem Erbe davon?«

»Du, offensichtlich.« Hannah nippt an ihrem Bier. »Denkst du, du wirst die Praxis am Ende trotzdem übernehmen?«

Allein beim Gedanken daran habe ich den Duft von Desinfektionsmittel in der Nase und das Kreischen des Bohrers im Ohr.

»Herrje, du bist ganz blass geworden!«

»Ich weiß nicht«, erwidere ich zögernd. »Ich kann nur hoffen, dass sich noch eine andere Lösung auftut. Ich will meine Eltern nicht vor den Kopf stoßen – wehtun möchte ich ihnen erst recht nicht.« Ich lehne mich in meinem Stuhl zurück und atme einmal tief ein und aus. »Aber bevor ich dir erkläre, dass ich absolut keine Ahnung habe, was ich sonst tun sollte, machen wir lieber Schluss mit dem Thema und reden über dich: Wusstest du immer schon, dass du Journalistin werden willst?«

»Immer schon. Seit ich zwölf bin. Langweiliges Thema. Erzähl mir lieber noch etwas von deinem heißen Mitbewohner.«

Ich stöhne auf, während Hannah unbeirrt fortfährt: »Wie läuft es mit ihm? Hast du mittlerweile schon mehr von ihm zu sehen bekommen als sein ordentlich gemachtes Bett und die falsche Zahnbürste, die er benutzt?«

»Mach dich nur lustig über meine Fachkenntnisse, sie sind das Letzte, was mir geblieben ist. Und Ultraschall-Bürsten *sind* die besten, und sein Zahnfleisch *wird* es ihm danken, wenn ihn erst mal jemand darauf bringt, eine zu benutzen. Ich werde das allerdings nicht sein. Ganz abgesehen davon ist er nur halb so gut aussehend, wie du glaubst.«

»Wirklich? Zieht er sich abends eine Gummimaske vom Gesicht, hinter der dann seine Oger-Nase zum Vorschein kommt?« Hannah lacht. »Ich dachte nicht, dass objektiv gutes Aussehen etwas Subjektives ist.«

»Gutes Aussehen ist ja wohl längst nicht alles. Und es verliert an Reiz, je nachdem, wie merkwürdig sich jemand verhält. Und Alex Logan – er verhält sich merkwürdig.«

»Inwiefern?«

»Mal sehen: Er schläft beispielsweise kaum. Kommt jede

Nacht erst nach zwei Uhr nach Hause und steht vor sechs wieder auf, um laufen zu gehen. Vermutlich muss er sich fit halten, für seine Freundin. Die er im Übrigen auf Armeslänge von sich fernhält. Plus: Er bügelt seine Hemden! Der Kerl ist so gut wie nie zu Hause, doch wenn – dann bügelt er Hemden.« Ich schnaube. »Oh – und er versieht seine Fertig-Proteinshakes mit kleinen Aufklebern, auf denen sein Name steht. Du weißt schon, bevor er sie in den Kühlschrank stellt. Ich meine, jeder normale Mensch würde einfach einen Stift nehmen und auf den Karton krakeln. Nicht so Alex Logan.« Ich verdrehe die Augen.

Hannah fragt: »Er hat eine Freundin?«

»Das ist hängen geblieben?«

»Allerdings.«

»Phhhh! Klar hat er eine Freundin. Wohin sollte er sonst jeden Abend verschwinden, bis spät in die Nacht? Ich meine, nicht dass wir je darüber gesprochen hätten – wir haben noch so gut wie kein privates Wort miteinander gewechselt. Was merkwürdig ist, oder? Ich meine, für zwei, die sich ein Zimmer teilen.« Ich seufze schwer. »Ich will nicht wieder damit anfangen, aber ich kann auf keinen Fall länger als ein paar Wochen so wohnen. Wenn ich mich nur nicht so in das Haus hier verliebt hätte. Allem voran ins *Little Italy*.«

»Und in mich, nehme ich an?« Dante ist zurück und stellt einen Brotkorb inklusive Besteck vor uns ab.

»Leider nein.« Ich werfe ihm einen gespielt mitleidigen Blick zu, woraufhin er in ebenfalls gespielter Tragik sein hübsches Gesicht verzieht.

»Um aufs Thema zurückzukommen«, sagt Hannah, sobald Dante sich einem der anderen Tische zugewandt hat. »Alex Logan hat also eine Freundin.«

»Ja, ich glaube schon. Einmal habe ich ein Telefonat mitbekommen, da ging es darum, dass er jetzt hier wohnt, und sie dort, und nein, daran sollte sich erst mal auch nichts ändern, und … « Ich überlege. »Ich kann mich nicht mehr genau erinnern, aber irgendetwas an seinem Tonfall hat mir nicht gefallen. Obwohl ich ihre Seite des Gesprächs nicht mal gehört habe, hatte ich den Eindruck, er hält alle Zügel in der Hand und scheut auch nicht davor zurück, zur Peitsche zu greifen, wenn es sein muss.«

»Wie bitte?« Hannah prustet und verschluckt sich gleichzeitig an ihrem Bier, weshalb sie zu husten beginnt.

Ich rufe: »Nein! Um Himmels willen, *so* hab ich das nicht gemeint!«, muss dann aber ebenfalls lachen.

»Was für eine Vorstellung«, sagt Hannah, als sie sich wieder beruhigt hat. »In der Wohnung der alten und überaus korrekten Mrs. Gastrell wird eine neue Version von *Fifty Shades of Grey* geprobt.«

»Hör auf damit! Nichts wird geprobt. Wie ich bereits erwähnte: Er spricht kaum mit mir.«

»Ooh, bei diesen Dingen wird nicht sonderlich viel geredet.«

»Hannah!«

»Und darf ich dich daran erinnern, dass du diejenige warst, die diverse Stoffbahnen zwischen euch aufgehängt hat? Um mehr *Privatsphäre* zu haben?«

»Ich kann nicht glauben, dass ich an einem Ort gelandet bin, an dem *Privatsphäre* in Anführungszeichen geschrieben werden muss.«

»Den Vorhang für eure Aufführung habt ihr jedenfalls schon.«

Ich werfe ein Stück Grissini nach Hannah. »Ich will auch

gar nicht, dass er mit mir spricht. Er ist unterkühlt und distanziert. Typisch Anwalt eben. Mehr gibt es dazu nicht zu sagen.«

»Vielleicht liest er dir die Leviten, wenn du ihn nett darum bittest.«

»Hannah!«

Hannah kann sich kaum noch halten vor Lachen, und ich werfe mehr Brot nach ihr.

»Hey!«

»Genug jetzt von Alex Logan, in Ordnung?«

»Du hast nicht den Hauch Fantasie!«

Als Alex in dieser Nacht nach Hause kommt, bin ich sofort hellwach, obwohl er so gut wie kein Geräusch verursacht. Er ist wie ein Geist, der nur ab und zu nebulös aus dem Schatten hervorblitzt, wenn ein Luftzug den Vorhang hebt.

8
Alex

Es ist erstaunlich, wie viel man über einen Menschen lernt, obwohl man ihn a) so gut wie nie zu Gesicht bekommt, und b) kaum ein Wort miteinander wechselt, falls man sich doch einmal über den Weg läuft. Seit beinah zwei Wochen teilen Julie Cooper und ich uns ein Zimmer, und trotz der spärlichen Kommunikation bin ich mir in folgenden Annahmen absolut sicher:

Julie Cooper schläft (und schnarcht) wie ein betrunkenes Baby.

Sie ist so ordentlich wie ein Vierzehnjähriger mitten in der Pubertät.

Und aus ihr wird niemals eine anständige Kellnerin werden, sosehr sie sich auch darum bemühen mag.

Woher ich all das weiß?

Nun, das mit dem Schnarchen erklärt sich von selbst.

Außerdem – ich gebe es ungern zu, weil es extrem unangemessen klingt – werfe ich ab und zu einen Blick hinter die Laken. Nur um sicherzugehen, dass sie nicht da ist, wenn ich mich umziehen möchte, zum Beispiel. Jedes Mal sieht ihr Bett dann aus, als habe sie es gerade erst verlassen, ihr Stuhl ist unter einem Berg an Klamotten kaum mehr zu identifizieren, auf ihrer Tischhälfte stapeln sich Zeitungen und Schachteln. Das Chaos, das sie verbreitet, verursacht in mir eine derartige Unruhe, dass ich mittlerweile dankbar bin für den Sichtschutz.

Und was das Kellnern betrifft …

Laut Untermietvertrag darf die Küche mitbenutzt werden, und ehrlich, ich hatte es mir vorgenommen – zumindest an den Abenden unter der Woche, zwischen Kanzlei und Nachtschicht, wenn es schnell gehen muss und eigentlich nur Zeit bleibt für Fertigpizza, Ravioli aus der Dose oder ein Sandwich. Ich habe es versucht, beinah zehn Tage lang, doch ein Mensch kann nur so viel Fast Food in sich hineinschaufeln, bis allein der Gedanke daran Übelkeit verursacht. Also bin ich vor ein paar Tagen, zum ersten Mal, seit ich hier wohne, zum Essen ins *Little Italy* gegangen – und was soll ich sagen: Es ist nicht nur nah, es ist außerdem tatsächlich gut. Natürlich stellt es auch einen Kostenfaktor dar, den ich nicht ewig werde ausreizen können, aber für den Moment sehe ich es als eine Art Belohnung, die ich mir gönne, solange es eben geht. Ich habe mir vorgenommen, nicht ständig darüber nachzudenken, was es bedeutet, in einer fremden Stadt, in ungewohnter Umgebung, in einer neuen Kanzlei das kleinste Rad am Wagen zu sein, und es fällt mir leichter, hier an der Bar nicht darüber nachzudenken, als alleine irgendwo anders.

»Was darf's heute sein?«

Sobald ich mich gesetzt habe, schenkt mir Orlando, Wirt des *Little Italy*, unaufgefordert ein Glas Mineralwasser ein. Ich gebe zu, ich kann ihn inzwischen recht gut leiden, wenngleich auf eine eher vorsichtige, misstrauische Weise. Diese Sache mit den Tagesgerichten … Die Art, wie er mir jedes Mal, kaum dass ich zur Tür hereinkomme, eine

Empfehlung ausspricht, die nicht nur genau meinem Geschmack, sondern meistens auch noch meiner Gemütsverfassung entspricht. Ich frage mich ehrlich, wie er das macht. Und ob er das mit allen Gästen anstellt oder nur mit mir? Ich meine, es kann nicht jeder in der gleichen Stimmung hier aufschlagen, und das, was Orlando einem aufschwatzt, kann auch sicher nicht für alle anderen das absolut Richtige sein. Also wie um alles in der Welt …

»Wie wäre es heute mit etwas Frittiertem, Signor Logan? Etwas Krosses, Knuspriges, und innen herrlich weich? Maria hat sizilianische Arancini gemacht, ganz frisch, nach einem alten Rezept ihrer Großmutter. Sie liegen auf einem knackigen Salat. Dazu ein hübsches, leichtes Käsedressing?«

Da.

Was habe ich gesagt?

Vermutlich ist es Zufall. Oder Glück. Oder er ist ein ebenso geschickter Schnüffler wie die alte Mrs. Gastrell. In jedem Fall ist er neugieriger, als gut für ihn ist, bei dieser Meinung bleibe ich, trotz allem. Egal wie hervorragend seine Frau kocht, egal wie zunehmend wohl ich mich in seiner Gegenwart fühle. Wie er sich an diesem ersten Abend, an dem ich Julie ihren Koffer gebracht habe, über die Theke gelehnt hat … Fast wie ein überambitionierter Paar-Therapeut.

Womit wir beim Thema wären.

Julie Cooper.

Ich habe keine Ahnung, wo sie herkommt oder was sie vorher getan hat, doch gekellnert hat sie mit Sicherheit nicht. Sie läuft mit dem Tablett in beiden Händen durch das Lokal wie eine Schnecke mit angezogener Handbremse, den Blick starr auf Gläser und Teller gerichtet, als könnte sie die

Ladung allein durch Willenskraft davon abhalten, ihr aus der Hand zu rutschen. Sie wird nervös, sobald jemand nach der Bedienung ruft. Und braucht dann ewig, alles in das elektronische Bestellsystem einzugeben. Manchmal höre ich sie diskutieren. *Ich weiß selbst nicht, Sie mögen dies? Dann nehmen Sie das. Oder nein, lieber doch das andere. Ich könnte mich sicher auch nicht entscheiden …* Wer auch immer im *Little Italy* auf eine eindeutige Empfehlung hofft, sollte nicht die nervöse Kellnerin mit der großen Brille und dem zerfransten Dutt fragen.

Was Julie Cooper dennoch wirklich gut kann, ist mir unfreundliche Blicke zuzuwerfen, wenn ich sie mit hochgezogenen Brauen dabei beobachte, wie sie sich für den Wettbewerb zur fragwürdigsten Bedienung Brightons qualifiziert.

»Wie wäre es zur Abwechslung mal mit einem kleinen Glas Wein?«, fragt Orlando, als er wieder vor mir steht. »Wir haben einen Orvieto Classico, der passt hervorragend zu den Reisbällchen. Nur ein Schlückchen? Immerhin ist heute Freitag.«

Ich will gerade antworten, dass ich generell gern auf Alkohol verzichte, als Julie neben mir auftaucht und erklärt: »Ich glaube nicht, dass Mr. Logan an deinem Wein interessiert ist, Orlando.«

Ich nippe an meinem Wasser. Ich habe ihr bereits gesagt, dass mein Name Alex ist, nicht Mr. Logan, doch wenn die Distanz es ihr leichter macht, *Distanz* zu wahren, soll mir das recht sein.

»Und das wissen Sie so genau, weil …« Ich überlasse es ihr, den Satz zu beenden, und sehe sie auffordernd an.

»Weil«, beginnt sie, während sie ihr Tablett auf die Theke hebt, um es von den leeren Gläsern zu befreien, »Sie sonst kaum bereits vor Tagesanbruch aus dem Haus rennen könnten für ihr Workout. Auch am Samstag.«

Schon in dem Augenblick, in dem sie die Worte ausgesprochen hat, ist ihr anzusehen, wie unangenehm ihr dieses private Wissen ist – als hätte sie mehr über sich selbst preisgegeben als über mich, indem sie zugibt, dass sie meinen Tagesablauf kennt.

Sie wendet sich von mir ab. »Orlando, die Damen an Tisch vier fragen nach etwas, das so ähnlich schmeckt wie Sangria. Was soll ich ihnen empfehlen? Den Lambrusco?«

»Empfiehl ihnen die Bodega Don Carlos. Die haben hervorragende spanische Kost.« Womit er sich schnaubend das Geschirrtuch über die Schulter wirft und in Richtung Küche verschwindet.

»Tja. Und das war das.« Julie stößt ein nervöses Lachen aus, bevor sie sich die Hände an ihrer Schürze abwischt, und zum ersten Mal fällt mir auf, was heute anders ist an Julie Cooper: Sie trägt keines dieser sackartigen, offenbar ausschließlich in Erd- und Grautönen produzierten Kleider, in denen ich sie sonst gesehen habe und die nichts über die Frau verraten, die darin steckt. Zum ersten Mal sehe ich sie heute in einer schwarzen schmalen Hose, einem dunklen T-Shirt und eben dieser Schürze, deren lange Schnüre sie sich zweimal um die Taille wickeln musste.

Ich habe einen Augenblick zu lange hingesehen. Und als mir aufgeht, dass es *ihr* aufgefallen ist, komme ich schnell auf die Weinfrage zurück: »Sie haben recht. In der Regel trinke ich keinen Alkohol.«

»Ja. Verstehe.«

Ich bin mir nicht sicher, was sie zu verstehen glaubt, aber mir erscheint die Stimmung zwischen uns gerade angespannt genug, weshalb ich ihre Reaktion nicht weiter hinterfrage.

Julie geht einmal um die Theke herum, greift nach einer dicken Flasche Lambrusco und schenkt eine Karaffe davon ein. Während Orlando in der Zwischenzeit, wie ich vermute, zu seiner Frau in die Küche gestapft ist, um sich über die Dreistigkeit mancher Gäste zu beschweren. Maria Esposito ist eine grandiose Köchin und darüber hinaus fast so etwas wie ein Mythos. Wenn man den Gerüchten glauben darf, hat keiner der Gäste sie jemals zu Gesicht bekommen, obwohl alle ihre Stimme kennen. Sie tönt in herzhaftem italienischem Geschimpfe aus dem Off, doch die Frau, der die Stimme gehört, zeigt sich nicht.

Dieser Laden. Irgendwas stimmt nicht mit diesem Restaurant. Auf eine positive Weise, meine ich. Abgesehen davon, dass offenbar jeder hier kellnern darf, ob er es kann oder nicht.

Julie schenkt Getränke ein und würdigt mich keines weiteren Blickes. Und beinah sehne ich mich nach Harris, dem unverständlichen Schotten, mit dem es mir zumindest möglich war, ein paar nichtssagende Sätze auszutauschen, wenn wir uns begegnet sind. Ich bin nicht sicher, wieso Julie und ich kein harmloses Gespräch führen können. Ja, ich halte sie für merkwürdig, nicht unbedingt sozial verträglich und furchtbar selbstbezogen, das hindert mich allerdings nicht daran, höflich zu sein. Was auch immer sie über mich denkt, hält sie dagegen ziemlich sicher davon ab.

Nun. Der Klügere gibt nach, sage ich mir. Ein normaler Umgang sollte möglich sein.

»Ähm«, beginne ich glorreich, »wie geht es Ihnen denn eigentlich so? Haben Sie sich gut in Brighton eingelebt?«

Sie sieht überrascht auf mit diesen großen braunen Augen, die buschigen Brauen beinah bis zum Haaransatz gezogen. »Ja. Äh, ja. Es gefällt mir sehr gut in Brighton. Insbesondere das *Little Italy*, und dass ich so die Möglichkeit habe … ähm. Egal. Es gefällt mir.«

»Woher kommen Sie ursprünglich?«

»Ich bin aus Newcastle.«

»Newcastle. Nicht gerade um die Ecke.«

»Nein.«

Und das war es wieder. Kein unverfängliches *Und Sie? Wo kommen Sie her?* Kein gar nichts.

Ich lächle angestrengt. Sie versucht es nicht einmal. Stattdessen hebt sie das Tablett an und trägt es um den Tresen herum in Richtung der Tische. Gläser klirren, während sie es tut, und ich gerate kurz in Versuchung, ihr zur Hand zu gehen, entscheide mich dann jedoch dagegen. Es wäre ihr ganz sicher nicht recht. Ich muss kein Frauenversteher sein, um ihr verschlossenes Gesicht zu interpretieren. Ich frage mich bloß, warum. Ich meine, weshalb sie so distanziert und kühl ist. Ist sie von Natur aus so oder nur zu mir?

»Ah! Lambrusco also?«, ruft Orlando, während Julie ihr Tablett unbeschadet davonträgt, und dann, ein bisschen lauter: »Ich könnte ein paar Orangenschnitze hineinschmeißen, wenn das hilft!«

Er beginnt damit, den Tresen abzuwischen, während er *Sangria, unglaublich, Sangria* vor sich hingrummelt. Bis sein Blick an dem Tisch neben der Küche hängen bleibt.

»Dante!«

Gänzlich unerschrocken hebt der junge Mann kurz den Kopf, bevor er wieder grinsend auf das Display seines

Handys blickt. Eine Tirade italienischer Schimpfwörter auf den Lippen, macht sich Orlando auf den Weg zu seinem Sohn, um ihn dazu zu bewegen, aufzustehen. Der liebe Dante kann von Glück sagen, dass er nicht an den Ohren hochgezogen wird, wie es aussieht.

»Jaja, ich komme.« Gutmütig klopft Dante seinem Vater auf die Schulter. »Müsste Romeo nicht längst hier sein?«

Orlando verdreht die Augen. Er hält erneut einen hitzigen Monolog in seiner Landessprache, von dem ich kein Wort verstehe außer *Romeo* und *niente.* Und während ich die beiden so betrachte, geht mir auf, dass der jüngere Sohn ein noch größeres Mysterium ist als seine Mutter. Ich kann mich jedenfalls an keine Begegnung mit besagtem Romeo erinnern, andererseits bin ich auch nicht gerade Stammgast im *Little Italy.* Zumindest noch nicht.

Als die beiden sich auf den Weg zurück zur Bar machen, wende ich meinen Blick ab und lande erneut bei Julie Cooper, die sich gerade zu einem Hund hinunterbeugt, um ihn zu streicheln.

Eine Hand landet auf meiner Schulter. »Von der Bar aus hat man die beste Aussicht, hab ich recht?«

Dante stiert ungeniert auf Julies Hintern, und während ich noch überlege, was ich antworte, hat Orlando seinem Sohn schon mit einem zusammengerollten Geschirrtuch die Frisur aufgemischt.

»Autsch!« Dante lacht.

Prompt wirft Julie einen Blick über die Schulter, einen nicht sehr erfreuten, der wieder einmal mich trifft.

»Sie haben nicht zufällig eine Ahnung«, frage ich Orlando, ohne sie aus den Augen zu lassen, »ob dieser Blick normal ist? Ich meine, sieht sie alle so griesgrämig an oder nur mich? Und wenn ja, könnte es einen Grund geben, warum sie mich nicht leiden kann?«

»Nun. Nein. Nein, das kann ich mir überhaupt nicht vorstellen.«

Überrascht sehe ich ihn an. Ja, Orlando Esposito ist ein exzellenter Wirt, das ist er wirklich. Ein bisschen unheimlich, aber das kann auch persönliches Empfinden sein. Was er dagegen absolut nicht besitzt, ist ein Pokerface. Nicht einmal den Hauch davon. Hoffen wir mal, dass er nie in einen Zeugenstand gerufen wird. Er wäre so leicht zu erlegen wie ein Karpfen.

»Ich frage mich, weshalb Julie mir misstrauen sollte«, überlege ich laut. »Ich meine, ich bin so gut wie nie da, ich bin ordentlich, großzügig und wohlwollend …«

Orlando gibt einen merkwürdigen Ton von sich, der wie ein Schnauben klingt.

»Was?«

»Ich denke nicht, dass *wohlwollend* das richtige Adjektiv für Sie ist, Mr. Logan. Nein?«

»Nein?«

»Nein. Nach allem, was ich höre, und wie Sie mit Frauen umgehen.«

»Wie ich … *Was*?«

»Offensichtlich machen Sie, wenn Sie mit Ihrer Freundin telefonieren, nicht gerade den sympathischsten Eindruck, und … Ja.« Orlando zuckt mit den Schultern und setzt gleichzeitig ein entschuldigendes Lächeln auf, während ich mir das Hirn zermartere, wann ich mit meiner Freundin telefoniert haben soll, die ich gar nicht habe, in Julie Coopers Gegenwart noch dazu.

Ich runzle die Stirn.

»Nun, sich jede Nacht vor zwei Uhr wieder auf den Weg zu machen, ohne bei der Dame zu übernachten, ist vielleicht auch ein bisschen unhöflich.« Der Wirt wirft mir einen Blick zu, den ich als *liebevoll scheltend* deute, mit hochgezogenen Brauen und gespitzten Lippen.

Alles, was ich denken kann, ist: *Was zur Hölle?*

»Vielleicht habe ich das ein oder andere Gespräch zwischen Hannah und Julie mit angehört«, fügt er hinzu, als würde das alles erklären. »Aaaah, da ist sie ja. Wenn man von Engeln spricht.« Womit er sich in einer Geschwindigkeit davonmacht, die man einem Mann mit seiner Körperfülle gar nicht zugetraut hätte.

»Sie sind doch Anwalt«, sagt Julie, als sie ein weiteres Mal ein Tablett voll leerer Gläser neben mir auf dem Tresen schiebt. »Dann müssten Sie eigentlich wissen, dass man Frauen nicht auf den Hintern glotzt. Zählt das schon als Belästigung?«

Ich starre sie an. Was um Himmels willen? Ich und Frauen und … *Was*?

»Und?« Erwartungsvoll sieht sie mich an.

»Und?«, wiederholte ich.

»Zählt unzüchtiges Glotzen schon als Belästigung?«

Unzüchtiges Glotzen. »Äh … Ich fürchte nicht.«

»Das heißt, Sie kommen in der Regel damit durch.« Sie kneift die Augen zusammen, der Ärger ist ihrer Stimme deutlich anzuhören.

Ich starre sie immer noch ungläubig an, und dann muss ich lachen. Julie Cooper sieht keinesfalls so aus, als habe sie einen Scherz gemacht, was ich beinah noch witziger finde.

Von hinten legt sich ein Arm um ihre Schultern.

»Belästigt der Typ dich etwa?« Gut gelaunt sieht Dante von Julie zu mir und wieder zurück.

Sie öffnet schon den Mund, um was auch immer zu erwidern, da fügt er hinzu: »Und da dachtest du, ich wäre schlimm. Vielleicht solltest du allmählich doch mal mit mir ausgehen, Julsy, damit ich dich endlich vom Gegenteil überzeugen kann.«

Ich ziehe die Brauen hoch, bevor ich nach dem Wasserglas greife, um mein Grinsen zu verbergen. *Julsy.* Tja, der Typ hat Moves, ganz klar. Bei der Vorstellung davon, wie Julie Cooper mit diesem Möchtegern-Playboy loszieht, breche ich beinah wieder in Gelächter aus.

Und dann höre ich sie sagen: »Weißt du was? Womöglich sollten wir das wirklich tun.«

Verblüfft sehe ich sie an. Der Blick, mit dem sie mich bedenkt, ist voller Trotz. Als wollte sie mir irgendetwas beweisen damit, dass sie diesem Burschen nachgegeben hat. Der jetzt im Übrigen wirkt, als habe er in der Lotterie gewonnen, mindestens fünf Richtige. Die Art und Weise, wie er Julie mustert, kann man leider nur als gierig beschreiben.

Sie scheint das genauso zu sehen, ihr Mund verzieht sich kaum merklich.

»Klasse.« Dante strahlt.

Julie seufzt.

Orlando, wie aus dem Nichts wieder zur Stelle, flüstert: »*Mio dio.* Sie hat keine Ahnung, worauf sie sich da eingelassen hat.«

9
Julie

Ich bin dabei, Lippenstift aufzutragen, doch noch während ich das tue, verwerfe ich das Vorhaben wieder. Dante Esposito soll nicht auf die Idee kommen, ich hätte mich für ihn in Schale geworfen, also greife ich zu einem Kosmetiktuch und wische die Farbe wieder weg. Ich starre auf meine Reflexion im Badezimmerspiegel, die kopfschüttelnd zurückstarrt.

Worauf um Himmels willen habe ich mich da eingelassen? Und warum überhaupt?

Wie um meine Frage zu beantworten, dreht der Haustürschlüssel im Schloss; gleich darauf höre ich das Klopfen an der Zimmertür, dann wird auch sie geöffnet.

Ich sehe auf meine Armbanduhr. Es ist Freitag, 18:54 Uhr, und Alex Logan ist bedauerlicherweise früher dran als sonst. Ich stöhne innerlich, weil wir uns ausgerechnet heute über den Weg laufen müssen – heute, kurz bevor ich zu diesem vermaledeiten Date aufbreche, das ohnehin ausschließlich er zu verantworten hat. Hätte er mich nicht auf diese Art angesehen, auf diese *Wieso nur sollte irgendjemand Ihnen auf den Hintern starren wollen? Na, immerhin erbarmt sich ein armer Irrer, der mit Ihnen ausgehen will, auch wenn es noch so lächerlich ist*-Art, ich hätte mich niemals zu einem

Treffen mit Dante überreden lassen. Weshalb sollte ich so etwas Verrücktes tun?

Erneut greife ich zu meinem Lippenstift und trage vehement eine dicke Schicht auf. Wenn sie auch sonst nichts bewirkt, dann hält sie doch hoffentlich diesen italienischen Welpen davon ab, mich anspringen zu wollen.

Ich bleibe im Bad, bis es um Punkt neunzehn Uhr an der Tür läutet, dann rausche ich ins Zimmer wie ein Windstoß, um meinen Mantel zu holen.

»Oh, hallo«, eröffnet mein Mitbewohner. »Hab ich das Klopfen überhört, oder …«

Zielstrebig steuere ich von der Flügeltür – seiner Hälfte, denn das ist die, die sich öffnen lässt – auf meinen Schrank zu und vermeide dabei, in eine andere Richtung zu sehen. »Ich hab's furchtbar eilig. Bin sofort wieder weg.«

»Prima. Ich werde es meiner Privatsphäre ausrichten.«

Ich verdrehe die Augen. Aber ja, ich bin selbst schuld. Schließlich war ich diejenige, die auf Regeln bestanden hat. »Also gut«, sage ich. »Verzeihung. Ich bin spät dran und habe vergessen zu klopfen.«

»Kein Thema. Ich wollte mich ohnehin gerade wieder anziehen.«

Ich halte in der Bewegung inne, eine Sekunde nur, bevor Alex Logan zu lachen beginnt. »Wissen Sie was?«, fragt er. »Vergessen Sie's. Vielleicht sollten wir allmählich aufhören, uns Spitzfindigkeiten an den Kopf zu werfen. Wie wäre es zur Abwechslung mal mit … keine Ahnung. Normal?«

Als ich mich zur Tür umdrehe, einen Arm bereits im Mantel, steht er mit den Händen in der Hüfte da, Anzug, Krawatte, Schuhe, alles an seinem Platz.

»Ich …« Es klingelt noch einmal. »Sorry, ich muss jetzt wirklich los.«

»Natürlich, klar.« Er deutet zur Tür. »Wenn Sie Dante noch länger warten lassen, wird er womöglich mit dem Geländer verwachsen. Er lehnte da schon, als ich vorhin hier angekommen bin. Sehr sorgfältig drapiert, und …«

Den Rest seiner amüsierten Ansprache höre ich nicht mehr, weil ich die Tür längst ins Schloss gezogen habe, fester als nötig.

Normal miteinander umgehen.

Dass ich nicht lache.

Als ich die Eingangstür öffne, lehnt Dante am Treppengeländer, die Arme weit ausgestreckt auf dem Handlauf, ein Knie angewinkelt, ein erwartungsvolles Lächeln auf dem Gesicht.

Beinah kann ich Alex Logan kichern hören.

»Hast du Hunger? Durst? Lust auf Abenteuer?«

Wir haben uns gerade mal fünf Schritte vom Haus entfernt, schon liegt Dantes Arm um meine Schulter, die Fingerspitzen seiner Hand baumeln gefährlich nah über meinem Brustansatz und sein minziger Atem streift meine Wange, während er dusseliges Zeug von sich gibt.

Ich schiebe seinen Arm weg. »Du weißt, dass das hier ein völlig harmloses Date ist, ja? Ich meine eins von der Sorte, bei der man sich trifft, nett unterhält und dann getrennt nach Hause geht?«

»Wieso sollten wir getrennt nach Hause gehen? Wir wohnen im selben Haus.«

»Du weißt sehr gut, was ich meine. Wir sind maximal Freunde, Dante, nicht mehr. Okay?«

»Sicher, *signorina.*« In gespieltem Ernst sieht er mich an und schlingt dann den Arm um meine Taille. »Hunger? Durst? Lust auf Abenteuer?«

Nachdem ich mich abermals aus Dantes Umarmung befreit habe, führt er mich in Richtung Brighton Pier, was mich wenig überrascht. Dante ist jung, junge Menschen treffen sich am Pier, bevor sie in einem der Clubs herumhängen, die allerdings erst viel später öffnen; meistens nicht, bevor die Pubs schließen. Klinge ich wie eine Vierzigjährige, obwohl ich noch keine dreißig bin? Vermutlich ja. Vielleicht fühle ich mich aber auch nur alt neben so einem Kerl wie Dante, der offenbar vorhat, nie erwachsen zu werden, geht man von seinem Verhalten aus. Ich wette, dieses Date wird ablaufen wie in einer drittklassigen High-School-Serie: Ein billiges Essen, gerne Fast Food, gefolgt von der besten sich bietenden Gelegenheit für forcierten Körperkontakt, nur um dann zufällig gemeinsam nackt in ein Bett zu stolpern. Was hier selbstverständlich nicht passieren wird. Diese Analyse ist als rein hypothetisch zu betrachten.

»Ich dachte, wir haben vermutlich beide die Nase voll von der italienischen Küche, oder? Du wirst es nicht glauben, aber hier gibt es die besten Fish'n'Chips von ganz Brighton!« Dante bleibt vor einem Take-away an der Strandpromenade stehen, unmittelbar bevor es auf den Pier geht, und deutet auf einen der Holz-Stehtische.

»Willst du hier warten? Ich hole uns was. Ein Bier dazu?«

Na, was hab' ich gesagt? Fast Food. »Für mich nur die Chips. Ich esse nicht gern Fisch.«

»Alles klar.« Zu schnell, als dass ich hätte zurückweichen können, hat er sich nach vorn gebeugt und mir einen Kuss auf die Wange gedrückt. Ehrlich, dieser Typ. »Freunde!«, rufe ich ihm nach, und ich sehe noch, wie sich Dantes Mund zu einem unverschämt breiten Grinsen verzieht, bevor er den Imbiss betritt.

»Also, Julsy, worauf hast du Lust? Achterbahn? Oder lieber die Spielhallen? Der Pier am Freitagabend ist ein ziemlicher Spaß. Warst du schon mal hier? Oder bin ich dein erstes Mal in Brighton?« Gut gelaunt schiebt sich Dante eine Fritte zwischen die Lippen, während er mich aus seinen dunklen Augen anfunkelt – und ich meinen Blick gen Himmel richte. Dabei hake ich einen weiteren Punkt meiner Liste ab (den mit der Suche nach Gelegenheiten für Körperkontakt – ich sage nur: *Achterbahn*).

Ich hätte mit Hannah ins Kino gehen können. Ein Abend allein, während ich auf Vorhänge starre, wäre amüsanter gewesen. Wobei – nein, das ist gelogen. Es ist nicht so, als wäre Dante nicht amüsant und als wäre es nicht eine schöne Abwechslung, den Pier bei Nacht zu sehen. Als ich das erste Mal davon hörte, dass diese berühmte Seebrücke nichts anderes ist als ein meterweit ins Meer ragender Rummelplatz, war ich schockiert. So ein Seebad, das hätte ich mir irgendwie anders vorgestellt, romantischer. Doch es ist, was es ist, und solange das der Fall ist, kann ich mich ebenso gut darauf einlassen. Ganz abgesehen davon ist Dante kein kompletter Idiot. Wäre er nicht dieser selbst erklärte Berufsverführer, wäre er ein netter, gut aussehender, sympathischer junger Mann. Denke ich.

»Die Achterbahn hätten wir vielleicht vorm Essen ausprobieren sollen«, erwidere ich also. »Und ich heiße Julie, nicht Julsy.«

»Aah, schade. Ich habe eine Schwäche für Spitznamen. Wie wäre es mit Jules?«

»Was ist deiner? Danny?«

Diesmal nimmt er eine Fritte, um sie mir zwischen die Lippen zu schieben. »Du darfst mich nennen, wie du willst, *bella*!«

Gott, was mache ich mit diesem Kerl?

Als wir nicht mal zwanzig Minuten später den Pier betreten, weiß ich immerhin Folgendes über Dante Esposito: Er ist in Rom geboren, woher die Familie stammt, lebt in Brighton, seit er acht Jahre alt war, ist hier zur Schule gegangen und hat nicht vor, dies weiter auszubauen. »Klar übernehme ich den Laden meiner Eltern«, erwidert er auf meine Frage. »Was dachtest du denn?«

Tja. Was dachte ich von einem Typen, der sich vor jeder Schicht drückt, als habe man ihn zur Arbeit unter Tage verdonnert?

»Keine Ahnung«, sage ich also. »Auf mich wirkt es nicht gerade so, als würdest du dich darum reißen, im Restaurant mitzuhelfen.«

»Es gibt noch andere Aufgaben außer zu kellnern, Julsanna. Jemand muss den Einkauf organisieren, die Buchhaltung im Blick behalten, vom Personal ganz zu schweigen.« Er greift nach meiner Hand, während er mich unverhohlen anschmachtet, ich kann gerade noch verhindern, dass er sie an seine Lippen zieht.

»Du«, erkläre ich, als ich meine Finger aus seinen befreie, »bist unverbesserlich.«

Auf eine seiner höchst seltenen Gegenfragen erkläre ich Dante, dass ich eigentlich Zahnärztin bin, infolgedessen sich seine Augen fast auf Oreo-Größe weiten, bevor er mir versichert, er könne sich mich sehr gut in weißer Schwesternkluft vorstellen.

Ich bewerfe ihn mit einem Untersetzer, und Dante bekommt einen Lachkrampf. Und, was soll ich sagen, es ist tatsächlich schwer, sich von diesem Irren nicht anstecken zu lassen, also lache ich mit. Weil es beinah unmöglich ist, sich dem Charme von jemandem zu entziehen, der alles so leichtzunehmen scheint. Kein Grübeln darüber, was die Zukunft bereithält oder ob man falsche Entscheidungen getroffen hat. Kein Gedanke an mögliche Konsequenzen, keine Taktik, kein Plan. Leichtsinnig, das ist das Adjektiv, das mir zu Dante Esposito einfällt, und zu meinem eigenen Erstaunen meine ich es gänzlich positiv. Der Mann hat etwas angenehm Leichtes an sich, und das ergibt absolut Sinn. Nicht jeder muss ein solch chaotisch unentschlossener und doch ständig mit seinen Entscheidungen unzufriedener Mensch sein wie ich. Nicht jeder so ein zugeknöpfter Zyniker wie Alex Logan. Womöglich sollte es mehr Menschen geben wie Dante, die voller Zuversicht durchs Leben stolzieren, in dem festen Glauben daran, dass sie schon nichts aufhalten wird.

Schließlich lasse ich mich von ihm mitziehen, von seinem Arm, der wie selbstverständlich wieder um meinen Schultern liegt, von der Volksfest-Atmosphäre auf dem Pier, die uns mehr und mehr umschließt, je weiter wir vorangehen. Ich bin nicht die Einzige, die Dantes Charme erlegen ist, stelle ich fest, und nicht die Einzige, die es nicht fertigbringt, ihm böse zu sein. Beinah ist es wie in dieser Szene bei *Dirty Dancing*, in der Patrick Swayze den Raum betritt, und alle um ihn herum ihn anhimmeln und *Hi, Johnny!*, *Wie geht's dir, Johnny?*, *Cool, dass du da bist, Johnny,* vor sich hinmurmeln. Mir steht der Mund ein kleines bisschen offen ob der schwärmerischen Blicke, die mein Begleiter erntet, und das ein oder andere gehauchte *Hey, Dante*.

»Gibt es hier irgendeine, mit der du noch nichts hattest?«, frage ich entgeistert und meine es ernst.

Statt zu antworten, drückt Dante meine Schulter, während wir die Spielhalle passieren mit ihren typischen Elektro-Geräuschen, das Kinderkarussell und die Hütten mit gebrannten Nüssen. Es duftet wie auf einem Rummelplatz, es klingt wie auf einem, und mit diesem durchgeknallten italienischen Gigolo neben mir fühle ich mich beinah wieder wie ein Teenager. Und in diesem einen flüchtigen Moment genieße ich es einfach.

Ich lasse mich zum Autoscooter-Fahren überreden. Dante schießt mir eine Rose, und ich lade ihn zum Dank zu einem Softeis ein, das wir ans Geländer gelehnt verzehren, den Blick aufs Meer gerichtet. Die gespiegelten Lichter der Karussells tanzen auf den Wellen, als habe man die Schaumkronen in Farbe getunkt. In der Spielhalle versuchen wir unser Glück an einem der einarmigen Banditen, dann am Flipperautomaten; alles ist so retro, so jung, so unbeschwert, ich fühle mich in der Zeit zurückkatapultiert und vergesse sie dabei völlig. Als ich das erste Mal wieder auf die Uhr sehe, ist es schon weit nach Mitternacht.

»Ich sollte langsam nach Hause«, erkläre ich, »aber das war ein wirklich netter Abend.« Worüber niemand überraschter ist als ich selbst, denke ich.

»Klar«, erwidert Dante. »Ich bringe dich.«

Wir gehen zum Ende des Piers, ein Stück die Uferpromenade entlang, dann entscheiden wir, am Strand weiterzulaufen, einfach weil es so schön ist. Es ist nicht erlaubt, hier Lagerfeuer zu entfachen, trotzdem gibt es ein paar Grüppchen, die sich nicht an die Vorschriften halten. Ich höre Scheite in orangefarbenen Flammen knacken, Gelächter und Gitarrenklänge wehen zu uns, während die Rummelplatzgeräusche vom Pier allmählich in der Ferne leiser werden.

»Brighton ist wirklich eine fantastische Stadt«, erkläre ich beinah feierlich. »Danke, dass du mir diesen Teil davon gezeigt hast.«

»Das Vergnügen war ganz meinerseits, *signorina*«, erwidert er, und schon hat er mich zurück in seinen Arm gezogen, ein bisschen enger als zuvor.

Ich lache. »Ich weiß, ich habe es schon ein paarmal gesagt, aber nur um sicherzugehen: Dir ist klar, ich werde nicht mit dir schlafen, ja? Wenn du jemanden suchst, der die Nacht mit dir verbringt, verschwendest du mit mir wirklich deine Zeit.«

»Julianna.« In gespieltem Mitleid schüttelt Dante den Kopf. »Hab ich irgendetwas getan, das dich annehmen lässt, ich wollte dich ins Bett kriegen?«

»Ja.«

»Wirklich? Was?«

Ich krame in meinem Gedächtnis und fördere schließlich ein »Ich bin zu alt für dich?« hervor.

»Aah. Nicht dass es eine Rolle spielt, aber – ich steh auf ältere Frauen.«

Ältere Frauen. »So alt bin ich nun auch wieder nicht!«

»Wie alt bist du denn?«

»Das tut nichts zur Sache.«

»Siehst du – habe ich doch gleich gesagt!« Er strahlt.
»Hast du dir noch nie vorgestellt, eine längere Beziehung zu führen? Eine richtige, meine ich, in der es nicht nur um Sex geht, sondern um mehr?«
»Nein.«
»Wieso nicht?«
Es ist das erste Mal an diesem Abend, dass die Unbeschwertheit und die Leichtigkeit aus Dantes Zügen weichen. »Weil ich gesehen habe, wohin es führt«, sagt er. Und dann lange nichts mehr.
»Oh.«
»Ja.« Er kratzt sich am Hinterkopf, bevor er mir ein reichlich schiefes Lächeln anbietet, und dann – zack – ist er wieder der Alte. »Ich meine, so was kann so oder so ausgehen«, erklärt er. »Sieh dir meine Eltern an: seit fünfundzwanzig Jahren verheiratet und verliebt wie am ersten Tag. Oder vielleicht nicht wie am ersten, man könnte meinen, es ist mit den Jahren schlimmer geworden. Die beiden …« Er verzieht das Gesicht. »Das willst du nicht wissen. Fest steht: Meine Mutter hat meinen Vater komplett im Griff. Er ist ihr absolut verfallen.«
Ich sehe ihn forschend an. »Und das macht dir Angst?«
Dante schnaubt. »Es macht mir keine Angst. Ich muss es nur nicht unbedingt haben. Komm jetzt. Gehen wir schwimmen.«
»Was?«
Dante löst sich von mir, schlüpft aus seiner Jacke, zieht sich das T-Shirt über den Kopf und lässt alles in den Kies fallen. Die Gänsehaut, die ich binnen Sekunden auf seiner Brust ausmache, erinnert mich daran, dass wir erst März haben, die Temperaturen zwar nicht eisig, wohl aber erfri-

schend genug sind, ich allerdings auch darüber hinaus kein Bedürfnis verspüre, mich nachts ins tiefschwarze Meer zu werfen.

»Bist du schon mal nachts im Meer geschwommen?«, fragt Dante, als habe er meine Gedanken gelesen. »Das ist der Wahnsinn. Wie ein Wake-up-Call. Du bist sofort hellwach.«

»Ich will gar nicht hellwach sein. Dante … Mach sofort deinen Gürtel wieder zu. Du wirst nicht … Auf keinen Fall wirst du …« Doch da hat er seine Chinos bereits abgestreift und die Boxershorts gleich mit.

Nahezu panisch kneife ich die Augen zusammen, während ich mich wegdrehe.

»Komm schon, Jules, sei kein Frosch!« Er lacht hinter mir, dann höre ich seine Schritte über den Kiesstrand scheppern, bevor er mit einem dunklen Kreischen durchs Wasser tobt.

»O mein Gott.« Ich zähle bis fünf, bevor ich mich umdrehe und in Richtung Meer spähe. Dante steht zwischen den Wellen, dankenswerterweise bis zur Taille bedeckt, und winkt mir zu.

»Wahnsinn«, wiederholt er, während er seinen Oberkörper mit Wasser benetzt, sich dann mit den Fingern durch die halblangen schwarzen Haare fährt. »Jetzt mach schon, Jules! Das ist sogar besser als Sex.«

»Oh, ja, sicher«, rufe ich zurück. »Genieß es! Wir sehen uns morgen!«

Ich drehe mich um und laufe, begleitet von Dantes Lachen und dem Spritzen von Wasser, über den Strand in Richtung Uferpromenade davon.

Man sollte meinen, dies sei der Höhepunkt eines ereignisreichen Abends gewesen, aber nein – weit gefehlt. Drei Taxen rauschen an mir vorbei, als ich an der nach wie vor belebten Kings Road nach einem winke, bis dankenswerterweise eines anhält. Und dann geschieht etwas, das mich noch perplexer zurücklässt als Dantes kleine Show gerade eben. Ich steige ein, nehme auf der Rückbank Platz, blicke nach vorn und sehe …

Alex.

Alex Logan.

Alex Logan fährt das Taxi.

Alex Logan fährt nachts mit dem Taxi durch Brighton.

Ist das der Grund, weshalb er nie vor zwei Uhr nach Hause kommt?

Nicht seine Freundin?

Nicht seine Freundin, die er nach einem glückseligen Koitus einfach links liegen lässt, bevor er sich seinen schicken Designeranzug überwirft und sich verabschiedet?

Der Designeranzug.

Alex Logan ist Anwalt … und fährt Taxi. Warum?

In meinem Hirn irren sinnlose Informationen umeinander herum, als spielten sie Reise nach Jerusalem.

Warum?

»Julie Cooper.« Das ist alles, was er sagt, als sich unsere Blicke im Rückspiegel treffen. Dann höre ich den Blinker ticken, und wir reihen uns in den Verkehr ein.

10
Alex

Über den Rückspiegel treffen sich unsere Blicke, und ich bin nach wie vor unsicher, ob es richtig war, dass ausgerechnet ich für sie anhalte. Ich sehe es in ihren Augen, die Fragen, die sie beschäftigen. *Ich dachte, der Typ ist Anwalt – wieso fährt er nachts Taxi? Läuft rum in diesen Designeranzügen, als gehörte ihm die Welt, nur um sich dann ein Zimmer mit einer Fremden zu teilen, und jetzt auch noch das?*

Ich versuche, mich auf die Straße zu konzentrieren, während Julie Cooper mir Löcher in den Hinterkopf starrt. Sie sagt nichts, aber ich höre sie atmen. Sie klingt, als sei sie gerannt, und ihre Brille ist beschlagen. Ich betrachte sie etwas genauer. Was hat der Kerl angestellt, dass sie vor ihm weggerannt ist? Und wieso hat er sie überhaupt mitten in der Nacht am Pier allein gelassen?

»Wo ist Dante?«, frage ich schließlich, und es klingt harscher, als mir zusteht.

»Er …« Julie nimmt ihre Brille ab und wedelt damit in der Luft herum, um die angelaufenen Gläser vom Kondenznebel zu befreien. »Er ist schwimmen gegangen.«

»Schwimmen?«

»Hm-hm.« Sie lässt sich zurück in die Polster fallen und

schließt die Augen, die Brille nach wie vor in der Hand, und irgendetwas an diesem Anblick gefällt mir nicht.

»Was hat er getan?«, hake ich nach.

»Getan?«

Ich warte.

»Was soll er denn getan haben?«

»Ich weiß nicht … Es wird einen Grund dafür geben, dass Sie mitten in der Nacht allein an der Straße stehen und nach einem Taxi winken, als hinge Ihr Leben davon ab.«

»Ich habe nicht nach einem Taxi gewunken, als hinge mein Leben davon ab.«

»Sie sind mir beinah auf die Motorhaube gesprungen.«

Julie gibt einen abfälligen Laut von sich, bevor sie die Augen öffnet und die Brille wieder aufsetzt, die in Sekundenschnelle wieder anläuft. »Dante hat nichts getan. Er ist einfach ein großes Kind mit einem noch größeren Ego. Gerade watet er nackt durch die Brandung, unterhalb des Piers in etwa.«

Ich ziehe die Brauen nach oben. Der Kerl scheint noch ein kleines bisschen verrückter zu sein, als ich angenommen hatte. »Wieso watet er bei diesen Temperaturen … Ach, vergessen Sie's.«

»Das wird das Beste sein. Obwohl ich persönlich den Anblick vermutlich nicht so schnell vergessen werde.«

Ich schüttle den Kopf. Auf der Rückbank macht Julie dasselbe.

»Und jetzt? Wo soll ich Sie hinfahren? Nach Hause?«

Erneut schweigt sie, drei Straßenkreuzungen lang. Dann endlich sagt sie: »Nach Hause.« Ein merkwürdiger Singsang. Zwischen Frage und Nicht-Frage und eine Spur melancholisch. Einmal mehr habe ich das Bedürfnis, die Stirn zu runzeln, während ich die Frau über den Rückspiegel betrachte. Sie wendet den Blick zur Seite, um aus dem Fenster zu starren, wobei sich ihre eigene Stirn krauszieht und die Nase gleich mit. Das wiederum bringt ihre Brille in Schieflage, was sie mit dem Zeigefinger zu korrigieren versucht. Ich bin mir ziemlich sicher, dass jeder, der Julie Cooper kennt, in der Lage ist, all ihre Gefühle von ihrem Gesicht abzulesen. Ich kenne sie kaum, und trotzdem würde ich sie jederzeit beim Poker schlagen. Dieses »nach Hause« klang eigenartig. Sehnsüchtig und abschätzend zugleich, in jedem Fall nach einer Menge mehr als nur der Ortsangabe.

»Kommt es Ihnen nicht auch manchmal so vor, als könnte dieses 25 Quadratmeter große Zimmer in der fremden Wohnung, in der nichts Ihnen gehört und das Sie darüber hinaus mit einer Unbekannten teilen müssen, niemals Ihr Zuhause sein? Wobei es das natürlich auch nicht sein muss, nicht in meinem Fall zumindest, ich bin schließlich nur begrenzte Zeit hier. Und doch … Denken Sie nicht auch ab und an, Sie wären lieber überall anders als dort?«

Sie sieht mich nicht an. Und trotzdem habe ich das Gefühl, ihr vorwurfsvoller, trauriger, wehmütiger Blick aus diesen großen, dunklen Augen durchbohrt mich. Irgendwas ist mit diesem Blick. Vermutlich wird er durch die Brillengläser vergrößert, was ihn noch unheimlicher macht. Was auch immer es ist, diese Frau schafft es von Minute eins an, mir ein schlechtes Gewissen zu bereiten, wegen Dingen, für die ich nichts kann, und das so ganz nebenbei.

Ich sehe auf die Uhr. Noch nicht einmal halb eins. Meine Schicht ist erst in einer Stunde vorbei, und ich sollte nicht mal an das denken, was mir gerade durch den Kopf geht, aber … Ach, was soll's.

Ich biege die nächste rechts ab und lenke den Wagen auf einen der öffentlichen Parkplätze. Dann drehe ich mich zu Julie Cooper um.

»Ist das der Moment«, fragt sie, »in dem Sie mir ihr wahres Gesicht zeigen, bevor Sie mich in Stücke zerteilen und in Ihren Kofferraum verfrachten?«

»Um das Zimmer für mich allein zu haben? Lassen Sie mich nachdenken.« Ich lächle sie an, ohne die Lippen zu verziehen, bilde ich mir ein, und sie lächelt ebenso unsichtbar zurück.

»Lust auf einen Absacker? Um die Ecke ist eine Bar, die … na ja, Absacker ausschenkt.« Nehme ich jedenfalls an. Ich war selbst noch nicht drin, doch ich habe schon genügend Gäste hierhergefahren, um zu wissen, dass sich hinter der unauffälligen grünen Holztür eine reichlich angesagte Kneipe verbirgt.

»Absacker wie … Mineralwasser? Oder was Alkohol-Verweigerer sonst so bevorzugen?«

»Ich würde einen Kaffee nehmen«, erkläre ich. »Sie bekommen, was Sie mögen. Schnaps, Bier, Wein? Keine Ahnung, wo Ihre Präferenzen heute Abend liegen.«

»Wissen Sie was? Selbst Dante war höflicher als Sie.« Julie schnallt sich ab und öffnet die Tür. »Zumindest hat er mir kein Alkoholproblem unterstellt.«

»Ich unterstelle Ihnen gar nichts«, widerspreche ich, während ich ebenfalls aussteige und das Taxi abschließe.

»Nein«, sagt Julie. »Dafür bin ich bei Weitem nicht interessant genug, hab ich recht?«

Meine Hand schwebt über ihrem Rücken, während ich sie über den Parkplatz führe und schließlich durch die Tür der kleinen Bar. »Wie wäre es mit einem Waffenstillstand? Zumindest für die nächste halbe Stunde?«

Im Inneren ist es knallvoll, doch nichts anderes war zu erwarten. Nachdem sämtliche Pubs des Landes spätestens um Mitternacht schließen, strömen alle, die noch weiterziehen möchten, im Anschluss entweder in eine der Bars oder gleich in einen Club.

Durch puren Zufall wird ausgerechnet in dem Augenblick, an dem wir uns an einem der Ecktische vorbeiquetschen, die Nische frei, und ohne zu zögern lässt Julie sich hineingleiten. Ich setze mich neben sie. Es ist ein kleiner runder Tisch mit einer ebenso schmalen halbrunden Polsterbank dahinter, doch wen stört die Nähe noch, ich meine – wir leben schließlich zusammen.

»Wieso lachen Sie?«

»Ich lache gar nicht.«

»Und ob. Sie haben diesen zynischen, halb schiefen Zug um den Mund. Das gilt bei Ihnen doch sicher schon als Lachen, oder irre ich mich?«

»Hatten wir nicht für eine halbe Stunde Frieden geschlossen?«

Wir starren einander an. Wieder habe ich das Gefühl, sie lesen zu können, bevor sie auch nur den Mund öffnet und erklärt: »Sie haben recht, und es tut mir leid. Ich weiß nicht, warum ich dauernd den Eindruck habe, ich müsste …«

»… eine Pfeilspitze durch mein Herz bohren?«

Sie wirft mir einen tadelnden Blick zu. »Immer gleich so dramatisch.«

»Tja, so fühlt es sich nun mal an.«

»Oh, Sie fühlen sich ungerecht behandelt? Vielleicht hätten Sie dann nicht von vornherein an meiner Intelligenz zweifeln sollen, Mr. Ich-kann-Verträge-lesen?«

»Sie wissen genau, dass das nicht böse gemeint war«, behaupte ich.

»Nein, weiß ich nicht.«

»Ich hatte einen harten Tag. Meine Großmutter hat auf mich gewartet und ... egal. Ich wollte die Sache einfach schnell hinter mich bringen.«

Ausdruckslos sieht Julie mich an. »Für einen Anwalt reden Sie sich erbärmlich schlecht heraus.«

»Ah! Die Anwaltssache. Das war übrigens auch nicht sehr höflich von Ihnen, mir erstens zu unterstellen, dass ich Anwalt sein muss, und zweitens anzudeuten, wie erbärmlich es sei, dass ich dennoch nach wie vor gezwungen bin, wie ein Student zu hausen.«

Für einige Sekunden schweift Julies Konzentration ab, und ich ahne, woran sie denkt: das Taxi, die vielen Male, an denen ich weit nach Mitternacht zurückkehrte, die Tatsache, dass ich neben meinem Job in der Kanzlei gezwungen bin, mir nachts etwas dazuzuverdienen. Dann, genauso schnell, schärft sich ihr Blick wieder.

»Sehr geschickt, wie Sie das Thema in eine andere Richtung lenken.«

»Danke.« Ich nicke ernst.

»Womöglich sind Sie ein besserer Anwalt, als ich dachte?«

»Womöglich wissen wir weniger übereinander, als wir beide denken?«

Einige Wimpernschläge lang geschieht gar nichts, dann verzieht sich Julies Mund ganz langsam zu einem Lächeln, und ich tue es ihr gleich, ohne darüber nachzudenken.

»Tut mir leid, wenn ich störe.«

Wir fahren auseinander, als die Kellnerin ein leeres Tablett auf unserem Tisch abstellt. »Was kann ich euch bringen, ihr Turteltäubchen?«

»Ah, ähm.« Ich fahre mir mit der Hand durchs Haar, lasse es wieder.

»Ich hätte gern einen Milchkaffee«, sagt Julie.

»Den nehme ich auch. Danke.«

Die Kellnerin verzieht keine Miene, bevor sie sich ihr Tablett unter den Arm klemmt und in der Menge verschwindet.

»Das ist eine schöne Bar«, sagt Julie, vermutlich nur, um das Schweigen zu brechen, das sich wie eine Gewichtsdecke über unsere Schultern gelegt hat. Schwer, aber gar nicht mal so unangenehm, finde ich.

Ich lasse meinen Blick schweifen, über die Köpfe der Gäste hinweg, die sich vor der Theke drängen. Der Tresen nimmt die gesamte Längsseite des Raumes ein, bunte Flaschen in allen Größen und Formen füllen die Wandregale dahinter. Sie werden von Spiegeln multipliziert, in denen sich das gelbliche Licht der Deckenleuchten bricht. Es ist ein schummriger Ort, dunkle Holzvertäfelung, die Polster beinah schwarz und im klassisch-britischen Chesterfield-Muster gehalten. Es könnte eine Studentenkneipe sein neben irgendeinem Uni-Campus oder aber eine, in der sich die Literaten des frühen 20. Jahrhunderts getroffen haben, denn irgendwie scheint die Zeit in diesem Laden stehen geblieben zu sein.

»Sogar an der Decke hängen Bilder«, bemerkt Julie.

Wie sie lasse ich den Kopf in den Nacken sinken, um die goldgerahmten Landschaftsbilder und Porträts zu betrachten, die erstaunlicherweise an der Zimmerdecke befestigt wurden. Als ich den Blick wieder senke, stellt die Kellnerin zwei Gläser Milchkaffee vor uns ab.

»Das kassiere ich gleich ab, wenn es euch recht ist.«

»Klar, kein Problem.« Ich ziehe meinen Geldbeutel aus der Gesäßtasche hervor, im selben Augenblick, in dem Julie ruft: »Nein, ich mache das.« Sie kramt in ihrer Handtasche.

»Ist schon in Ordnung.«

»Nein, wirklich, ich hab's gleich.«

»Das …« *… ist albern*, würde ich am liebsten sagen, doch am Ende wird es ein »Stimmt so«, während ich der Kellnerin einen Schein in die Hand drücke. Sie hat die Brauen nach oben gezogen. *Ja*, denke ich. *Ich würde uns zwei auch seltsam finden, wenn ich du wäre. Und wenn du uns zugehört hättest, würdest du uns noch merkwürdiger finden.*

»Ich bin keine große Freundin von Kaffee«, sagt Julie plötzlich. »Vermutlich werde ich jetzt die halbe Nacht nicht schlafen können.«

»Warum haben Sie ihn dann bestellt?«

»Ich weiß nicht. Vielleicht eine Übersprungshandlung. Sie haben auch einen bestellt.«

»Ja. *Nach Ihnen.*«

»Aber es war von Kaffee die Rede. Vorher, meine ich.«

Ich kämpfe gegen das Stirnrunzeln an, was mir nicht ganz gelingen will.

»Sehen Sie mich nicht so an.«

»Wie sehe ich Sie denn an?«

»So, als hätte ich nicht alle Tassen im Schrank. Es fällt mir einfach schwer, mich zu entscheiden.«

»Ich verstehe.« Das erklärt tatsächlich so einiges. All die seltsamen »Beratungsgespräche«, die sie mit den Gästen im

Little Italy führt. All die *Nehmen Sie lieber dies, oder nein, lieber das …*

»Sie haben vorher noch nie als Kellnerin gearbeitet, oder?« Es ist einfach so aus mir herausgeplatzt. Und womöglich war es ein Fehler, denn nun sieht mich Julie an, als hätte ich sie verdächtigt, die Kasse mitgehen zu lassen.

»Nein«, erwidert sie langgezogen. »Wieso?«

»Ich … ähm …« Kopfschüttelnd reiße ich die Augen auf – so als könnte ich mir selbst nicht erklären, woher diese Frage auf einmal kommt. Bei manchen Menschen funktioniert das, bei Julie Cooper nicht, denn ihre Augen werden im gleichen Zuge schmal.

»Sie sehen einfach eher aus wie … eine Lehrerin.«

Sie starrt mich an. Ich starre zurück.

»Eine Lehrerin?«

Klasse, Alex. Toll gemacht. Am besten erzählst du ihr gleich noch, dass ihre Kleidung sie verraten hat. Dieses Sackkleider-biologisch-abbaubar-und-fair-gehandelt-Outfit.

»Eine Lehrerin«, wiederhole ich. »Keine Ahnung, wie ich darauf komme.« Die Brille. Der strenge Gesichtsausdruck. *Stop it, Alex.*

»Und was, bitte, soll all das damit zu tun haben, dass ich mich nicht entscheiden kann?«

»Ah. Ja, also … Es könnte sein, dass ich des Öfteren beobachtet habe, wie Sie Ihre Entscheidungsunfreudigkeit auf den einen oder anderen Gast übertragen haben«, räume ich ein. »Und wie sich Ihre Hände dabei um das Tablett geklammert haben, als handelte es sich um das letzte Stück Holz nach einem Schiffsunglück.«

Ungläubig sieht Julie mich an, bevor sie einen abfälligen

Laut von sich gibt. Sie murmelt etwas, das verdächtig nach *Sonst nichts zu tun* klingt, spült die letzten Buchstaben aber mit einem Schluck Milchkaffee hinunter, bevor sie das Gesicht verzieht.

»Möchten Sie etwas anderes bestellen? Vielleicht doch lieber einen Wein? Schnaps? Cocktail?«

»Wenn Sie mich so gut beobachten würden, wie Sie vorgeben, müsste Ihnen eigentlich schon aufgefallen sein, dass ich so gut wie nie Alkohol trinke. Diesen einen denkwürdigen Abend zu Beginn unserer Bekanntschaft einmal ausgenommen.«

»War es so traumatisierend, mich kennenzulernen?«

»Ja. Ähm, Entschuldigung!« Julie winkt der Kellnerin zu, die dabei ist, sich an unserem Tisch vorbeizuschieben. »Hätten Sie wohl ein Newcastle Brown Ale da?«

»Da muss ich nachsehen, sorry. Bin gleich zurück.«

Die Kellnerin quetscht sich davon, und ich werfe Julie einen fragenden Blick zu. »Bier also?«

»Nur dieses. Weil Sie nach meinem Job gefragt haben und ich an zu Hause denken musste, und …« Sie zuckt mit den Schultern. »Nicht dass es Sie etwas angehen würde. Aber ich trinke tatsächlich kaum Alkohol, dieses Ale mag ich trotzdem.« Sie mustert mich.

»Was?«, frage ich, mit einem Mal verunsichert vom abschätzigen Ausdruck ihrer Augen.

»Trinken Sie wirklich nie?«

»So gut wie nie.«

»Warum nicht?«

»Weil ich meine Sinne gern beisammenhabe.«

»Hm. Was ist in Notfällen?«

»Notfälle welcher Art?«

Sie zuckt die Schultern. »Ich weiß nicht. Nach besonders harten Tagen zum Beispiel.«

»Das klingt nicht sonderlich außergewöhnlich, erst recht nicht nach Notfall.«

»Wie wäre es dann damit: Sie stellen fest, dass Sie versehentlich das falsche Zimmer gemietet haben und es zu allem Überfluss mit einer völlig fremden Person teilen sollen.«

»Einer Person welcher Art?«

»Einer …« Julie beißt sich auf die Unterlippe, und zum ersten Mal an diesem Abend habe ich den Eindruck, dass sie sich ein aufrichtiges Lachen verkneift. Dann sagt sie: »Ich bin Zahnärztin.«

»Zahnärztin«, wiederhole ich.

»Genau.« Sie leert ihr Kaffeeglas. »Und Sie haben wirklich gute Zähne.«

Während mir absolut nichts einfallen will, was ich darauf erwidern könnte, kehrt dankenswerterweise die Bedienung an unseren Tisch zurück und stellt zwei angestaubte Flaschen Bier darauf ab.

»Die gehen aufs Haus, sagt Marve. Es sind die beiden allerletzten Flaschen, das Zeug wurde offenbar aus dem Sortiment genommen. Seiner Meinung nach sollte kein vernünftiger Mensch so was trinken.«

Abwartend sieht sie von mir zu Julie und wieder zurück, und als ich nach wie vor nichts weiter als ein Kopfschütteln zustande bringe und Julie lediglich eine verständnisvolle Miene aufsetzt, zuckt sie mit den Schultern und verschwindet abermals in der Menge.

»Tja«, sagt Julie und greift nach einer der beiden Flaschen. »Armes Newkie Brown.«

»Was stimmt denn nicht mit dem Bier?«

Sie stülpt den Ärmel ihres Strickkleides über die Hand und wischt damit den Staub vom Rand des Flaschenhalses. »Genießt einen denkbar schlechten Ruf in vielerlei Hinsicht. Irgendwas mit dem Farbstoff in Zusammenhang mit krebserregend. Ich glaube, sie mussten sogar das Rezept ändern … Ach, wer kennt sich schon wirklich aus damit? Ich jedenfalls mag es.« Sie hält mir die Flasche entgegen. »Cheers?« Es klingt wie eine Frage.

»Sie haben mir Ihr Lieblingsgetränk gerade richtig schmackhaft gemacht«, sage ich, doch auch ich greife nach der Flasche, puste den Staub in Richtung Boden und stoße dann mit Julie an.

»Auf …«, beginne ich.

»Auf …«, echot sie.

Ohne ein weiteres Wort klirren die Flaschen aneinander, und ich muss zugeben, das Bier ist nicht halb so schlecht wie sein Ruf.

11
Julie

»Zahnärztin also, ja?«

»Genau.«

»Mit eigener Praxis?«

»Ich habe in der Praxis meiner Eltern gearbeitet, bis … ja, bis ich hergekommen bin. Ich weiß noch nicht genau, was ich tue, wenn ich nach Newcastle zurückkehre.« Ich sage das so nonchalant wie möglich, während ich an meinem Bier nippe. Der malzige Geschmack des Ales legt sich süß und vertraut auf meine Zunge und versetzt mir gleichzeitig einen Stich ins Herz. Ich sollte das vermutlich nicht einfach so dahinsagen, als wäre all das nichts – aber ich bringe es auch nicht über mich, Alex Logan gegenüber weiter ins Detail zu gehen. Es fühlt sich surreal genug an, wir zwei, dicht nebeneinander in dieser überfüllten Bar, als wären wir ganz normale Gäste in einer ganz normalen Nacht und nicht zwei völlig Fremde, die zufällig zusammenwohnen, darüber hinaus aber kaum ein Wort miteinander wechseln und sich eigentlich nicht ausstehen können.

Aus irgendeinem Grund habe ich dennoch das Gefühl, dass Alex Logan mich durchschaut. Er sieht mich an mit dieser Art Röntgenblick, der mühelos durch mich hindurchzuleuchten scheint, meine Unbekümmertheit als das identifiziert, was sie ist – völliger Bullshit nämlich –, und dann beschließt, es gut sein zu lassen.

»Dann hatte ich zumindest recht mit der Vermutung, dass Sie keine gelernte Kellnerin sind.«

»Das stimmt. Offensichtlich sind wir beide gut im Raten, Herr Anwalt.«

Er verzieht das Gesicht beinah auf dieselbe Weise wie ich, wenn ich von Zahnmedizin spreche. »Yep.« Er lässt das P ploppen, trinkt dann einen Schluck Bier, und diesmal bin ich diejenige, die es gut sein lässt. Denke ich zumindest – bis er im nächsten Moment zu reden beginnt. »Ich bin in der praktischen Ausbildung. Nur, falls Sie sich immer noch fragen, weshalb ich mir keine eigene Wohnung leisten kann. Die ersten zwei Jahre in einer Kanzlei ist der Verdienst nicht gerade weltbewegend, der Rest der Studiengebühren ist noch nicht abbezahlt, und meine … egal.« Wieder setzt er die Flasche an die Lippen.

Ich nippe ebenfalls an meinem Ale.

Er sieht nicht glücklich aus, stelle ich fest. Bisher ist mir das möglicherweise deshalb entgangen, weil ich nie so genau hingesehen habe – nicht genau genug, um so etwas zu bemerken.

»Mögen Sie Ihren Job?«, platzt es schließlich aus mir heraus.

»Er … klar. Wieso nicht?«

»Keine Ahnung.«

»Mögen *Sie* Ihren Job denn nicht?«

»Nein. Ganz und gar nicht, um ehrlich zu sein.«

Alex blinzelt mich an. »Sie mögen es nicht, als Zahnärztin zu arbeiten?«, hakt er stirnrunzelnd nach, als wollte er sichergehen, dass ich ihm keinen Quatsch erzähle.

Ich nicke.
»Warum?«
»Das ist eine ehrlich lange Geschichte. Ich …«
»Noch zwei gefunden.« Die Kellnerin lässt zwei weitere Flaschen Newcastle Brown Ale auf unsere Tischplatte knallen. »Jetzt hat unser Chef einen Rappel bekommen und angefangen, das alte Zeug rauszuräumen, das er nicht mehr verkaufen will. Lasst es euch schmecken!«
Und schon ist sie wieder fort.
»So viel zum Thema ›Ich habe gern all meine Sinne beisammen‹«, murmelt Alex.
»Nach zwei Bier werden Sie sich wohl kaum die Kleider vom Leib reißen und auf dem Tisch tanzen.« Apropos. Mein Blick schweift über das dunkelblaue, langärmlige T-Shirt, das mein Mitbewohner heute trägt, dazu eine schwarze Jeans und dunkle Glattlederschuhe. Nicht gerade der sportlichste Look, aber auch kein Anzug.
»Das nicht. Aber das Taxi muss ich trotzdem stehen lassen. Und …«
»Und?« Ich kann förmlich hören, wie es in diesem Juristen-Hirn arbeitet. Er überlegt, was er mir erzählt, wie viel er mir erzählt, ob er mir trauen kann, wie wir überhaupt hier gelandet sind, wie es morgen sein wird, wenn wir in der Stille unseres gemeinsamen Zimmers dem Atem des anderen lauschen, jeder auf seiner Seite der Trennwand aus Bettlaken. Vermutlich fragt er sich, wieso er überhaupt gehalten hat, um mich aufzulesen, und was ihn im Anschluss dazu gebracht haben könnte, mich in diese Bar zu führen.
Als er aber den Mund öffnet, fragt er nur: »Wieso mögen Sie Ihren Job nicht?«
Und dann erzähle ich es ihm eben.

»Sagen Sie es ruhig«, ermuntere ich ihn, als ich fertig bin mit meiner Geschichte.

»Was soll ich sagen?«

»Dass Sie mich für verrückt halten.«

»Ich halte Sie nicht für verrückt, im Gegenteil: Ich finde es mutig, dass Sie jetzt hier sind und alles hinter sich gelassen haben, um noch mal neu anzufangen.«

Ich schnaube. »Ich wohne zur Untermiete – wie genau, muss ich Ihnen nicht erklären. Und ich weiß immer noch nicht, was ich machen soll, wenn meine kleine Auszeit hier vorbei ist. Ich habe mir drei Monate gegeben, ein Drittel der Zeit ist bald rum.«

Eine Weile schweigen wir beide, Alex sieht mich einfach nur an, und aus einem plötzlichen Anflug von Nervosität heraus nippe ich an meinem Bier, von dem nur noch zwei Tropfen übrig sind. Es muss mittlerweile zwei Uhr sein oder später, und dennoch bringe ich es nicht über mich, ihm vorzuschlagen, den Heimweg anzutreten. Es fühlt sich an, als herrsche ein Ungleichgewicht zwischen uns beiden. Ich habe Alex Logan mein Herz ausgeschüttet, er hat so gut wie nichts von sich preisgegeben, und aus irgendeinem Grund spüre ich, dass da sehr wohl etwas zu erzählen wäre. Etwas, das er mir beichten wollte, womit er womöglich bereits begonnen hatte, bevor er davor zurückschreckte.

Ich bin dabei, den Mund zu öffnen, da kommt er mir zuvor.

»Frag mich noch mal«, beginnt er, »ob ich meinen Job mag.«

Die plötzliche Vertrautheit in seiner Stimme sorgt dafür, dass sich mein Puls beschleunigt. Was albern ist. Das hier ist Alex Logan, meine höchst persönliche Mitbewohner-Nemesis, und dies ist kein Date.

Es ist, was es ist.

»Bist du gerne Anwalt?«, frage ich also, und Alex erwidert: »Das erzähle ich dir auf dem Heimweg, in Ordnung?«

Wir lassen das Taxi stehen. Alex will es gleich am Morgen zurück in die Zentrale bringen, für die er fährt.

»Sollen wir ein anderes rufen? Oder zu Fuß gehen? Es ist nicht allzu weit, zwanzig Minuten maximal.«

»Gern zu Fuß«, erwidere ich. Es ist mittlerweile kurz nach halb drei, doch zu meinem eigenen Erstaunen bin ich überhaupt nicht müde, ganz im Gegenteil: Ich fühle mich hellwach, ausgenüchtert und so, als läge das Date mit Dante Wochen zurück und nicht erst ein paar Stunden. Verrückt. Ich schlinge meine Wolljacke fester um die Schultern, während Alex den Reißverschluss seiner blauen Jacke zuzieht, die er aus dem Wagen geholt hat. Es ist kalt geworden, doch der Himmel ist klar, es riecht nach Meer, und die Vorstellung, noch ein bisschen von dieser herrlichen Luft einzuatmen, gefällt mir.

Das, und die Gesellschaft von Alex Logan.

Es ist, wie es ist.

»Erinnerst du dich? Als ich dir den Koffer ins *Little Italy* gebracht habe? Du hast so etwas gefragt wie: *Was, Sie sind Anwalt? Und dann müssen Sie sich ein Zimmer teilen?* Und ich dachte, sie hat ja keine Ahnung, wie wahr und tragisch zugleich diese Fragen sind.«

»Oje. Das kommt davon, wenn man mit Vorurteilen um sich wirft, nehme ich an.«

»Offensichtlich liegt man damit richtig.«

»Ich weiß nicht. Ich meine, ich kenne dich so gut wie überhaupt noch nicht, aber ich denke trotzdem, du bist nur halb so schlimm, wie ich vermutet hatte.«

»Danke.«

»Und wieder dieses zynische Halblächeln.«

»Entschuldigung, so lächle ich nun mal.«

Und nun lächeln wir beide. Alex Logan und ich grinsen einander an, während wir Arm an Arm durch die Brightoner Nacht spazieren, an bunten Hausfassaden und geschlossenen Pubs vorbei, begleitet vom Hall unserer Schritte auf ausgetretenen Pflastersteinen und dem nächtlichen Kreischen der Möwen.

Dann sagt er plötzlich: »Ich hasse es. Das Anwalt-Sein, meine ich. Ich tue es allein des Geldes wegen. Also, wegen des Geldes, das ich hoffentlich verdienen werde, wenn das ganze Ausbildungs-Blabla abgeschlossen ist. So gesehen lagst du mit deinen Vorurteilen also doch nicht zu hundert Prozent daneben.«

»An welches meiner Vorurteile denkst du konkret?«

»Das über den geldgierigen Flitzpiepen in den hässlichen Designeranzügen.«

»Deine Anzüge sind hübsch«, erkläre ich, und Alex lacht. Seine Stimme hallt durch die verlassene Gasse wie ein Echo. Wir biegen nach rechts ab, und ich habe keine Ahnung mehr, wo genau wir uns befinden. Als hätte ich den Gedanken laut ausgesprochen, sagt Alex: »Wir sind einen kleinen Umweg gegangen, denn ich wollte dir was zeigen.«

»Ach so? Ist das jetzt wiederum der Moment, in dem du mich in einer düsteren Ecke zerteilst, um mich dann den Fischen zum Fraß vorzuwerfen?«

»Was sind das für Mörderfantasien, und wo kommen sie

her?« Kopfschüttelnd bleibt Alex stehen, während ich mit den Schultern zucke. »Was willst du mir zeigen? Die Kanzlei des Grauens, die dich so unglücklich macht?«

»Nein. Den Grund, warum ich annehme, dass wir beide uns gar nicht mal so sehr voneinander unterscheiden.« Er weist auf das Gebäude hinter uns, und ich drehe mich um.

Wir stehen vor einer dreistöckigen Backstein-Villa mit Türmchen und Zinnen und einer heimeligen, samtweichen Beleuchtung. Das Schild neben dem schmiedeeisernen Eingangstor verrät, dass es sich um ein Seniorenstift handelt.

Fragend blicke ich zu Alex. »Wer wohnt hier?«

»Meine Großmutter. Wir sind zusammen aus London hierhergezogen, beziehungsweise habe ich sie hergebracht – sie ist von ihrer neuen Unterkunft nur halb so begeistert wie gehofft.« Er seufzt. Dann erzählt Alex Logan von seiner Großmutter und ihrer beginnenden Demenz und davon, dass die Pflegeheime in London im Vergleich unbezahlbar seien, und davon, dass Geld in seiner Familie eine zentrale, eine immense Rolle spielt, einfach, weil es nie da war.

»Ich bin bei Gran aufgewachsen«, erklärt er, während wir den Weg in die Chestnut Road fortsetzen. »Ihr Mann – mein Großvater – hat sich von ihr getrennt, weil er sie nicht davon überzeugen konnte, mich in ein Heim zu geben. Sehr schnell waren es also nur noch wir beide, Gran und ich. Es gab keinen Verdiener, dafür große Probleme, um über die Runden zu kommen. Als ich mit der Schule fertig war, habe ich Jura gewählt, um …« Er schüttelt den Kopf. »Sagen wir einfach, sich um Existenzielles zu sorgen, das hat lange genug unser Leben bestimmt.«

Von der Seite werfe ich Alex einen Blick zu. Er hat die Hände in den Hosentaschen vergraben und den Kragen seiner Jacke nach oben geschlagen, sodass nur noch die obere Hälfte seines Gesichts zu erkennen ist. Mir liegt die Frage nach seiner Mutter auf der Zunge, doch ich spreche sie nicht aus. Hätte er über seine Eltern reden wollen, hätte er es sicherlich getan. Stattdessen sage ich: »Womöglich hätte es mit BWL auch geklappt. Wo du Jura doch so hasst.«

»Ich hasse Jura gar nicht. Es ist die Arbeit in der Kanzlei, die mich verrückt macht. Es ist, als gäben die Leute dort ihr Privatleben, mitsamt ihrer Gefühle, an der Garderobe ab, um dann Dinge zu tun, die sie besser nicht mit nach Hause nehmen sollten.«

»Das klingt ... grauenvoll.«

»Fast wie ein Bohrer beim Zahnarzt?«

Ich schüttle mich, und Alex lacht. »Manchmal ist es eben notwendig, das Falsche zu tun, solange die Gründe die richtigen sind.« Dann spüre ich seine Hand an meinem Rücken, als er mich um die nächste Straßenecke lenkt.

»Oh, hier sind wir.« Ich erkenne den Pub an der Ecke und den kleinen Markt, in dem ich schon Gemüse gekauft habe. Von hier aus ist es nicht mehr weit bis zu uns nach Hause.

Bis zu uns nach Hause.

Ich lasse den Gedanken in meinem Kopf kreisen, ein beständiges Rotieren um sich selbst.

»Wir sind gleich da«, sagt Alex.

»Ich weiß.« Mit einem Mal fällt es mir schwer, die Unterhaltung weiterzuführen; die Vorstellung, mit Alex gemeinsam in die Wohnung zu gehen, in unser Zimmer, sich von ihm zu verabschieden, um hinter einer Seite des Vorhangs zu verschwinden, er auf die andere. Noch nicht einmal drei Stunden sind vergangen zwischen dem Zustand des So-gutwie-nichts-übereinander-Wissens und der Erkenntnis, dass Alex Logan weder der kaltschnäuzige Anwalt ist, für den ich ihn gehalten habe, noch der frauenverschlingende Narzisst. Wobei – diesbezüglich kann ich mir wirklich nicht sicher sein, richtig? Taxi hin, Taxi her, wer weiß schon, was der Mann sonst so treibt, wenn er sich nicht gerade auf der anderen Seite des Bettlakens befindet?

»Bestimmt werde ich den Rest der Nacht wach liegen«, erkläre ich, während ich versuche, den Gedanken in meinem Kopf Einhalt zu gebieten. Ich bin viel zu aufgekratzt. Viel zu ... »Der Kaffee«, behaupte ich, obwohl das nicht einmal die halbe Wahrheit ist.

»Tut mir leid für dich«, sagt Alex, »auf der einen Seite. Auf der anderen ...« Er grinst mich an.

»Was?«

»Vielleicht steht mir dann endlich mal eine ruhige, erholsame Nacht bevor.«

»Was willst du damit sagen?«

»Wonach hört es sich denn an? Du schnarchst, Julie Cooper.«

Empört bleibe ich stehen. »Ich schnarche nicht!«

»Unglücklicherweise tust du's doch. Erzähl mir nicht, das hat dir noch nie jemand gesagt!«

Ich starre Alex an, öffne den Mund, schließe ihn wieder. Röte steigt mir in die Wangen, ich spüre es genau. Und Alex sieht es womöglich, denn er räuspert sich. Bevor er auch nur den Mund öffnen kann, habe ich mich wieder in Bewegung gesetzt.

Den Rest des Wegs über kann ich an nichts anderes denken als daran, dass dieser Mann mich schnarchen gehört hat.

Ich werde nie wieder schlafen.

12
Alex

Die vergangene Nacht merkwürdig zu nennen, wäre die Untertreibung des Jahrhunderts. Und natürlich war ich derjenige, der kein Auge zubekam, weil ich nicht aufhören konnte, darüber nachzudenken, wie wenig Julie Cooper noch dem Bild entsprach, das ich mir von ihr gemacht hatte, und wie viel wir absurderweise gemeinsam hatten. Zahnärztin! Das erklärte zumindest die überbordenden Mundhygiene-Utensilien im Badezimmer und die ausgedehnten Gurgelgeräusche, die ich bislang eher als besorgniserregend wahrgenommen hatte.

Darüber, dass sie einen Beruf erlernt hat, der ihr offensichtlich überhaupt nicht liegt, um ihre Eltern glücklich zu machen, die keine Ahnung hatten, wie unglücklich sie damit eigentlich war … Man konnte es verrückt nennen, nur sollte gerade ich das nicht tun. Ich habe mich für Jura entschieden, weil ich meiner Großmutter das geben möchte, was sie für mich all die Jahre geopfert hat: Sicherheit und finanzielle Stabilität. Und das Grundvertrauen, dass ihr niemand nehmen kann, was ihr gehört, weil ich es zu verteidigen weiß. Meine Großmutter hat keinen blassen Schimmer, wie sehr ich es hasse, dass ich dafür Anwalt sein muss. Wenn ich daran denke, an Julie Cooper und mich, wie wir uns beide verrenken, wie wir dann, aus unterschiedlichen Gründen, aber doch an derselben Stelle landen – es wäre zum Lachen, wenn es nicht so traurig wäre, doch leider ist es das.

Ich schüttle die Gedanken ab, versuche, mich auf meinen Atem zu konzentrieren. Daran, wie schwer mir das Laufen heute Morgen fällt, lässt sich ablesen, wie wenig Schlaf ich letzte Nacht tatsächlich bekommen habe. Merke: Nach zwei Flaschen Bier schnarcht Julie Cooper noch etwas mehr als nüchtern, doch mit der Zeit werde ich mich an das Geräusch gewöhnen, denke ich. Es ist irgendwie niedlich, dieses leise Rasseln und Blubbern. – *Okay, das reicht, Logan.*

Auch diesen Gedanken schüttle ich ab, während ich mein Tempo steigere, um so schnell es geht beim Parkplatz zu sein. Ich bringe das Taxi zurück in die Garage, in der Hoffnung, dass sein Fehlen noch niemandem aufgefallen ist. Dann laufe ich zurück in die Chestnut Road, um mich so schnell und so leise wie möglich zu duschen und umzuziehen. Ich bin nicht sicher, warum, aber in dieser Intimität des Morgens, wenn Julie gerade aufwacht und sich darüber bewusst wird, wie sich der Abend gestern entwickelt hat, möchte ich ihr noch nicht begegnen. Vielleicht habe ich das Gefühl, wir müssen beide erst unsere Masken wieder an den Platz rücken, bevor wir uns erneut gegenüberstehen.

Es ist noch nicht einmal acht, als ich mich abermals aus dem Zimmer schleiche. Julie schnarcht, und ich verlasse das Haus mit einem Grinsen auf dem Gesicht.

Ich wäre überall mit Gran hingegangen, wo ich sie gut und sicher und zu einem bezahlbaren Preis untergebracht gesehen hätte, doch dass es uns gelungen ist, in Brighton etwas zu bekommen, empfinde ich gerade an solchen Tagen als

Belohnung. Wenn ich nicht in die Kanzlei muss, wenn ich früher auf bin als der Großteil der Bevölkerung, wenn die Luft noch frisch und unverbraucht ist, der Salzgehalt vom Meer enorm, wenn die ersten Läden ihre Rollläden öffnen, die bunten Häuschen zum Leben erwachen, wenn der Duft von frisch gebackenem Brot auf die Straße weht und an den Drag-Queens vorbei, die gerade erst den Heimweg antreten nach ihrer Partynacht. Brighton ist klein und vielfältig, es ist konzentrierte Farbenfröhlichkeit, wie das Innere einer Smarties-Dose. Ich mag es. Ich mag vieles an dieser kleinen Küstenstadt.

Ich beschließe, Gran heute zum Frühstück auszuführen. Ich weiß, sie ist schon auf, sie schläft generell nicht durch und insgesamt kaum, in Sachen Schlafverhalten sind wir uns ziemlich ähnlich. Selbst über eine Nebensächlichkeit wie diese versuche ich, möglichst wenig nachzudenken. An dem Tag, an dem meine Mutter mich bei Gran absetzte und somit unser aller Leben maßgeblich beeinflusste, hat sie so viel kaputt gemacht – es bräuchte eine Garde an Therapeuten, um mein zerborstenes Ur-Vertrauen wieder zusammenzusetzen. Ich habe keine Zeit für so etwas. Lieber kümmere ich mich um das Hier und Jetzt statt um die Vergangenheit, besser noch um die Zukunft.

Als ich noch zwei Straßenecken von meiner Großmutter entfernt bin, rufe ich sie vom Handy aus an. Wie erwartet ist sie wach, und wie vermutet begeistert über den Vorschlag, nicht in dem »stickigen Alte-Leute-Palast« zu frühstücken, sondern in einem der schönen Cafés in der Altstadt.

Während ich vorm Haus auf sie warte, denke ich daran, dass ich vor wenigen Stunden schon einmal hier stand, in Gesellschaft von Julie Cooper, die mit großen Augen die

Geschichte meines tragischen Daseins bestaunte. Obwohl ich ihr lediglich einen Bruchteil von dem erzählt habe, was wirklich passiert ist, und obwohl sie keine Nachfragen gestellt hat, fühlte es sich so an, als hätte ich von jetzt auf gleich alles über mich preisgegeben, und als würde sie mich von einer Sekunde zur nächsten mit völlig anderen Augen sehen. Ich schlage den Kragen meiner Jacke nach oben gegen die unerwartete Kälte, die mich mit einem Mal befällt. Oder nein, keine Kälte … eher so ein merkwürdiger Hauch von etwas, das ich absolut nicht einschätzen kann.

»Da bin ich.«

Die vertraute Stimme meiner Großmutter reißt mich aus meinen Gedanken. Ich wende mich ihr zu, halte ihr den Arm hin und sage, noch bevor sie den Mund öffnen kann: »Ich weiß, du bist nicht auf Gehhilfen angewiesen, aber nimm trotzdem meinen Arm. Aus reiner Höflichkeit, von mir aus.«

»Guten Morgen, Alex«, sagt sie gut gelaunt, bevor sie sich bei mir unterhakt.

»Guten Morgen, Gran.«

Sie strahlt. Ich werfe ihr einen skeptischen Blick zu. »Verrätst du mir, was an diesem Morgen so besonders gut ist? So vergnügt habe ich dich ewig nicht gesehen.«

»Warum so misstrauisch? Darf deine alte Gran sich nicht freuen, wenn ihr Enkel sie an einem sonnigen Samstagmorgen zum Brunch ausführt?«

»Wir sagten Frühstück. Und es ist bewölkt.« Ich mustere sie, während wir in Richtung Dukes Lane schlendern und sie den Blick zum Himmel schweifen lässt.

»Alles eine Frage der Interpretation«, erklärt sie und grinst.

Meine Großmutter, Elizabeth Logan, ist zweiundachtzig Jahre alt und eine Naturgewalt, jedenfalls soll mein Großvater sie stets so genannt haben, sie hat mir andauernd von ihm erzählt. Exakt so lange, bis ich alt genug war, sie zu bitten, es sein zu lassen. Ich bin nicht gut auf meinen Großvater zu sprechen, was kaum verwundert nach allem, was er getan hat. Meine Großmutter alleingelassen mit einem Kleinkind. Sie emotional wie finanziell hängen lassen. Es durchgezogen, das vor allem. Vor drei Jahren ist er an einem Lungenödem gestorben, und auf seiner Beerdigung habe ich Gran zum ersten Mal weinen sehen – was absolut etwas heißen will, nach allem, was sie in ihrem Leben durchgemacht hat. Nicht nur wegen meines Großvaters, auch wegen meiner Mutter. Vor allem wegen ihr.

Gran ist Köchin gewesen, bevor die Frau, die mich zur Welt brachte, ihr ganzes Leben auf den Kopf stellte. Sie hat so viel für mich aufgegeben, und dafür liebe ich sie haltlos.

»Also, mein hübscher, junger Begleiter, wohin entführst du mich heute?«

»Wir werden sehen müssen, welche Cafés um diese Uhrzeit überhaupt schon geöffnet sind.«

»Von mir aus können wir auch in eine kleine Hafenspelunke, wo sich die Gestalten der Nacht zu ihrem Abschiedsdrink versammeln. Ein bisschen Abenteuer, weißt du?«

»Bist du für diese Art Abenteuer nicht schon ein kleines bisschen zu alt?«

In gespielter Empörung knufft sie mich in die Seite. »Nicht für mich, Alex. Für dich!«

Sie grinst zu mir auf, und ich kann gar nicht anders, ich muss mitlachen. Wenn es tatsächlich Menschen gibt, die nie erwachsen werden, dann gehört diese Dame ganz sicher dazu. Und jedes Mal, wenn wir zusammen sind, weiß ich wieder, wofür ich all die Entscheidungen in meinem Leben getroffen habe, seien sie auch noch so unbequem.

»Was hältst du davon?« Ich nicke in Richtung des *Costa* auf der anderen Straßenseite. Die Filialen der Caféketten sind mit die einzigen, die so früh am Samstagmorgen schon geöffnet sind.

»Langweilig«, kommentiert Gran, doch sie lässt sich von mir über die Straße in Richtung Eingang führen.

»Soll ich heute mal nach deinem Schimmel sehen?«, frage ich meine Großmutter, nachdem ich unsere Bestellung zu einem der Ecktische getragen habe. Es ist so gut wie noch nichts los, wir haben freie Platzwahl, und abgesehen von zwei stark geschminkten Nachtgestalten in bunten Federboas, die Gran betrachtet wie einen Sonnenaufgang, sind wir unter uns.

Sie murmelt etwas zur Antwort, greift dann nach ihrem Croissant, dem Pain au chocolat sowie einem Blaubeer-Muffin und ordnet alles in einer Reihe vor sich auf dem Tisch an. Ich schüttle den Kopf über ihre Auswahl an Speisen, verkneife mir jedoch jeglichen Kommentar. Es wäre nicht das erste Mal, dass sie mir erklären würde, wie unsinnig es sei, in ihrem Alter noch Dinge in sich hineinzustopfen, die womöglich gesund sind, aber nicht schmecken. *Gesund ist für die, die nicht schon dem Tod auf dem Schoß sitzen.*

»Was hast du gesagt?«

»Es war kein Schimmel«, wiederholt Gran, nun etwas lauter, jedoch nicht weniger zerknirscht. »Die Wände waren früher offensichtlich mal grau gestrichen, stell dir vor.

Als wären die Räumlichkeiten nicht schon trübsinnig genug.«

»Als wir das *Hallbeck Hill* das erste Mal besichtigt haben, warst du nicht ganz so kritisch. Wortwörtlich sagtest du, dies sei noch der beste Schuppen unter all den miesen, die ich dir bis dahin vorgeschlagen hätte.«

»Da war die ganze Idee der Inhaftierung in einem Seniorenknast auch noch mehr als surreal für mich.«

Unbeirrt greife ich nach meinem Schinken-Käse-Wrap, während ich meiner Großmutter aus dem Augenwinkel einen prüfenden Blick zuwerfe. Ich denke nicht, dass sie sich zu einhundert Prozent darüber im Klaren ist, wie sehr es mich treffen würde, wenn sie tatsächlich unglücklich wäre. Ich weiß, die Umstellung ist schwierig für sie. Ich weiß, sie wäre lieber auf ewig mit mir zusammen in London geblieben. Doch das Leben ist nun mal nicht immer das, was wir uns davon erhoffen, und Stillstand ist nicht immer die beste Lösung, die sich bietet.

»Was ist mit Brighton?«, frage ich. »Gefällt es dir hier nicht besser als in London? Weil es kleiner ist und übersichtlicher? Ganz abgesehen davon, dass du jetzt nah am Meer bist.«

»Ich mag Brighton.« Sie zuckt mit den Schultern, während sie ein Stück ihres Croissants in ihren klebrig süßen Chai-Tee taucht. »Aber ich würde lieber in eurer WG wohnen. Da wird nicht zufällig demnächst ein Zimmer frei?«

»Zufällig nicht. Außerdem ist es keine WG, wie du sehr wohl weißt, ich wohne zur Untermiete. Und du vermutlich um einiges komfortabler als ich.«

»Davon werde ich mir schon selbst ein Bild machen müssen.«

»Natürlich. Du bist jederzeit willkommen.«

»Ah, das kannst du leicht sagen. Du bist doch nie zu Hause!«

Ich grinse sie an.

Sie grummelt: »Du hast nur Angst, dass ich mit all meinen Sachen vor deiner Tür aufkreuze.«

»Ja, sicher, das ist meine größte Angst«, kommentiere ich trocken.

»Und vernünftiger wäre es auch. Wenn wir zusammenwohnen würden, müsste niemand auf mich aufpassen.«

Ich stelle meine Kaffeetasse ab und sehe Gran ernst an. »Es muss niemand auf dich aufpassen. Aber es ist schön für mich, zu wissen, dass es jemand könnte, falls es doch mal nötig sein sollte. Ich hatte gehofft, du verstehst das.«

»Du könntest …«

»Ich muss arbeiten, Gran.«

Meine Großmutter schweigt. Wir führen dieses Gespräch nicht zum ersten und sicher nicht zum letzten Mal. Aber die Hoffnung, dass sie sich im *Hallbeck* einlebt, dass sie Freunde findet oder zumindest Gesprächspartner, die stirbt zuletzt, sage ich mir. Und dann ist da immer noch die Möglichkeit, dass ich ihr, oder vielmehr uns, ein Zuhause schaffen kann, in dem sie sich dann auch zu Hause fühlt. Irgendwann. Wenn ich mich als Anwalt etabliert habe.

»Wie gefällt es dir inzwischen hier? In Brighton?«, fragt sie nun ihrerseits.

»Gut«, antworte ich, ohne zu überlegen. »Es ist eine fantastische Stadt. Klein, übersichtlich.« So gut wie jede andere Stadt im Grunde genommen, nur hübscher. »Ich hab dir die Vorteile bereits aufgezählt.«

»Denkst du nicht, wir beide passen besser nach London?«

»Wie kommst du darauf?«

Sie zerrupft ihren Blaubeer-Muffin mit den Fingern, anstatt ihn zu essen, und für eine Schrecksekunde bin ich alarmiert. Alles, jeder Handgriff, jede Zuckung meiner Großmutter, die nicht der Norm entspricht, lässt meinen Puls nach oben schnellen. Ich halte im Kauen inne, beobachte sie. Letztlich seufzt sie jedoch nur, greift nach ihrem Tee und trinkt einen Schluck, bevor sie fortfährt: »Wir werden beide vereinsamen.«

»Wir werden *nicht* beide vereinsamen. Du wirst hier Anschluss finden, schneller, als du denkst.«

»Was ist mit dir? Vermisst du Claire?«

»Nein.«

Schweigen. So hartnäckig, dass ich mich bemüßigt fühle, hinzuzufügen: »Claire und ich waren nicht einmal wirklich zusammen.«

»Weil du ihr nie eine Chance gegeben hast. Wären wir in London geblieben …«

»… hätte das an unserem Beziehungsstatus nichts geändert.« Ich sage es ruhig und besonnen, weil es stimmt: Claire und ich waren eine Zeit lang etwas mehr füreinander, jedoch nie mehr als Freunde mit gewissen Vorzügen. Dass wir beide es nicht auf eine Liebesbeziehung angelegt haben, weil jeder von uns am Anfang einer aufreibenden Karriere stand, kam unserem Arrangement entgegen. Dies meiner Großmutter zu erklären, kam dagegen nicht infrage. Nicht, weil sie nicht offen genug wäre, unsere Entscheidung zu akzeptieren. Sondern weil ich das Leuchten in ihren Augen sehe, jedes Mal wenn ich ihr von einer Frau erzähle. Ich bin nicht sicher, was genau sich dann in ihrem Kopf abspielt –

Hochzeit, Kirche, Urenkel womöglich –, aber ich möchte diese Fantasien nicht noch befeuern.

»Du bist jetzt bald dreißig, Alex.«

»Das ist mir bewusst.«

»Arbeit ist nicht alles.«

»Was für eine Art Gespräch wird das hier?« Ich sage es amüsiert, denn ich habe keine Lust, dies zu einer ernsthaften Unterhaltung über Familienplanung oder Sonstiges ausarten zu lassen. Wir hatten das alles schon: Solange sie noch nicht senil oder bettlägerig sei, könne sie auf meine Kinder aufpassen, mich und meine zukünftige Frau entlasten. Finde die Fehler in dem Satz, derer nicht wenige vorhanden sind. Der Umstand, dass meine Großmutter bereits abbaut, so tragisch das ist, wird ebenso gern ignoriert wie die Tatsache, dass ich bis dato noch keinen Gedanken an Familienplanung verschwendet habe und es sicherlich in naher Zukunft auch nicht tun werde. Es ist nicht leicht, als Anwalt in einer Kanzlei Fuß zu fassen. Was in jedem Fall erwartet wird, ist, dass die Karriere an erster Stelle steht. Die Bereitschaft, alles andere hintanzustellen. So viel habe ich inzwischen begriffen.

Und schon bleibt mir der Sandwichbissen beinah im Hals stecken. Ich bin mir sicher, sämtliche meiner Kollegen sind exakt in diesem Moment schon in ihren Büros. Das schlechte Gewissen, nicht zu arbeiten, selbst am Wochenende, wird einem als angehender Jurist ziemlich früh anerzogen.

»Was hältst du davon«, beginne ich, nachdem ich den Teig mit einem letzten Schluck Cappuccino heruntergespült habe, »wenn wir noch einen Spaziergang machen, bevor ich in der Kanzlei vorbeischaue?«

Meine Großmutter seufzt.

»Ein bisschen Meerluft schnuppern? Dich darüber hinwegtrösten, dass du dem Moloch London gerade noch mal so entkommen bist?«

»Du willst nur ablenken.«

»Das auch. Ich bin nicht sicher, wovon, aber ja.«

Ich trage unser Tablett zurück und lasse mir eine Papiertüte geben, um Grans Pain au chocolat einzupacken, das sie noch nicht angerührt hat.

»Moloch London«, wiederholt sie mürrisch beim Hinausgehen. »Ich hab mein ganzes Leben lang in London gewohnt.«

»Und oft genug darüber geklagt, wie es immer voller und lauter geworden ist und sich der Dunst der Abgase auf deine Seele gelegt hat wie ein schwarzer Schleier, wenn ich dich zitieren darf.«

»Das war vermutlich etwas übertrieben.« Sie hakt sich bei mir unter, als wir das Café verlassen und den Weg in Richtung Pier einschlagen.

Es ist schon etwas geschäftiger als noch vor einer Stunde, die Stadt erwacht allmählich zum Leben. Gehsteige werden gefegt. Stühle und Tische vor die Fenster der Shops gerückt. Möwen kreischen über unseren Köpfen, und ich sehe zu den Dächern hinauf, auf denen sie sich plusternd niederlassen. Das ist einer der größten Unterschiede zu London, denke ich. Dass man die Vögel auf den Schornsteinen der Häuser tatsächlich wahrnimmt, dass man die Luft, die man einatmet, nicht als Gefahr für seine Bronchien versteht.

»Es liegt nicht an Brighton«, sagt Gran, und bevor ich sie fragen kann, was genau nicht an Brighton liegt, fügt sie hinzu: »Auch hier gibt es sehr hübsche Frauen.«

»Wie bitte?« Ich lache ungläubig.

»Da. Sieh nur.« Sie nickt in Richtung zweier Frauen, die uns entgegenkommen. Beide sind vermutlich in meinem Alter, beide mustern mich, während wir aufeinander zulaufen, beide lächeln mit Blick auf Grans Hand, mit der sie meinen Arm tätschelt. Als sie mich zudem noch vielsagend anrempelt, kann ich nur gerade so dem Drang widerstehen, mit den Augen zu rollen.

»Oh, wie die zwei dich angesehen haben! Die waren definitiv interessiert. Definitiv.«

»Ja. Weil sie mich für einen Kerl halten, der samstags seine Großmutter spazieren führt.«

»Na, und? Du bist ein Kerl, der samstags seine Großmutter spazieren führt.« Sie bleibt stehen und dreht den Kopf, um den zwei Frauen nachzusehen, und diesmal schlage ich die Augen tatsächlich gen Himmel.

»Du *wirst* noch vereinsamen.«

»Ich komme mir vor wie in einer Zeitschleife.«

»Es wäre so nett, dich mal wieder mit einer Frau zu sehen.«

»Ich …« Denke an Julie Cooper. Daran, wie sie empört die Hände in die Hüften stemmt und mir ein *Ich schnarche nicht* entgegenruft. Unwillkürlich muss ich lächeln, was ich schnell zu unterdrücken versuche, doch meine Großmutter, mit einem Mal scharf und brillant wie selten, bleibt abermals abrupt stehen und ruft: »Du hast eine Frau kennengelernt!«

»Nein!« Ich rufe ebenfalls.

Einige ziemlich zähe Sekunden lang starrt mich meine Großmutter einfach nur an, dann breitet sich sehr langsam ein Lächeln auf ihrem Gesicht aus.

»Ich habe keine Frau kennengelernt«, wiederhole ich, doch dem Blitzen in den Augen meiner Gran nach zu urteilen, habe ich die Chance, sie zu überzeugen, bereits vertan.

Eine gute Stunde spazieren wir am Meer entlang. Ich entlocke meiner Großmutter ein paar positive Sätze über das Wohnstift (*Das Essen ist einigermaßen in Ordnung. Ja, es ist sauber. Nein, die Wände sind nicht so dünn, dass man die anderen schnarchen hören würde – vielleicht sind meine Ohren aber auch nicht mehr so gut*), dann bringe ich sie dorthin zurück.

»Ich will bald einmal sehen, wie du wohnst«, sagt sie zum Abschied.

»Ich weiß. Das machen wir demnächst.«

»Und was ist mit deinem Geburtstag?«

»Was soll damit sein?«

»Ach, Alex! Man wird nur ein Mal dreißig!«

Ich lache. Dass ich mich an manchen Tagen wie fünfundfünfzig fühle, erwähne ich lieber nicht. »Wir gehen schön essen, okay? Worauf du Lust hast.«

»Es ist *dein* Geburtstag!«

»Genau deshalb.« Ich ziehe Gran in meine Arme und küsse sie zum Abschied auf den Haaransatz, wie ich es meistens tue. Dann schlage ich den Rückweg ein. Überlege, ob ich – wie die Samstage zuvor – sofort in die Kanzlei gehe, entscheide mich dann aber dagegen und laufe stattdessen in Richtung Chestnut Road. Es zieht mich regelrecht dorthin, und sei es nur, um zu sehen, ob der gestrige Abend irgendetwas zwischen mir und Julie Cooper verändert hat. Möchte ich das? Ich meine, würde ich das wollen? Und wenn ja, was genau sollte sich verändert haben und was verspreche ich mir davon?

Ich bin kurz davor, abzudrehen, um mich doch in die kalten Arme meiner Kanzlei zu werfen. Sollte der gestrige Abend spurlos an Julie Cooper vorbeigezogen sein, mit mir hat er offensichtlich etwas gemacht.

Zu viel. Stimmt's, Alex?

Bevor ich es mir noch einmal anders überlegen kann, biege ich in Richtung Kanzlei ab.

13
Julie

Ich sehe Alex den ganzen Tag über nicht. Als ich um kurz nach neun aufwache, ist er schon nicht mehr da, und auch als ich von meinem Trip zum Supermarkt zurückkehre, ist das gemeinsame Zimmer leer. Beinah kommt es mir so vor, als hätte ich die gestrige Nacht nur geträumt. Alex in dem Taxi. An dem Tisch in der Bar. Wie er von seiner Großmutter erzählt und sagt: *Frag mich noch mal, ob ich meinen Job mag.*

Ich sehe den Abend in jedem erdenklichen Detail vor mir, weshalb es unmöglich ist, dass ich ihn nur geträumt haben soll. Zumal ich Dante auf dem Weg in die Waschküche begegne und er mir sehr deutlich klarmacht, dass zumindest das Treffen mit ihm genauso passiert ist, wie ich es in Erinnerung habe.

»Wohin bist du gestern Nacht so schnell verschwunden, Jules? Ich dachte, ich könnte mich an dir wärmen?«

Wie ich bereits erwähnte: *Jedes Detail.*

Alex' Lächeln, seine Stimme, all das, was er mir anvertraut hat. Ich bin dermaßen in die Erinnerung vertieft, dass ich Dante beinah zustimme, als er vorschlägt, man könne sich doch noch einmal zu einem Nicht-Date verabreden. *Ja, nein.* Am Ende erkläre ich ihm, dass es besser für unser Arbeitsverhältnis im *Little Italy* wäre, wenn wir unsere Beziehung auf eine professionelle Basis beschränkten. Ich denke nicht, dass Dante es bei diesem halbherzigen *Nein* belassen wird. Einen Versuch war es trotzdem wert.

Orlando braucht mich heute nicht, ausnahmsweise einmal sind beide seiner Söhne im Einsatz. Hannah ist mit ihrer Schwester Eve bei den Eltern, und ich zögere den Anruf bei meinen eigenen hinaus. Wieder kehren meine Gedanken zu Alex zurück. Genau wie ich hat er einem anderen zuliebe etwas getan, was weitreichende Folgen für sein eigenes Seelenheil zu haben scheint. Womöglich bin ich doch nicht so verrückt, wie ich dachte. Oder ich bin wenigstens nicht allein damit.

Als ich am Nachmittag die Wäsche aus dem Trockner hole und anschließend damit beginne, sie möglichst glatt zu falten, beschließe ich doch noch, meine Mutter anzurufen. Ich stelle das Telefon auf laut, während meine Hände weiter mit der Wäsche beschäftigt sind.

»Julie!« Meine Mutter klingt, als habe König Charles ihre Nummer gewählt, statt ihrer langweiligen, abtrünnigen Tochter.

»Hey, Mum!«

»Ich habe überhaupt nicht mit deinem Anruf gerechnet!«

»Das höre ich. Wenn du noch ein bisschen überraschter klingen würdest, könnte das fast als Beleidigung durchgehen.«

»Entschuldige. Es ist bloß – ich habe gerade nicht viel Zeit. Dein Vater und ich sind auf dem Weg zu Lorna und Jeremy. Sie haben eine kleine Runde zum Tee eingeladen.«

»Das klingt toll. Dann will ich dich nicht weiter aufhalten.«

»Nicht doch, du hältst mich nicht auf. Ich freue mich immer, deine Stimme zu hören, das weißt du doch.«

»Ich weiß.«

Es folgt eine Stille, die mich daran erinnert, dass – aller Gefühle füreinander zum Trotz – etwas in Schieflage geraten ist zwischen meinen Eltern und mir, etwas, das vermutlich nur ich wieder geradebiegen kann.

»Mum?«, setze ich zögernd an.

»Ja, Schätzchen?«

»Es tut mir leid, dass ihr euch Sorgen macht wegen mir. Was absolut nicht nötig ist, nebenbei bemerkt. Mir geht es gut. Und es tut mir gut, hier in Brighton zu sein, vorübergehend.« Ich denke an Alex und schiebe den Gedanken sofort wieder von mir. »Das heißt nicht, dass ich mich nicht auf zu Hause freue. Es heißt nur, dass …« Einmal mehr gehen mir die Worte aus, wie die vielen Male zuvor. Diesmal werde ich etwas hinzufügen müssen, wenn ich dem Teufelskreis, in dem wir uns seit meinem Zusammenbruch befinden, irgendwann einmal entkommen will. »Vielleicht müssen wir das ein oder andere umstrukturieren, wenn ich nach Newcastle zurückkehre«, sage ich schließlich. »Ich bin nicht sicher, ob die Praxis der richtige Ort für mich ist.«

Ich halte die Luft an.

So.

Ich habe es ausgesprochen.

Meine Mutter sagt einige Sekunden lang gar nichts, und dann: »Du musst dich für nichts entschuldigen, Julie, im Gegenteil. Dein Vater und ich sind uns noch nicht ganz darüber im Klaren, wie es passieren konnte, aber wir sind uns durchaus bewusst, dass wir bestimmte Zeichen nicht erkannt und dich womöglich zu etwas gedrängt haben, das du gar nicht bist.«

»Ihr habt mich nicht gedrängt. Ihr habt es immer nur gut mit mir gemeint. Ich denke … Manchmal ist es eben notwendig, das Falsche zu tun, solange die Gründe die richtigen sind.«

Wieder schweigt meine Mutter, weshalb ich mich beeile, hinzuzufügen: »Das hat ein Freund mir vor Kurzem gesagt.«

»Ein Freund?«

»Ja. Ähm. Etwas … Ja, eine Art Freund.«

»Eine *Art Freund*?« Das Lachen in der Stimme meiner Mutter ist unüberhörbar, und erstens bereue ich zutiefst, dass ich Alex überhaupt ins Spiel gebracht habe, zweitens würde ich jetzt gern auflegen.

Zu allem Überfluss klopft es exakt in dem Augenblick an die Tür, in dem meine Mutter fragt: »Über welche Art Freund sprechen wir denn hier?«, und Alex betritt das Zimmer.

Bei dem Versuch, mir mein Handy zu schnappen, um den Lautsprecher auszustellen, stolpere ich über den Wäschekorb und lande beinah der Länge nach auf dem Boden. Gerade so halte ich mich an der Matratze fest und strecke den Arm nach dem Telefon aus, das unaufhaltsam weitertönt: »Julie? Bist du noch dran? Du kannst mir ruhig erzählen, wenn du jemanden kennengelernt hast, wir sind beide erwachsen.«

Ich spüre, wie ich rot werde. »Einen Moment, Mum. Gleich. Wieder. Da.«

»Ist es etwas Ernstes? Ach, vergiss die Frage. Das kann gar nicht sein, schließlich bist du noch keinen Monat …«

Mit dem Zeigefinger hämmere ich auf das Handy ein,

bevor ich es mir ans Ohr halte und gleichzeitig zu Alex herübersehe, der kurz nach der Tür und trotz der Stoffbahnen mit phänomenaler Sicht auf meine Zimmerhälfte stehen geblieben ist. Seine Miene ist unergründlich. Ruckartig wende ich den Blick ab.

»Mum, ich muss Schluss machen.«

»Okay?«

»Ich, äh … melde mich wieder. Viel Spaß bei der Teeparty!«

»Ja, danke, den werden wir …«

Schon hab ich aufgelegt.

»Und dann?«

»Dann haben wir Small Talk betrieben. So nach dem Motto: *Oh, Alex, wie ungewohnt, dich hier an einem Samstagnachmittag zu sehen. – Ja. Räusper, räusper. Normalerweise bin ich länger im Büro, aber heute … äh …*«

Prustend beugt sich Hannah nach vorn, während ich die Hände vors Gesicht schlage. »Du lachst!«, rufe ich. »Aber das war überhaupt nicht komisch! Es war peinlich! Ich habe ihm angesehen, dass er wusste, ich habe mit meiner Mutter über ihn gesprochen. Er wusste es einfach!«

»Na und? Du hast doch nichts Verräterisches gesagt, oder? Zum Beispiel, dass du mit Mr. Super-Hot zusammenwohnst.«

Ich schlage nach ihr. Geschickt und ziemlich schnell entzieht sie sich meiner Reichweite. Wir haben es uns auf ihrer gemütlichen Couch bequem gemacht – Hannah an einem Ende des Sofas, ich an dem anderen. Es ist das erste Mal, dass ich ihre Wohnung sehe, und am liebsten würde ich einziehen. Die Räume haben dieselben hohen Decken wie die bei Mrs. Gastrell, auch Böden und Fenster sind gleich. Doch Hannah setzt in Sachen Einrichtung weniger auf die stilvolle und minimalistische Eleganz meiner Vermieterin, stattdessen auf Wohlfühlen und Bequemlichkeit. Ihre Polstermöbel sind rund, flauschig und zum Darin-Versinken; alles, auf dem man nicht sitzen kann, ist bunt und modern. Ganz abgesehen davon ist Hannahs Wohnung heute mein sicherer Hafen: Hätte sie nicht angerufen, um mich nach einem harten Tag bei ihren Eltern zu sich einzuladen, ich würde vermutlich ziellos durch Brighton streunen, nur um meinem Mitbewohner zu entgehen. Ich würde nicht hier sitzen, gemütlich und geborgen, bei einem Glas Weißwein und Chips.

»Ich habe nichts dergleichen gesagt, und trotzdem kann es so nicht weitergehen.« Ich schüttle den Kopf. Schlage dann die Hände vors Gesicht, ohne damit aufzuhören. »Es ist alles so merkwürdig seit Freitagnacht. Merkwürdig und … anders.« Ich lasse die Hände wieder sinken. »Ich war davon überzeugt, ich könnte mit niemandem in einem Zimmer leben, erst recht nicht mit einem Fremden. Und dann stellt sich heraus, wenn ich mehr über diesen Unbekannten erfahre, fällt es mir noch viel schwerer, weil … ja, weil. Ich weiß auch nicht. Ich ihn plötzlich nicht mehr als hervorstechendes Objekt meines Desinteresses sehen kann, schätze ich. Gerade scheint es mir schier unmöglich, ehrlich gesagt. Der Vorhang hilft überhaupt nichts mehr. Wir müssten schon eine Wand einziehen.«

»Ja«, stimmt Hannah zu, »um euch vor euch selbst zu schützen, nehme ich an?«

Sie fängt den Kartoffelchip, den ich nach ihr werfe, und steckt ihn sich in den Mund.

»Lass uns von dir reden«, schlage ich vor. »Was war los bei deinen Eltern? Du hast doch nicht umsonst im richtigen Moment angerufen, um mich zu retten. Eigentlich wolltest du mir von deinem Nachmittag erzählen, oder?«

»*Eigentlich*«, betont Hannah fröhlich, »habe ich nur nach einer Trinkschwester gesucht. Prost!«

Sie hält mir ihr Glas hin, und ich greife seufzend nach meinem. »So viel Alkohol, wie ich in Brighton im Verlauf von nicht mal vier Wochen getrunken habe, gab es zu Hause innerhalb eines Jahres nicht für mich.«

»Ha! Das halte ich für eine schamlose Übertreibung!«

»Ist es nicht! Ich bin um sechs aufgestanden, das ging nicht mit angetrunkenem Kopf. Und Neil …« Ich runzle die Stirn. Keine Ahnung, weshalb ich mit einem Mal von ihm anfange, ich habe Monate nicht an ihn gedacht. »*Neil*«, beginne ich noch einmal, »war strikt gegen Alkohol. Er ist Marathon gelaufen.«

»Neil«, wiederholt Hannah interessiert.

»Mein Ex. Wir haben zusammengelebt, bis … ja, bis er ausgezogen ist. Neil ist Psychiater.«

»O mein Gott!«

»Genau.« Ich nicke bekräftigend. »Es hat keinen Spaß gemacht, bei jeder sich bietenden Gelegenheit analysiert zu werden, und sei es nur für die Art und Weise, wie man seine Gabel hält. Es war nicht leicht mit ihm. Uh-uh.«

Hannah und ich sehen einander ernst an, bis sie zu prusten beginnt und ich ebenfalls anfange zu kichern. Wir stoßen unsere Gläser aneinander. »Es ist fast zwei Jahre her. Die Trennung, meine ich.« Ich zucke mit den Schultern. »Ich denke so gut wie gar nicht mehr an ihn.«

»Und nach ihm kam niemand?«

»Nein.« Ich seufze. »Nach ihm kam das große Nichts, mit zu wenig Sex und noch weniger Alkohol.«

»Na, zumindest eines von beiden können wir ad hoc beheben. Für das andere müsstest du wohl eine Treppe nach unten gehen.« Amüsiert zwinkert sie mir zu.

»Hannah! Hör auf damit! Alex und ich ...«

Mitten im Satz zucke ich zusammen, Hannah ebenfalls. Lauter Hip-Hop dröhnt durch die Wohnung, von der Stimme des Singer-Songwriters, der im Hintergrund spielte, ist nichts mehr zu hören. Spontan halte ich mir die Ohren zu wie eine Achtzigjährige, während Hannah vom Sofa springt und im Flur verschwindet.

Jemand ruft »Fünf, sechs, sieben, acht und eins ...« über den Krach hinweg, dann übertönt Hannahs Stimme den Lärm.

»Eve!«, brüllt sie. »Du drehst den Mist sofort leiser, sonst bringe ich dich auf der Stelle zurück zu Mum und Dad! *Nachdem* ich deine Ladekabel aufgegessen habe!«

Ich höre Hämmern, vermutlich gegen Eves Tür, und nach einer weiteren Runde »zwei, drei, vier, fünf ...« wird die Musik leiser gedreht und eine genervte Stimme motzt: »Da kann ich auch gleich bei denen wohnen, wenn du genauso spießig bist.«

Als Hannah zurückkommt, lässt sie sich mit einem schweren Seufzer in ihren Sessel fallen. »Das war das«, sagt sie. »Den Rest kannst du dir wahrscheinlich denken, wenn ich dir erzähle, dass Eve sich neuerdings in den Kopf gesetzt hat, Model zu werden. Und zwar, *statt* die Schule fertig zu machen, nicht etwa *danach*. Das Gebrüll war groß im Hause Lewis. Und falls du dich fragst, was der Tumult zu dieser furchtbaren Musik soll – sie übt, auf High Heels zu laufen.«

»Oh.« Ich verkneife mir ein Grinsen. Als Einzelkind steht es mir vermutlich nicht zu, nervige Schwestern ansatzweise amüsant zu finden.

Hannah hebt ihr Glas und hält es mir entgegen. »Trinkschwestern im Geiste?«

»Absolut.«

Einmal mehr stoßen wir an. Der Wein schmeckt köstlich. Er rinnt die Kehle hinunter und hinterlässt eine warme, gemütliche Pfütze in meinem Magen.

Wir schweigen eine Weile. Selbst aus Eves Zimmer ist kein Geräusch mehr zu hören, als es plötzlich über uns zu poltern beginnt.

Hannah verdreht die Augen gen Zimmerdecke.

»Was ist denn bloß los bei dir?«, frage ich halb lachend, halb staunend. In der Wohnung von Mrs. Gastrell ist kaum je ein Mucks von anderen Mietern zu hören – maximal von den Espositos gegenüber, wenn Maria mal wieder aus dem Off nach ihren Söhnen oder Orlando schreit.

»Hoffen wir mal, dass die Larssons heute zu Hause sind.« Hannah schüttelt sich. »Du kennst die Geschichten um Apartment 3B? Es soll dort spuken.«

»Na, großartig.« Ich starre Hannah an.

Die grinst zurück wie der Joker aus Batman. »Hm, ja, was soll ich sagen? Es klingt verrückt, aber in den vier Jahren, die ich hier lebe, sind schon fünf Familien und Paare ein- und wieder ausgezogen aus 3B. Angeblich weil dort Geister ihr Unwesen treiben.«

»Das ist … lächerlich?«, frage ich hoffnungsvoll und gegen das Gefühl ankämpfend, dass sich in meinem Nacken die feinen Härchen aufstellen.

»Na, darüber brauchst du dir wenigstens keine Sorgen

zu machen«, entgegnet Hannah. »Du hast schließlich einen patenten Mann da unten, der neuerdings sogar dazu bereit sein dürfte, dich zu beschützen.«

Ich schnaube. »Beschützen! In welchem Jahrhundert leben wir denn? Ganz abgesehen davon ist Alex die Hälfte der Nacht ohnehin nicht da.«

»Fehlt er dir?« Hannah säuselt die Worte, und diesmal werfe ich ein Kissen nach ihr.

»Es sollte sich besser nicht seltsam anfühlen, weißt du?«, versuche ich es, diesmal ernster. »Ihm zu begegnen, meine ich. Das macht diese ganze Wohnsituation nur noch merkwürdiger.«

»Und ich frage mich gerade«, erwidert Hannah mit einem wissenden Lächeln, »weshalb es einfacher war, als du noch nichts über ihn wusstest.«

Das frage ich mich auch, und zwar selbst dann noch, als ich später in meinem Bett liege, ohne die kleinste Hoffnung darauf, einschlafen zu können. Alex Logan ist ein attraktiver Mann. Und das war er schon, gestehe ich mir ein, als ich ihn noch unsympathisch fand. Nun finde ich ihn nett und fürsorglich und witzig manchmal und …

Ich versuche eine andere Liegeposition, den Blick auf die Laken in der Mitte des Zimmers gerichtet, dann auf die Anzeige des Digitalweckers. 0:23 Uhr. Zu wissen, dass Alex nicht in den Armen irgendeiner Frau liegt, sondern mit dem Taxi durch die Nacht fährt, um zusätzliches Geld zu verdienen, macht etwas mit mir, ich spüre es tief in meinem Inneren. Womöglich ist es Mitgefühl, das da in mir aufsteigt und das ich sogleich wieder niederkämpfe. Mitleid ist mit Sicherheit das Letzte, was Alex möchte.

Nach wie vor kenne ich ihn kaum. Und doch kenne ich ihn mittlerweile gut genug, um ihn weiterhin zu ignorieren.

Ich seufze, während ich mich auf den Rücken werfe und die Augen fest zupresse.

Und wie es immer so ist, wenn man am wenigsten damit rechnet, schlafe ich am Ende ein.

14
Alex

Die Laken, die Julie in der Zimmermitte aufgehängt hat, haben mich vom ersten Augenblick an gestört. Das ganze Zimmer wirkt damit unordentlich und mehr wie eine Absteige, doch es ist nicht nur das, da ist noch etwas anderes. Der Umstand nämlich, dass ich nicht gern ausgeschlossen werde, weil mir dieses Gefühl nur allzu bekannt vorkommt.

»Julie?« Ich flüstere ihren Namen, während ich mit ausgestrecktem Arm einen Mitnahmebecher Cappuccino durch den Spalt zwischen zwei der Stoffbahnen schiebe. »Bist du wach?«

Es brummt. Dann nichts mehr. Für einen Augenblick hatte ich gedacht, sie sei vielleicht schon auf – immerhin war kein Schnarchen zu hören. Jetzt frage ich mich, was ich hier eigentlich tue. Da stehe ich, mitten im Zimmer, noch verschwitzt vom Laufen, mit zwei Bechern Kaffee und zwei Tüten Gebäck, um … tja. Eben.

Ich lasse meine Einkäufe auf meiner Hälfte des Tischs zurück und beschließe, unter die Dusche zu gehen. Auf dem Weg über den Flur nehme ich das Röcheln von Mrs. Gastrells Kaffeemaschine wahr und ziehe die Badezimmertür noch ein bisschen schneller hinter mir zu. Sie sollte dringend entkalkt werden. Die Maschine, nicht Mrs. Gastrell. Es ist erstaunlich, wie wenig ich in den vergangenen Wochen von meiner Vermieterin gesehen habe, und noch mehr, wie sehr ich mich dennoch beobachtet fühle. Als hätten die Wände Augen. Tatsächlich habe ich schon den Putz nach versteckten Kameras abgesucht – ja, ich weiß, so misstrauisch muss man erst mal sein! Ich habe nichts gefunden. Weder in unserem Zimmer noch im Bad.

Vielleicht wird man als Anwalt einfach irgendwann paranoid. Und vielleicht sollte ich einfach dankbar sein, dass Mrs. Gastrell unsere Privatsphäre respektiert und mir oder Julie nicht an jeder Ecke auflauert, um ein Gespräch zu beginnen, wie man es von einsamen alten Damen erwarten könnte. Meine Großmutter würde es so halten, mit Sicherheit. Mrs. Gastrell dagegen hat von Minute eins an klargemacht, dass sie nicht an Small Talk interessiert ist.

Ich stelle mich unter die Dusche. Lasse heißes Wasser auf meine Schultern prasseln und schließe die Augen.

Es ist Sonntag. Die vergangenen Sonntage habe ich mit meiner Großmutter verbracht, zum einen, damit sie sich nicht allein fühlt, zum anderen, um der Enge meines Zimmers zu entgehen. Nun überlege ich, ob es nicht für uns beide besser wäre, wenigstens ab und zu einen Tag ohneeinander zu verbringen. *Wir werden beide vereinsamen,* hat sie behauptet, und auch wenn ich dem nicht zustimme, sagt mir der Satz doch noch mehr: Wir sind viel zu abhängig voneinander. Aber es gibt auf dieser Welt nicht nur uns zwei. Niemand ist eine Insel.

Ich drehe das Wasser ab und steige aus der Dusche. Dann greife ich nach meinem Handy und tippe eine Nachricht ein.

Hey, Gran! Magst du heute ausnahmsweise mal am Sonntagstee in der Residenz teilnehmen? Mir ist etwas dazwischengekommen. Aber ich rufe dich heute Abend noch an, okay? A.

Es dauert keine drei Minuten, bis ihre Antwort eintrifft.

Oh, Alex, wie grauenvoll. Du weißt, dass sie bei ihrem angeblichen Sonntagstee alberne Brettspiele auspacken und manchmal sogar anfangen, zu tanzen? Es ist wie in einem Seniorenheim … Aber, ja. Ruf mich heute Abend an, wenn es nicht anders geht.

Es ist ein Seniorenheim, denke ich, doch ich gehe nicht weiter auf Grans Nachricht ein. Ihre Antwort bestätigt mich in dem, was ich ohnehin schon eine Weile denke: Meine Großmutter wird sich nie richtig in der Residenz einleben, solange sie sich täglich darauf verlässt, dass ich sie besuche oder woanders hinbringe. Es liegt mir fern, sie auf ihre alten, womöglich kranken Tage allein zu lassen. Doch ich möchte ihr nicht die Chance nehmen, sich für etwas anderes zu öffnen. Etwas, das ihr das Gefühl von Einsamkeit nimmt, wenn ich mich nicht um sie kümmern kann.

Ich betrachte mein Spiegelbild.

Wir werden beide vereinsamen.

Mein Blick gleitet auf die Ablagefläche darunter, auf der Julie ein paar ihrer Toilettenartikel hat liegen lassen, unter anderem einen Parfümflakon. Ich zögere für den Bruchteil einer Sekunde, schon habe ich das Fläschchen unter der Nase.

Zitrone, denke ich. Zitrone und noch etwas Süßeres, Mango vielleicht oder Birne oder eine schwere Blüte, so etwas wie eine Magnolie vielleicht. Der Duft ist frisch und leicht, mit einer unterschwelligen Tiefe, die einen zweimal hinsehen lässt. Hinriechen, meine ich natürlich.

Kopfschüttelnd stelle ich das Parfüm zurück, während ich meinem Spiegelbild einen ungläubigen Blick zuwerfe.

Mag sein, ich habe mich in Julie Cooper geirrt. Mag sein, dass mehr in ihr steckt als die oberflächliche, verzogene Tochter, die ich zunächst in ihr gesehen habe. Das heißt aber noch lange nicht …

Ach, was soll's.

Es ist nur Kaffee, rede ich mir ein, während ich mir ein Handtuch um die Hüften schlinge und zurück ins Zimmer gehe. Ein Kaffee, eine Zimtschnecke, eine nette Geste von Mitbewohner zu Mitbewohnerin. Es spielt keine Rolle, wie sie riecht. Und dass ich den Duft inzwischen nur allzu gut kenne. Und dass ich ihn mit etwas verbinde. Mit dem genauen Gegenteil von Einsamkeit.

Ich habe die Tür noch nicht hinter mir zugezogen, da sagt Julie: »Du musst dir nicht solche Mühe geben, leise zu sein, ich bin wach.«

Beinah im selben Augenblick schiebt sie einen Teil der Stoffbahnen mit Schwung zur Seite, nur um sofort zurückzutaumeln und sich ein Laken vors Gesicht zu halten.

»Sorry.« Sie kreischt es beinah. »Ich wusste nicht, dass du … Ich hätte …«

»Schon in Ordnung. Ich zieh mir schnell was an.« Ich schlüpfe in Boxershorts, Jeans und T-Shirt und muss dabei grinsen. Und ich frage mich, wieso das heute zum ersten Mal passiert, nach all den Wochen, die wir nun schon dieses Zimmer teilen.

Weil du mit einem Mal keinen Drang mehr zu verspüren scheinst, dich möglichst schnell aus dem Staub zu machen, erklärt die Stimme in meinem Kopf, und der süffisante Ton gefällt mir nicht.

»Okay«, sage ich. »Fertig.«

Julie lässt das Laken sinken. »Es tut mir leid. Ich hätte damit rechnen können, dass du aus der Dusche kommst. Schließlich …«

»Nichts passiert.« Ich gehe zu dem Tisch, auf dem ich unser Frühstück zurückgelassen habe. »Hier. Ich bin nach dem Laufen an diesem Café vorbeigekommen, das für seine Zimtschnecken bekannt ist. Ich dachte, du möchtest vielleicht auch eine probieren.«

Julie folgt mir zum Tisch, das Erstaunen ist ihr deutlich anzusehen, doch sie greift erst nach dem Cappuccino, dann nach der Gebäcktüte, die ich ihr hinhalte.

»Danke.«

»Du klingst so ungläubig, dass ich schon fast beleidigt sein müsste.«

»Nein, ich …« Julie schüttelt den Kopf. »Im ersten Moment dachte ich, du erwartest vielleicht jemanden zum Frühstück.«

»Und im zweiten, dass ich das mit dir hätte absprechen müssen? Weil das unsere Hausregel ist?«

»Exakt.« Sie reckt ihr Kinn, doch mittlerweile grinst sie.

»Warte. Ich hole uns Teller.«

Als ich aus der Küche zurückkehre, hat Julie unsere improvisierte Trennwand so weit zusammengeschoben, dass wir beide nebeneinander am Tisch sitzen können. Sie hat ihren Stuhl neben meinen gestellt. Ihre Zimmerhälfte ist das übliche Chaos, das ich auszublenden versuche.

»Die riechen köstlich«, sagt sie, nachdem sie ihre Zimtschnecke aus der Tüte gehoben und auf dem Teller drapiert hat. »Danke.«

»Ich hoffe, der Kaffee ist noch nicht ganz kalt.«

Julie hebt ihren Becher an die Lippen. »Noch warm«, erklärt sie lächelnd.

Wir sehen einander an. Obwohl alles anders ist als noch vor ein paar Tagen, als ein Blick genügte, um eine hitzige Diskussion zu entfachen, sind wir doch weit entfernt von unkompliziert. Im Gegenteil, schießt es mir durch den Sinn. Was, wenn das hier nur immer komplizierter wird?

Nein, denke ich beinah im selben Moment. Ich habe gerade nicht den Kopf, um ihn mir über etwas anderes zu zerbrechen als die Dinge, die mich ohnehin beschäftigen. Meinen Achtzehn-Stunden-Tag beispielsweise.

Keine Zeit für Sonstiges, schnurrt die innere Stimme mir wieder ins Ohr.

»Was hast du gesagt?« Julie sieht zu mir auf, und mir wird bewusst, dass ich nach wie vor stehe, während sie sich bereits an den Tisch gesetzt hat.

Ich nehme Platz. »Ich habe mich gerade gefragt«, erkläre ich ihr, »ob uns nicht anstelle dieses Decken-Verschlags eine andere Lösung einfällt. Es sieht irgendwie unordentlich aus, oder? Wie ein Provisorium.«

»Es stört deinen Ordnungssinn?« Julie bricht ein Stück von ihrer Zimtschnecke ab, schiebt es sich in den Mund und schließt genüsslich die Augen. »Mmmmh«, macht sie. »Guuuuut.«

Ich räuspere mich. »Ja, okay. Äh, die … dein Vorhangkonstrukt …«

»… ist ja auch ein Provisorium. Und dem Umstand geschuldet, dass ich insgesamt nicht länger als drei Monate in Brighton bleiben werde. Isst du gar nichts? Der Teig ist noch warm. Ehrlich, ich kann mich nicht erinnern, je bessere Zimtschnecken gegessen zu haben.«

Ich greife nach einer, beiße ein Stück ab. Im selben Augenblick versuche ich, mich für eine Sekunde in mich selbst zurückzuziehen, in mich hineinzuhorchen, was wirklich mit mir los ist. Wie es möglich sein kann, dass *ein* gemeinsamer Abend so viel zwischen zwei Menschen verändert: was ich über Julie denke und was ich empfinde, wenn sie mir erklärt, dass sie über kurz oder lang nicht mehr Teil unserer Wohngemeinschaft sein wird. Es ergibt keinen Sinn. Ich bin fokussiert auf meinen Job, auf meine Karriere, darauf, alles besser zu machen als … Alles besser zu machen als die meisten anderen Menschen in meinem Leben. Und dennoch berührt es etwas in mir, wenn Julie mich aus ihren großen braunen Augen ansieht und erklärt: *Es ist ein Provisorium.*

»Aber vielleicht hast du recht«, sagt sie jetzt, »wir könnten uns wirklich etwas anderes einfallen lassen, solange ich hier bin. Was schwebt dir vor? Ein Paravent zum Auseinanderziehen?«

»Ja. Klar.« Ich nicke.

»Okay. Vielleicht. Warum nicht?«

»Wir teilen die Kosten auf.«

»In Ordnung.«

Ich atme tief ein. Mittlerweile klingt unser Gespräch beinah so wie vor dem Abend in der Bar, und obwohl auch das mehr als merkwürdig ist, bin ich darüber fast erleichtert. Julie dagegen wirkt eher verwirrt. Zumindest sieht sie mich so an. Dann lächelt sie zaghaft. Ich tue das Gleiche. Es fühlt sich falsch und aufregend und irgendwie verboten an.

»Sieh uns an«, platze ich auf einmal heraus. »Wir beide, in friedlicher Eintracht, gemeinsam am Frühstückstisch – wer hätte das gedacht?«

Große, fragende Augen. Ein verzogener Mund. »Niemand?«

Gott, Alex … In Gedanken raufe ich mir die Haare. Dann mache ich alles noch schlimmer. »Sollen wir gleich los und uns nach so einem Ding umsehen?«

15
Julie

Dies ist mit Sicherheit der eigenartigste Sonntagmorgen, den ich seit Langem erlebe. Nach dem merkwürdigen Gespräch, das sich mehr wie ein Magen-Darm-Virus anfühlte, und Alex' Vorschlag, sich gleich heute nach einem Raumteiler umzusehen, zückte er in Nanogeschwindigkeit sein Handy, um herauszufinden, welche Möbelhäuser wann in unserer Nähe geöffnet sind.

Wir entschieden uns für Habitat.

Alex sagte: »Ich bin schon öfter an dem Laden vorbeigejoggt. Scheint eine gute Auswahl zu haben.« Und während er vehement nickte, als müsste er sich selbst von der Richtigkeit seiner Aussage überzeugen, ging mir auf, dass die Stimmung zwischen Alex Logan und mir sich zwar geändert hat, jetzt aber nicht unbedingt besser ist.

Es war, wie ich Hannah bereits erklärt hatte, nichts Gutes an dieser Beklommenheit, die mich in seiner Gegenwart neuerdings überkam. Wenn ich mit ihm sprach. Oder ihn, nur im Handtuch bekleidet, in unserem Zimmer entdeckte. Allein beim Gedanken daran steigt mir Hitze in die Wangen. Himmel, Julie Cooper! Jetzt reiß dich mal zusammen.

»Hier wären wir.« Alex ist vor der breiten Eingangstür des Einrichtungshauses stehen geblieben, das hell erleuchtet im dämmrigen Sonntagvormittag strahlt. Es ist so gut wie leer, und ich frage mich, ob es tatsächlich geöffnet hat, doch ein Blick auf das Schild an der Tür gibt meinem Mitbewohner recht: sonntags, 11:00 bis 17:00 Uhr.

Wir gehen hinein. Und mit der Woge aus Kaufhausluft und Fahrstuhlmusik schlägt mir noch etwas entgegen, eine Erkenntnis nämlich: Nie zuvor war ich mit einem Mann Möbel kaufen, nicht einmal einen Beistelltisch. Neil lebte in einer WG, als wir uns kennenlernten, und nachdem wir uns ohnehin andauernd und ausschließlich bei mir trafen, zog er ganz bei mir ein. Schleichend, nein, fließend geradezu, als wäre es die einzig logische Konsequenz.

»Hm«, macht Alex. »Ich hatte es mir größer vorgestellt, aber es ist nur diese eine Etage, oder?« Er sieht sich um, und ich tue es ihm gleich.

Keine Rolltreppe weit und breit, nicht mal eine normale Treppe. »Gut, aber das heißt ja nichts. Sehen wir uns ein bisschen um und fragen im Zweifelsfall nach.«

»Fantastisch.« Er nickt.

Ich seufze innerlich. Alex sieht genauso aus, wie ich mich fühle: als ratterten Gedanken durch sein Hirn, von denen er keine Ahnung hat, woher sie kommen, noch wohin sie gehen.

Eine Weile spazieren wir schweigend durch den Laden, betrachten Tische, Stühle, Lampen, werfen einen flüchtigen Blick auf ein paar Boxspringbetten und landen schließlich bei den Couchgarnituren.

»Das fehlt unserem Zimmer auch noch«, sagt Alex grinsend, während er sich in ein erdbeerrotes Polstermonster fallen lässt. »So eine gemütliche Ecke vor einem Riesenfernseher.«

Ich zögere einen Moment, bevor ich mich neben ihn setze, was mir sinnvoller erscheint, als vor ihm zu stehen und auf ihn herabzuschauen. »Dieses Sofa hier trifft Mrs. Gastrells Geschmack eher nicht.«

»Da hast du recht.« Alex nickt. »Vermutlich steht in ihrem Wohnzimmer eine Streckbank vor einem alten Transistorradio.«

Ich pruste. »Und sofort habe ich das Bild vor Augen. Passt haargenau.«

»Hast du dir ihre Räume mal angesehen?«

»Um Himmels willen, ich bin nicht lebensmüde! Du etwa?« Entgeistert starre ich ihn an.

»Nein. Ich hab schon ein paarmal daran gedacht, einfach eine der Türen zu öffnen, aber dann war ich zu feige.«

»Ich würde es nicht feige nennen. Dein Überlebenswille hat sich eingeschaltet, das ist mehr als nachvollziehbar.«

»Sie ist eine spezielle Art von schaurig, oder?«

»In der Tat, das ist sie.« Ich drehe mich auf dem Sofa so, dass ich Alex direkt ansehen kann. »Die allermeiste Zeit ist es so still in der Wohnung, dass ich denke, sie ist nicht zu Hause, und dann klingelt auf einmal ihr Telefon und ich höre ihre Stimme.«

»Gruselig.«

»Und ob. Bestimmt hat sie noch so ein altes Festnetztelefon mit Hörer und Kabel.«

»Das wird ja immer schlimmer!« Ich schüttle mich.

Alex lacht. »Vielleicht sollten wir den Kontakt zu ihr forcieren, sie ein bisschen besser kennenlernen. Damit die alte Dame ihren Schrecken verliert.«

»Du hast leicht reden. Du bist drei Viertel deiner Zeit nicht zu Hause.«

»Bist du es denn? Ich meine, was tust du, wenn du allein in deinem halben Zimmer sitzt?« Wie ich hat Alex sich seitlich gedreht, ein Bein unter das andere geschoben, den Arm auf die Rücklehne des Sofas gelegt. Er sieht absolut entspannt aus, und auch mir nimmt der Small Talk ein wenig von meiner Nervosität.

»Wenn ich wirklich mal im Zimmer bin«, beginne ich, »was selten genug vorkommt, denn es gibt ja schließlich Hannah und das *Little Italy* …«

»… und Dante«, fügt Alex hinzu.

Ich sehe in sein Gesicht und begegne einem aufmüpfigen Grinsen. »*Und Dante*«, wiederhole ich betont bedächtig, bevor ich ungerührt fortfahre: »Jedenfalls, *wenn* ich mal allein im Zimmer sein sollte, sitze ich an meinem Laptop und sehe mir Stellenausschreibungen an.«

»Ah.« Alex nickt. »In welcher Richtung suchst du?«

»In keiner bestimmten, im Gegenteil. Es ist alles noch sehr unbestimmt.«

»Und wo?«

Für eine Sekunde gerate ich ins Stocken, ich bin nicht sicher, weshalb. »In Newcastle.«

Alex nickt wieder, erwidert jedoch nichts, und mit einem Mal fühlt es sich so an, als hätte ich etwas Falsches gesagt.

»Kann ich Ihnen beiden vielleicht behilflich sein?« Eine Verkäuferin ist vor dem Sofa stehen geblieben und lächelt auf uns herunter. *Ellen* steht auf ihrem Namensschild, und sie sieht jung aus, nicht älter als 20. »Wir haben noch mehr Polstermöbel, im hinteren Bereich des Einrichtungshauses.«

»Oh!« Ich klappe den Mund wieder zu. Für einen Moment ist mir der eigentliche Grund unseres Besuchs völlig entfallen.

»Sie können uns sehr gerne helfen«, antwortet Alex und steht von der Couch auf. »Wir suchen einen Raumteiler. Haben Sie so etwas zufällig da?«

»Einen Raumteiler?«, wiederholt Ellen nachdenklich, während auch ich mich langsam erhebe.

»Einen Paravent?«, werfe ich ein. »So ein Ding zum Ausklappen, um …« Mein Blick huscht zu Alex, und zu meiner größten Schmach fühle ich, wie Hitze in meine Wangen steigt.

Die Verkäuferin bemerkt es ebenfalls. Sie wirft mir einen neugierigen Blick zu, bevor sie erklärt: »Sie suchen einen Raumteiler, natürlich. Ich musste nur kurz überlegen, wo die stehen – ich glaube, wir haben zwei oder drei, sie sind über den Laden verteilt. Ah, ja. Dort drüben – wenn Sie mir bitte folgen wollen?«

Sie geht in Richtung einer der Fensterfronten vor, Alex und ich folgen ihr.

»Hier.« Ellen deutet auf einen smaragdgrünen Paravent mit goldenen Schlieren und schnörkeligen Ornamenten am oberen Rand. Er sieht aus wie eine Mischung aus Tausendundeiner Nacht und dem Asia-Imbiss von nebenan.

Alex runzelt die Stirn.

»Haben Sie eventuell auch etwas Schlichteres?«, frage ich. »Etwas weniger … Pompöses?«

»Hm. Ich denke schon … Da war so ein einfacher weißer, ich bin mir nicht sicher, wo der geblieben ist. Möchten Sie und Ihr Mann sich noch ein bisschen umsehen? Dann schaue ich in der Zwischenzeit im System nach.«

»Oh, wir sind nicht verheiratet. Wir sind nur …« Ich

mache eine wegwerfende Handbewegung in Alex' Richtung, und er räuspert sich.

»Ja, wir sind ...«

Wir sehen einander an.

Die Verkäuferin blickt von einem zum anderen. »In Ordnung«, sagt sie amüsiert. »Bin gleich zurück.«

»Ich will nicht wissen, was *Ellen* jetzt denkt«, eröffnet Alex, als wir uns in stummer Eintracht umwenden, um uns in die entgegengesetzte Richtung davonzumachen.

»Ich auch nicht.«

»Das war ...«

»... peinlich.«

»Aber auch witzig irgendwie.«

Ich schnaube.

Alex legt eine Hand auf meinen Rücken und schiebt mich in den nächsten Gang. »Hier waren wir noch nicht.«

»Auf dass sie uns nie mehr wiederfindet.«

»Genau das ist Zweck der ganzen Übung.«

Und mit einem Mal muss ich kichern. Nicht wirklich lachen, es ist mehr so ein unterdrücktes Glucksen, das ich lange nicht mehr aus meinem Mund gehört habe, vermutlich seit der Schulzeit nicht.

»Was ist los?« Alex sieht mich an, dann bricht er ebenfalls in Gelächter aus. Er zieht mich in eine Nische und lacht mit einem Mal noch lauter.

»Was?« Grinsend sehe ich ihn an.

»Dreh dich mal um.«

Ich drehe mich um und stelle zu meinem Erstaunen fest, dass wir hinter einem schlichten weißen Paravent Zuflucht gesucht haben.

»Wenn Ellen uns hier entdeckt«, beginne ich, da hören wir sie auch schon rufen.

»Hallo? Sind Sie noch da? Ich habe den Raumteiler gefunden. Er müsste dort drüben sein, vor den Esszimmern.«

»Was jetzt?«, flüstere ich. Ich stehe so dicht vor Alex, dass ich zu ihm aufsehen muss. Er riecht gut. Nach Zimt und altem Holz. Nach unserem Zimmer.

»Da lang.« Er wispert ebenfalls. Dann greift er nach meiner Hand und zieht mich geduckt in Richtung Küchen.

»Alex!« Ich folge ihm kichernd. Und dann bleibe ich mit dem rechten Fuß an einer Teppichkante hängen. Mit einem hysterischen Aufschrei lande ich um ein Haar auf dem Boden. Alex gelingt es, sich in einer Blitzaktion umzudrehen und mit der freien Hand meinen Arm zu packen, weshalb ich nun in einer halb liegenden, halb krabbelnden Position förmlich an seinem Schritt klebe.

»Da sind Sie ja!«, ruft Ellen, die Verkäuferin.

Oh. Mein. Gott.

Ich werde wohl künftig woanders nach Möbeln Ausschau halten, denke ich, während ich wenig später mit nach wie vor hochrotem Kopf und der Hälfte eines Raumteilers im Arm das Einrichtungshaus verlasse.

»Alles gut da hinten?«

»Ja, alles prima.«

Alex geht vor mir, als wir unseren neu erworbenen cremefarbenen Paravent in Richtung Chestnut Road schleppen.

»Wir hätten vielleicht einen Wagen leihen sollen«, ruft er mir über die Schulter zu.

»Offenbar hatten wir nicht damit gerechnet, wirklich etwas zu finden«, gebe ich zurück.

»Genauso wenig, wie einer gerade mal volljährigen Einrichtungsberaterin ein Kundentrauma zu verpassen, das sie ihr Leben lang nicht mehr vergisst.«

»Sie wird noch ihren Kindern von uns erzählen.« Ich gebe einen gequälten Laut von mir. Das war mit Sicherheit das Peinlichste, das ich je vollbracht habe, und ich bin Alex mehr als dankbar, dass er die Situation von der ersten Sekunde an überspielt hat – viel besser, als ich es könnte. Allein beim Gedanken daran wird mir ganz schlecht.

»Was ist das Peinlichste, das du je getan hast?«

Über die Schulter lächelt Alex mir zu. »Das wird nicht verraten«, sagt er, und mein Herz klopft ein kleines bisschen schneller, während mein Blick auf seine Kehrseite fällt. Ehrlich, im Augenblick verstehe ich mich selbst nicht. Bis vor zwei Tagen fand ich Alex Logan absolut unausstehlich, und jetzt kaufe ich nicht nur Möbel mit ihm ein, sondern bekomme auch noch Herzklopfen dabei.

»Geht es?«, erkundigt er sich, als wir um eine Ecke biegen.

»Ja. Danke.« Sehr aufmerksam. Alex ist wirklich alles andere als arrogant, kaltherzig und geldgierig – so, wie ich ihn mir ursprünglich vorgestellt hatte. Stattdessen ist er hilfsbereit, großzügig, zuvorkommend. Und vorübergehend. Vergiss das nicht, Julie! Irgendwann wirst du den Kopf aus dem Sand und zurück nach Newcastle ziehen, um dort weiterzumachen, wo du so glorreich aufgehört hast. In weniger als zwei Monaten, um genau zu sein.

Wir gehen schweigend durch die Straßen, und gerade als ich denke, ich kann dieses unhandliche Paket nicht sehr viel länger tragen, erreichen wir die inzwischen vertraute Chestnut Road.

»Da wären wir«, kommentiert Alex, als wir die schmale Straße zum *Little Italy* überqueren. Es ist mittlerweile fast ein Uhr und das Restaurant gut gefüllt mit Lunch-Gästen. Dennoch schafft Dante es, uns durch die Fensterscheiben zu entdecken, kurz bevor er mir eine anzügliche Kusshand zuwirft.

Alex grinst mich an, schließt dann die Haustür auf.

Ich verdrehe die Augen.

Und weil ich wieder einmal nicht nach vorn beziehungsweise auf den Boden sehe, stolpere ich zum zweiten Mal an diesem Tag über etwas vor meinen Füßen und kann mich und den Paravent gerade so wieder fangen.

»Ah, Hilfe, Kater!«

Ich verstärke den Griff um mein Ende des Raumteilers und sehe dem plüschigen Vierbeiner nach, wie er sich vor Alex durch die zu einem Spalt geöffnete Haustür zwängt.

»Huch, wem gehört der denn?«, fragt er.

»Laut Hannah gehört er zum Haus, also allen und niemandem.«

»Ich weiß nicht, ob ich eine Katze haben möchte.« Er stößt die Haustür weiter auf, damit wir beide ins Treppenhaus gelangen können, und ich sehe gerade noch, wie der Kater durch die Hintertür ins *Little Italy* verschwindet.

»Da haben wir es: Es ist eine Restaurantkatze. Ziemlich sicher wird sie von Angestellten oder sogar Besitzern angefüttert.«

»Es ist ein Kater«, wiederhole ich, während wir die ersten Stufen nach oben nehmen. »Und ich glaube nicht, dass du dir darüber Gedanken machen musst. Er traut sich sicher nicht in die Wohnung von Mrs. Gastrell.«

»Ah, guten Tag, Mrs. Gastrell«, sagt Alex in diesem Moment. »Wie geht es Ihnen heute?« Und zum zweiten Mal hätte ich vor Schreck beinah das Paket fallen lassen, doch als Alex mein erschrockenes Gesicht sieht, bricht er in Gelächter aus.

»Witzig!«, fauche ich, doch letztlich muss ich ebenfalls grinsen.

Wir haben die Bettlaken von der Wäscheleine genommen, diese abgehängt und an ihrer Stelle den Paravent platziert – ein schlichtes, helles Möbelstück, das dem Raum auf der Stelle die Unordentlichkeit nimmt, die Alex moniert hat.

»Was denkst du?«, fragt er, während wir nebeneinander vor dem Raumteiler stehen und ihn betrachten.

»Besser«, erwidere ich. »Viel besser. Ein bisschen kahl womöglich, aber wir können ihn vielleicht noch gestalten. Bilder anheften oder ihn anmalen«, schlage ich vor.

»Malen gehört nun wirklich nicht zu meinen Talenten«, gibt Alex zurück.

Ein forsches *Was gehört* dann *zu deinen Talenten?* liegt mir auf der Zunge, bevor ich mich abermals maßregele und daran erinnere, dass Flirten hier keine gute Idee ist.

Ist es nicht, oder?

Ich muss das mit Hannah besprechen.

»Ich finde, er sieht auch so schon sehr viel besser aus als deine Lakenkonstruktion. Sauber. Aufgeräumt. Klar.«

»Die wichtigsten Eigenschaften eines Raumteilers.« Ich nicke in gespieltem Ernst, doch Alex lässt sich nicht beirren.

»Plus: Man kann ihn leichter zusammenschieben, falls man ihn mal nicht braucht.«

»Auf jeden Fall. Allerdings ist er nicht halb so lang wie meine Wäscheleine.«

Gleichzeitig treten wir ein paar Schritte zurück in Richtung Tür, von wo aus beide Zimmerhälften sehr gut einzusehen sind, bevor wir uns zurück in die Mitte des Raums bewegen.

»Von hier aus ist das Wesentliche bedeckt«, sagt Alex. Er meint die Sicht auf mein Bett, so viel ist mir klar, trotzdem muss ich lachen.

»Tut mir leid«, erkläre ich kichernd. »Ich weiß auch nicht.« Entschuldigend ziehe ich die Schultern hoch.

»Ich weiß genau, was du meinst«, erwidert Alex. »Für mich ist es auch das erste Mal, dass ich einen Raumteiler aufstelle, damit er das *Wesentliche* bedeckt.«

Ich schüttle den Kopf. »Okay. Belassen wir es dabei. Das war ein sehr erfolgreicher Tag. Es war mir ein Vergnügen, mit Ihnen Geschäfte zu machen, Mr. Logan.«

»Ganz meinerseits.« Alex deutet eine Verbeugung an. »Jederzeit wieder, Mrs. Cooper.«

»Miss, bitte.«

Einen Bruchteil zu lang sieht Alex mich an. »Miss«, wiederholt er schließlich zustimmend.

Aus mir platzt ein peinliches Lachen, das Alex mit einem Lächeln quittiert. Dann schiebe ich, eine Spur zu laut, hinterher: »Ich arbeite heute Abend im *Little Italy*. Schau doch vorbei.«

»Oh, das …« Alex schüttelt den Kopf. »Ich fahre Taxi heute Abend, tut mir leid. Und vorher muss ich noch mal in die Kanzlei.«

»Oh ja. Klar.« Ich lächle über meine Enttäuschung hinweg.

Alex entgeht es nicht. »Ich … Also, normalerweise fahre ich am Wochenende entweder Samstag oder Sonntag, aber es ist jemand krank geworden, und …«

»Natürlich, das ist völlig in Ordnung. Ich arbeite schließlich auch. Kellnern.« Ich hebe die Hand aus keinem nachvollziehbaren Grund und lasse sie wieder sinken. »Sonntags ist viel los im *Little Italy*.«

Einige Sekunden lang herrscht das unangenehmste Schweigen zwischen uns, das man sich vorstellen kann. Ich schaffe es gerade so, keine Grimasse zu ziehen.

»Es war ein sehr schöner Tag«, sagt Alex schließlich in einem Tonfall, der mich schlucken lässt.

»Ja«, stimme ich zu. »Finde ich auch.«

Ich ziehe mich hinter unserem nigelnagelneuen Raumteiler zurück, um Alex die Privatsphäre zu gönnen, was auch immer zu tun, bevor er ins Büro verschwindet, und fahre meinen Computer hoch.

Es ist wahr, was ich ihm vorhin gesagt habe: Ich durchforste Stellenanzeigen, seit einigen Wochen mache ich das schon – aber nicht, um konkret etwas für mich in Newcastle zu finden, sondern mehr zu Inspirationszwecken. Was ist es, was ich zu tun gedenke, sollte ich meine Eltern tatsächlich darum bitten, die Praxis – ihr Lebenswerk – zu verkaufen? Womit möchte ich den Rest meines Daseins verbringen, wenn nicht damit, die Zähne fremder Menschen in Schuss zu halten?

Alex klopft gegen den Paravent. »Bist du angezogen?«

Ich grinse. »Finde es heraus.«

Vorsichtig schaut er um die Trennwand herum. »Ich gehe jetzt. Hab noch einen schönen Tag, okay?«

»Ja. Du auch!«

Alex nickt, zieht sich zurück, und zwei Sekunden später fällt erst unsere Zimmertür, dann die Wohnungstür ins Schloss.

Ich starre auf die Stelle, an der gerade noch sein Gesicht zu sehen war, und wende mich dann wieder meinem Laptop zu. Ich habe mich auch vorher schon einsam gefühlt in diesem Raum, also hat diese Leere, die jetzt von den stillen vier Wänden geradewegs in meinen Magen zu kriechen beginnt, rein gar nichts mit Alex' Abwesenheit zu tun.

Ich wische den Gedanken weg wie eine Haarsträhne.

Vielleicht sollte ich den Fachbereich wechseln. Etwas ganz anderes studieren. Eine Ausbildung in Erwägung ziehen. Ach, was weiß ich.

Ich schüttle den Kopf. Alles, was ich weiß, ist: Ich möchte keine Ärztin sein, so einfach ist das. Ich bin nicht geschaffen für Blut und Schmerz und den ganzen Rest.

Mir steht noch alles offen. Ich meine, neunundzwanzig ist kein Alter, richtig? Wenn ich jetzt noch ein Studium beginne, bin ich mit dreiunddreißig, vierunddreißig fertig. Dann kann ich immer noch den Berufseinstieg schaffen. Als … Lehrerin? Ich verziehe das Gesicht. Sehe mich umringt von einer Horde Teenager, die mit Papierkugeln auf mich schießen.

Dann vielleicht … Einzelhandel? Ja, eine Buchhandlung wäre doch nett oder eine Parfümerie …

Die Tür wird aufgeschlossen. Erst die Eingangstür, dann klopft es an der Zimmertür.

»Julie?«

»Ja?« Ich stehe auf und gehe Alex entgegen, bis wir in der Mitte des Zimmers aufeinandertreffen. »Hast du was vergessen?«

»Ich, äh …« Er räuspert sich. Hebt die Hand, wie um sich durchs Haar zu fahren, lässt sie kurz vorher jedoch wieder sinken. »Ich war schon ein ganzes Stück … Egal. Jedenfalls ist mir eingefallen, dass ich deine Nummer gar nicht habe. Falls ich, du weißt schon … für den Notfall. Oder falls ich mir nach der Arbeit etwas zu essen mitnehme und du eventuell auch was möchtest. Oder …«

»Ja. Klar.« Ich unterbreche seinen Redefluss, bevor er sich noch mehr Situationen ausdenken muss, in denen ihm meine Mobilnummer nützlich sein könnte. »Willst du sie gleich in dein Telefon speichern?«

»Sicher. Toll.« Er hebt die Hand, die bereits sein Telefon umklammert. »Bereit.«

Ich diktiere ihm meine Nummer. Eine Sekunde später kündigt mein eigenes Handy eine Textnachricht an.

»Jetzt hast du meine auch.«

»Gut. Sehr gut.«

»Okay.«

»Okay.«

Wir sehen einander an. Dämlicher als wir zwei hat sich in ganz Brighton bestimmt schon länger niemand mehr angestellt.

»Ich sollte …« Mit einer fahrigen Handbewegung deutet Alex zur Tür.

»Sicher.«

»Bis demnächst.«

»Yep. Bis dann.«

Die Tür ist noch nicht wieder ins Schloss gefallen, da habe ich mich wie ein Teenager auf mein Bett geworfen, das Gesicht voran ins Kissen gedrückt.

16
Alex

Die Woche im Büro ist die Hölle. Dazu muss man wissen, dass die Tage bei *Canton, Briar & Best* generell kaum paradiesisch zu nennen sind, doch seit Beginn meiner Zeitrechnung hier habe ich es noch nie so unerträglich grauenvoll erlebt wie in diesen Tagen.

Wie auch immer es dazu kam – es mag an den Partnern liegen oder an einem blöden Zufall, ich weiß es ehrlich nicht –, ist die Kanzlei im Laufe der Jahre zu einer Anlaufstelle all derer geworden, die sich Sexualdelikten jeglicher Schattierung strafbar gemacht haben, von sexueller Belästigung über Exhibitionismus hin zu Vergewaltigung, es könnte einem schlecht werden bei dieser Liste, mir jedenfalls wird regelmäßig übel davon. Das heißt nicht, dass in der Kanzlei ausschließlich solche Fälle vertreten würden. Für mein Empfinden aber sind es überdurchschnittlich viele. Das lässt sich allein darin bemessen, dass sogar Klienten aus London unser Büro in Brighton beauftragen, weil hier augenscheinlich die Experten zugange sind.

Was ich seit meinem ersten Tag zu vermeiden versuche, ist, in solche Vorgänge verstrickt zu werden, doch genau dies ist jetzt geschehen. Melinda Briar, ausgerechnet der weibliche Teil der Partnerschaft, ließ mich wissen, dass es in ihrem aktuellen Mandat um den Vorwurf einer Vergewaltigung nach dem Verabreichen von K.-o.-Tropfen gehe und es an mir sei, sie bei der Erarbeitung der Verteidigung zu unterstützen. Was im Kern bedeutet: Schwachstellen in der möglichen Verteidigung des mutmaßlichen Opfers finden und im Weiteren die Tatsachen zu verdrehen.

Allein diesem schmierigen Typen zu begegnen reichte, um eine Existenz als angehender Anwalt von Grund auf zu hinterfragen. Das siegessichere Gehabe. Die Arroganz, mit der er jegliche Anschuldigung von sich abperlen ließ. Die Verteidigungsstrategie dieses Kerls zu erarbeiten, der denkt und handelt, als sei ihm alles erlaubt – alles, bis hin zu sexuellen Übergriffen –, an jedem einzelnen Abend in dieser vermaledeiten Woche kam ich mir selbst so widerwärtig vor, dass ich am liebsten noch in der Kanzlei geduscht hätte.

Ich war froh, Julie nur im Vorbeilaufen begegnet zu sein.

Aber heute ist Freitag, und morgen beginnt das Wochenende, und abgesehen davon, dass ich wirklich bereit bin für eine kleine juristische Auszeit, habe ich ihre Gesellschaft tatsächlich vermisst. Ich würde sie gern sehen. So einfach ist das. Und ich habe sie nach ihrer Nummer gefragt. Doch heute ist das erste Mal, dass ich sie auch benutze.

ICH: *Was für eine Woche. Ich könnte wirklich ein gutes Essen vertragen. Hast du Zeit und Lust, mit mir ins* Little Italy *zu gehen? Um zehn beginnt meine Taxischicht, aber davor würde ich gern etwas essen.*

Ich starre das Telefon an. Die Häkchen erscheinen, sind erst grau, dann blau, Julie hat die Nachricht also gelesen. Ich drehe das Handy um, sodass das Display nach unten zeigt.

In freudiger Erregung auf ihre Antwort zu warten, kann ich mir nicht leisten.

»Mr. Logan?«

»Ja?« Ich sehe mich zu Ernest um, mit dem ich mir dieses Büro hier teile. Ernest ist Mitte sechzig, er ist Sekretär und das Urgestein der Kanzlei, wie er mir so ziemlich in meinen ersten Sekunden hier mitzuteilen wusste. Er ist der erste Sekretär, der mir bis dato begegnet war, und damals fand ich es irgendwie cool, dass ein Mann die Verwaltung schmeißt. Heute sehe ich das etwas anders. Heute frage ich mich, ob die Frauen, die hier einmal arbeiteten, es schlicht nicht aushielten in diesem misogynen Klima und rechtzeitig hingeworfen haben.

»Mrs. Briar lässt Ihnen ausrichten, dass Sie beide am Montag nach London fahren werden, um im Fall Stetton gegen Dellington einige Dinge zu klären. Es steht ein Meeting mit Mr. Stetton an, außerdem sollen Sie sich mit einigen Zeugen unserer Verteidigung beraten.«

Ich spüre, wie sich ein Kloß in meinem Magen formt.

Ernest verzieht keine Miene. »Sie bittet Sie außerdem, am Sonntagvormittag ins Büro zu kommen, um die Vorgehensweise in London zu besprechen.«

»Natürlich.« Ich nicke. »Hat sie erwähnt, wie lange wir bleiben werden?«

»Nein, tut mir leid.«

Erneut nicke ich. »Danke, Ernest.«

»Gern geschehen. Kann ich sonst noch irgendetwas für Sie tun?«

»Nein, vielen Dank.« Ich drehe mein Handy um in der Absicht, die Uhrzeit vom Display abzulesen. Es zeigt eine Nachricht von Julie an, und der Stein in meinem Magen vollführt eine merkwürdige Pirouette.

»Es ist fast acht. Ich werde dann auch bald …«, beginne ich, doch Ernest ist nicht mehr im Zimmer. Vermutlich sieht er in den wichtigeren Abteilungen nach, um dort noch wichtigere Dinge zu tun. An den meisten Tagen wirkt es so, als würden die Kollegen in ihren Büros übernachten, was mir jedes Mal, wenn ich vor acht gehe, ein schlechtes Gewissen bereitet und mich an jedem Wochenende dazu bewegt, wenigstens für ein paar Stunden reinzuschauen.

Auf Dauer kann das nicht gesund sein, das ist mir klar. Auf der anderen Seite gibt es in diesem Unternehmen niemanden, der mit Verweis auf den Gesundheitserhalt davon abraten würde.

Ihr Privatleben geben Sie bitte an der Garderobe ab.

Sie sind doch eine Maschine, oder haben wir etwa den Falschen eingestellt?

JULIE: *Ich bin heute im* Little Italy, *allerdings muss ich bedienen. Das schließt dich mit ein :-) Ich halte dir einen Platz an der Bar frei. Klingt gut?*

Mehr als das, denke ich. Du machst dir keine Vorstellung davon, wie gut das klingt.

ICH: *Bin schon unterwegs.*

Um 20:02 Uhr erreiche ich die Chestnut Road, um 20:20 Uhr bin ich geduscht und umgezogen, zwei Minuten später sitze ich an der Bar des *Little Italy*.

»Ah, welch seltener Gast an dieser Bar. *Buonasera, signor*. Was kann ich Ihnen heute Gutes tun? Nein, sagen Sie nichts!« Orlando drückt eine Hand gegen sein Herz und mustert mich aus zusammengekniffenen Augen. »Ich hab's – *lasagna alla casa* ist genau das Richtige nach dieser aufreibenden Woche, hab ich recht? Soulfood vom Feinsten, warm, weich, tröstend.«

Ich starre Orlando an, bevor ich ihm mit einem Kopfschütteln und einem Winken zu verstehen gebe, dass, ja, Lasagne jetzt genau das Richtige für mich wäre.

»War die Woche tatsächlich so hart?«

Julie tritt neben mich. Sie hat die dunklen Haare zu einem losen Knoten auf ihrem Kopf zusammengerafft, ihre Brille ist ein Stück die Nase heruntergerutscht, und es steckt ein Bleistift hinter ihrem Ohr.

Sie sieht zum Anbeißen aus.

Warte.

Ich sehe Julie entsetzt an.

Das habe ich gerade nicht wirklich gedacht, oder?

»Was?« Sie wirkt alarmiert. »Stimmt etwas nicht? Ist etwas mit deiner Großmutter?«

»Wie? Nein! Nein.« Ich lächle blöd, drapiere einen Arm auf dem Tresen, lasse ihn wieder sinken. Es war eine harte Woche, und an ihrem Ende so etwas Weiches wie Julie Cooper zu treffen, kollidiert ganz offensichtlich mit den Synapsen meines Verstands.

Etwas Weiches wie Julie Cooper. *Gott, Alex!*

Ich verziehe schmerzvoll das Gesicht.

Julie runzelt die Stirn.

»Nein, es ist ehrlich nichts«, erkläre ich schnell, bevor sie einmal mehr ihre Besorgnis über meinen Zustand ausdrücken kann. »Aber es *war* eine harte Woche, das stimmt. Und obwohl sie noch nicht vorbei ist, bin ich erst mal froh, hier zu sein und ein freundliches Gesicht zu sehen.«

»Ich kann ein freundliches Gesicht machen.« Sie grinst mich an, und ganz automatisch grinse ich mit.

»Weshalb ist die Woche noch nicht vorbei?«

Ich unterdrücke ein Seufzen. »Weil meine Chefin mich für Sonntagvormittag ins Büro zitiert hat, um eine Reise nach London vorzubereiten, die offenbar Montagmorgen beginnt.«

»Oh. Verstehe.«

Zu meinem Bedauern lächeln wir nun beide nicht mehr.

»Wie lange wirst du weg sein?«

»Das wurde mir unglücklicherweise nicht mitgeteilt.«

»Hm.«

»Ich weiß.«

»Julie, meine Liebe, Tisch vier wartet schon recht ungeduldig auf diese Flasche Chianti. Würdest du …«

»Oh! Natürlich!« Als hätte Orlando sie aus einer Trance erweckt, blinzelt Julie und greift hektisch nach ihrem Tablett, bevor sie die bereitgestellten Gläser und die Flasche darauflädt und in Richtung der wartenden Gäste verschwindet.

Ich sehe ihr nach.

»Wenn ich es nicht besser wüsste«, sagt Orlando, woraufhin ich meinen Blick von Julie losreiße, um ihn anzusehen.

»Wenn Sie es nicht besser wüssten, dann was?«

Er hebt die Schultern, greift nach dem Zettel, den Dante ihm entgegenschiebt, und beginnt damit, zwei Bier zu zapfen. »Sieht so aus, als würdet ihr beide euch inzwischen besser verstehen.«

»So viel scheint offensichtlich«, räume ich ein, »alles andere ist Interpretation.«

Orlando lacht. »Ich halte mich besser raus.«

»Es gibt nichts, wo Sie sich raushalten könnten. Julie und ich sind schlicht dazu übergegangen, höflich, von mir aus freundschaftlich miteinander umzugehen, in Anbetracht dessen, dass wir zusammen wohnen. Es gibt nach wie vor einen Raumteiler in unserem Zimmer.«

»Interessant zu hören«, wirft Dante ein, der wieder neben mir steht, um seine bestellten Biere aufs Tablett zu laden.

»Dich hat das gar nicht zu interessieren, mein Sohn. Du wirst meine Bedienung gefälligst nicht belästigen.«

»*Belästigen.*« In theatralischer Geste, die er womöglich bei seinem Vater geklaut hat, greift sich Dante ans Herz. »So also redest du über deinen einzigen Sohn. Ich bin gleichermaßen erschüttert wie entsetzt!«

»Du bist nicht mein einziger Sohn«, ruft Orlando, doch da hat sich Dante schon wieder davongemacht.

»Er sollte vielleicht über eine Schauspielkarriere nachdenken«, überlege ich laut.

»Er sollte überhaupt einmal nachdenken«, erwidert sein Vater.

Die Lasagne ist göttlich, der Laden knallvoll, weshalb ich Julie kaum sehe bis zu dem Zeitpunkt, an dem ich zu meiner Taxischicht aufbreche. Was wirklich jammerschade ist. Zum ersten Mal in dieser Woche fühle ich mich wohl, was den Gang nach draußen und zur Garage der City Cabs umso härter macht. Ich ziehe meine Kreise durch die nächtliche Stadt, die Zeit vergeht viel zu langsam.

Als ich in die Chestnut Road zurückkehre, ist das Zimmer erwartungsgemäß dunkel und Julie hinter ihrem Paravent verschwunden.

Ich gehe ins Bad, ziehe mich um, putze mir die Zähne. Denke daran, dass Julie Zahnärztin ist, aber nicht sein will. Putze etwas länger als sonst.

Im Bett lausche ich ihren leisen Schnarchgeräuschen, und als ich selbst allmählich wegdämmere, beschleicht mich das Gefühl, dass es sich gut anfühlt, nicht allein zu sein. Dass es sich noch etwas besser anfühlen würde, wenn ... wenn ...

Ich muss eingeschlafen sein, denn als ich aufwache, tue ich es mit einem Ruck – von jetzt auf gleich sitze ich senkrecht im Bett, mein Herz hämmert wie nach einem Marathonlauf. Jemand schreit. Laut und hysterisch, es kommt aus dem Treppenhaus. In der Sekunde nach meiner Erkenntnis springt das Deckenlicht an und ich halte mir schützend die Hand vor die Augen.

»Was zur Hölle ist los?«, rufe ich, während ich annähernd blind aus dem Bett taumle und dort quasi in Julies Armen lande.

Mit weit aufgerissenen Augen blinzeln wir einander an.

»Ich habe keine Ahnung.« Sie sieht ängstlich aus. »Ich bin von lautem Gepolter aufgewacht, und dann ging das Gekreische los.«

Einen Augenblick sehen wir einander an, im nächsten laufen wir beide zur Zimmertür, um sie aufzureißen, dann weiter zum Eingang.

Orlandos Stimme ist zu hören, weshalb ich kurz davor bin, auch die Eingangstür zu öffnen, um ins Treppenhaus zu gehen, doch ich zögere einen Moment.

»Willst du hier warten?« Ich sehe Julie an. Sie trägt einen Schlafanzug, Plüschpantoffeln, ihre Haare stehen in alle Richtungen ab. Für eine Sekunde bin ich so abgelenkt, dass ich gar nicht mitbekomme, was sie erwidert hat, bis sie mit dem Zeigefinger auf meine Brust deutet und ich ihrem Blick folge.

»Du trägst nur … nur …«, flüstert sie.

»Äh … Ja.« Ich renne zurück ins Zimmer, reiße ein T-Shirt aus dem Schrank und eine Jogginghose, die ich über meine Boxershorts ziehe. Dann steige ich barfuß in meine Laufschuhe und bin innerhalb von Sekunden wieder an der Wohnungstür.

Der Lärm im Treppenhaus hat sich etwas gelegt, es sind nurmehr gedämpfte Stimmen zu hören, kein Kreischen mehr.

Wir öffnen die Tür.

Als Erstes sehe ich Mrs. Gastrell in einem dunklen Seidenmorgenmantel, die Arme vor der Brust verschränkt. Sie betrachtet Orlando, der beruhigend auf ein junges Paar einredet, das – ebenfalls nur in Schlafanzügen – vor ihm steht.

»Sssch, Sie müssen sich beruhigen.« Er tätschelt die Frau leicht auf den Arm, und ich bin mir ziemlich sicher, dass er schon eine Weile versucht, sie zur Ruhe zu bewegen. »Glauben Sie mir, ich wohne bereits seit mehr als fünfzehn Jahren in diesem Haus – es ist nichts dran an den Gerüchten, wir sind dem schon mehr als einmal nachgegangen.«

»Man hätte uns vielleicht vor unserem Einzug darauf aufmerksam machen müssen, dass es in dem Apartment nicht mit rechten Dingen zugeht«, erwidert der junge Mann. Er wirkt weniger verängstigt als seine Frau, eher wütend. »Ich bestehe darauf, dass wir jetzt gemeinsam in die Wohnung gehen und nachsehen, wer oder was dort ist oder angeblich eben nicht ist.«

Mrs. Gastrell gibt einen abfälligen Ton von sich. »Mr. Esposito ist doch kein Hausmeister.«

»Wollen Sie vielleicht nachsehen, wer in unserem Apartment herumspukt?«

»Nein, danke.« Schon dreht Mrs. Gastrell sich um und stolziert an uns vorbei zurück in die Wohnung, ohne sich noch einmal umzudrehen.

»Was ist denn passiert?« Endlich habe ich meine Sprache wiedergefunden. Ich trete ein Stück weiter in den Hausflur. »Wir sind von Schreien aufgewacht.«

Für einen flüchtigen Moment lese ich in Orlandos Gesicht so etwas wie Verzückung, dann schüttelt er den Kopf, und der Ausdruck ist weg. Neben mir räuspert sich Julie. Ihre Wangen sind leicht gerötet, und mit einem Mal wird mir bewusst, dass es vermutlich das *Wir* war, das den Wirt hat aufhorchen lassen, und dass Julie gestikuliert haben musste, dass es *so* nicht gemeint war.

Ich bin womöglich noch nicht ganz wach. Oder tatsächlich wieder einmal zu verwirrt, um mitzubekommen, was um mich herum passiert, jedenfalls habe ich die Antwort auf meine eigene Frage verpasst, als ich den Blick von Julie löse.

»Entschuldigung, wie war das?«

Der junge Mann schnaubt. »Die Kurzfassung? Irgendetwas spukt in unserem Apartment herum. Kurzfassung Ende.«

»Wie, spukt?«, frage ich verdattert, während Julie aufmerkt: »Apartment 3B?«

Die Augen des Mannes formen kleine Schlitze. »Wie hübsch, dass jeder hier im Haus Bescheid zu wissen scheint über Apartment 3B, es aber *niemand* für nötig hielt, uns vor unserem Einzug darüber zu informieren, dass wir die Wohnung nicht für uns allein haben.«

»Ich glaube nicht, dass ich zu dieser Zeit ...«, beginnt Julie, als jemand ruft: »Aber das sind doch alles nur Ammenmärchen«, und ihre Freundin Hannah die Treppe herunterpoltert. »Sag es ihnen, Orlando – es gibt keine Gespenster.«

»Mr. Larsson«, beginnt der Wirt, als Mrs. Larsson, die in den vergangenen Minuten zwar nicht mehr geschrien, aber immer noch gezittert hatte, stotternd einwirft: »E-es h-a-at et-wa-s nach m-meinem B-Bein ge-gegriffen.«

»*Was?*«

Stille.

Die Larssons starren einander an, während Orlando sich das Kinn reibt und Hannah erst mich, dann Julie mustert, als habe auch sie vergessen, weshalb wir uns um diese Zeit im Hausflur treffen.

»Okay, sehen wir nach.« Ich nicke Mr. Larsson zu und mache mich auf den Weg in den dritten Stock.

»Nun gut.« Orlando folgt mir seufzend, dann die zwei Bewohner von Apartment 3B.

Wenn ich mit etwas rechne in dieser Nacht, dann sicher nicht mit Gespenstern.

17
Julie

»Diese Frisch-aus-dem-Bett-Frisur steht ihm ganz großartig«, flüstert Hannah so laut, dass sich Alex mit hochgezogenen Brauen noch einmal zu uns umdreht, während er die Treppe zu den Larssons nach oben steigt.

»Ssssch.« Hastig ziehe ich Hannah in die Wohnung und schließe die Tür hinter uns. »Das hat er gehört.«

»Na und?«, flüstert sie. »Es war die Wahrheit.«

Ich schüttle den Kopf. Dann schaue ich in Richtung Zimmerdecke. »Was ist bloß da oben los? Ich meine, es wird doch niemand in der Wohnung sein, oder?«

»Machst du dir Sorgen um Alex?«

Mit dem Ellbogen versetze ich ihr einen Stoß. Wie ich ist sie in Schlafanzug und Flipflops in den Hausflur gelaufen, allerdings trägt sie noch einen Bademantel darüber.

Sie gähnt. »Ich muss ins Bett. Ich hab morgen um acht Uhr einen Interview-Termin mit einem Bienenzüchter.«

Grinsend sehe ich sie an. »Hm, interessant.«

»Heuchlerin.«

»Es klingt auf jeden Fall interessanter als Hasenzüchterverein.«

»Haha.«

»Dass du überhaupt an Schlafen denken kannst, wenn Geister ihr Unwesen treiben in diesem Haus.«

»Ja, *das* wäre mal eine Geschichte«, erwidert Hannah. »Wobei, nein. Bei einer ernst zu nehmenden Tageszeitung könnte ich damit vermutlich keinen Blumentopf gewinnen.«

»Die gibt es eher bei den Blumenzüchtern.«

»Du bist heute ein Quell des Humors, richtig? Vielleicht ist nachts deine Zeit?« Erneut gähnt Hannah, dann greift sie nach dem Türknauf. »Morgen Frühstück in einem hübschen Café? Ich müsste um zehn spätestens fertig sein mit dem Interview.«

Ich zögere einen Moment zu lange, und Hannahs Augen werden groß. »Ooooder«, beginnt sie, »verbringst du den Samstag mit Mr. Jogginghose-und-Sexy?«

»Mit wem?« Ich lache. »Und nein, wir … Es ist nichts geplant, aber …«

»Verstehe.« Hannah hebt die Hand und hält sie vor mein Gesicht. »Sprich nicht weiter! Ich wünsche dir einen fantastischen Tag. Gute Nacht!«

Schon ist sie nach draußen geschlüpft.

Eine volle Minute lang bleibe ich unschlüssig im Gang stehen, lausche in Richtung Treppenhaus, nichts ist zu hören. Dann wende ich mich zu unserer Zimmertür um, überlege es mir aber im letzten Moment anders. Es ist halb vier, und ich bin so wach wie eine Wühlmaus.

Lautlos schleiche ich zur Küche, nachdem ich noch einmal vor den Räumen von Mrs. Gastrell innehalte. Auch hier – nichts zu hören. Ich knipse das Licht über dem Herd an und ziehe einen Topf aus dem Schrank, in dem ich Milch erwärme.

Es bilden sich gerade kleine Bläschen an der Oberfläche, als die Haustür aufgeschlossen wird.

Ich strecke den Kopf aus der Küchentür. »Alex!«, flüsterrufe ich. »Hier bin ich.«

Nachdem ich den Herd ausgeschaltet habe, ziehe ich Alex in die Küche und schließe die Tür hinter ihm.

»Was machst du denn hier?«

»Heiße Milch mit Honig. Möchtest du auch eine?«

Eine Sekunde lang sieht er mich ungläubig an, dann sagt er: »Gott, die hatte ich nicht mehr, seit ich fünf war.«

»Sie hilft beim Einschlafen.«

»Ja. Ich weiß. Okay.«

Ich nehme zwei Tassen aus dem Schrank, gieße die dampfende Milch hinein und gebe jeweils einen dicken Löffel zähflüssigen Honig dazu. »Was habt ihr oben in der Wohnung gefunden?«

»Erzähle ich dir gleich, wenn wir in Sicherheit sind.«

Ich drehe mich zu Alex um und reiche ihm eine Tasse.

»Ich hoffe, wir brauchen hier gerade nicht Mrs. Gastrells Vorräte auf. Als ich das Licht in der Küche gesehen habe, dachte ich für einen Moment, sie wäre noch auf.«

»Nein«, flüstere ich zurück. »Nur ich. Und es sind meine Vorräte. Ich lebe schließlich auch hier.«

Ein weiterer langer Blick, den ich nicht deuten kann, dann dreht sich Alex zur Tür. »Hast du alles?«

»Ja.«

»Gut.«

Erst als wir die Zimmertür hinter uns geschlossen haben, schlägt er wieder eine normale Lautstärke an.

»Also«, beginnt er, »dort oben ist gar nichts. Damit meine ich, nichts als eine mit Siebzigerjahre-Möbeln ausstaffierte

Wohnung, eine hysterische Frau und ihr ziemlich verärgerter Ehemann. Die Decke ist abgehängt, weshalb mein bester Tipp ist, dass da oben irgendein Kleintier herumtapst, wie auch immer es in den Zwischenraum gekommen ist.«

»Wurde das denn noch nicht überprüft? Laut Hannah ist es so eine Art offenes Geheimnis hier im Haus, dass in Apartment 3B mysteriöse Geräusche zu hören sind.«

Alex seufzt. Dann fällt ihm mit einem Mal auf, dass wir immer noch in der Mitte des Raums herumstehen, und er setzt sich in Bewegung, stellt erst seine Tasse auf dem Nachttisch ab, bevor er die Tagesdecke auf sein Bett wirft, sie grob zurechtzupft und mir dann bedeutet, Platz zu nehmen.

Was ich tue, sehr zögerlich allerdings.

Alex setzt sich neben mich und nimmt seine Tasse, um an der heißen Milch zu nippen. »Das schmeckt wirklich … keine Ahnung. Nach Kindheit.«

Ich nehme ebenfalls einen Schluck. »Ist das gut? Oder schlecht?«

»Der gute Part.« Er räuspert sich. »Jedenfalls ja, es wurde stichprobenmäßig nachgesehen, ob in dem Zwischenraum der abgehängten Decke irgendetwas zu finden ist, und nein, geführt hat das zu nichts. Ganz abgesehen davon, dass Mrs. Larsson behauptet, die Geräusche wären aus der Wand gekommen.«

»Aus der Wand?«

»Offensichtlich.«

»Die Armen. Ich denke nicht, dass ich in so einer Wohnung schlafen könnte. Klingt wie in einem Horrorfilm.« Ich schüttle mich ein bisschen.

»In manchen Situationen ist es eben doch gut, einen Zimmernachbarn zu haben, richtig?«

»In manchen«, stimme ich zu.

Alex lächelt mich an. Ich lächle ebenfalls. Wir sind zwei Schlaftrunkene mit einem müden Grinsen im Gesicht und leeren Tassen in der Hand.

»Gut.« Ich stehe auf. »Es ist vermutlich schon vier. Wir sollten schlafen, sonst ist der Tag morgen komplett verloren.«

»Richtig.« Alex steht ebenfalls auf. »Gib mir das. Ich bringe sie zurück in die Küche.«

Er nimmt die Tassen, verschwindet aus der Tür und ich hinter den Paravent in meine Hälfte des Raums. Als er zurückkehrt, wir uns eine gute Nacht wünschen und nur noch der weiche Schein von Alex' Nachttischlampe einen kleinen Rest Licht spendet, fühle ich mich sicher und geborgen, habe Geister, Schreie und Gespenster längst wieder vergessen.

Ich erwache um 9:58 Uhr und weiß augenblicklich, ich bin allein im Zimmer. Es ist so, als habe ich mittlerweile für Alex' Anwesenheit einen siebten Sinn entwickelt. In dem Augenblick, in dem ich um den Raumteiler herumtrete, bestätigt sich mein Gefühl: Alex ist nicht da, sein Bett ordentlich gemacht, die Tagesdecke makellos glatt gezogen, ohne die Spur von irgendetwas … einer Nachricht zum Beispiel. Mein Blick gleitet zur Tür. Aber auch dort, wo Alex nach unserer ersten gemeinsamen Nacht in diesem Raum ein Post-it hinterlassen hatte, klebt heute nichts.

»Die erste gemeinsame Nacht«, murmle ich auf dem Weg ins Badezimmer, bevor ich mir schnaubend die Zahnbürste in den Mund schiebe. Ich muss dringend meine Wortwahl überdenken.

Ich dusche ausgiebig und warm, schlüpfe dann in ein dunkelblaues Leinenkleid, das ich mit einem flaschengrünen Schal kombiniere. Vor dem Spiegel an der Innenseite meines Kleiderschranks drehe ich mich einmal um mich selbst. *Du siehst immer vorzeigbar aus*, pflegte Neil zu sagen, und das ist doch schon etwas, oder? Nicht schön, nicht fantastisch, aber vorzeigbar. Ich zucke die Schultern, mein Spiegelbild tut es mir gleich. Vorzeigbar, solide. Ich weiß nicht, warum ich gerade heute anfange, mit meiner Erscheinung zu hadern, doch es gefällt mir nicht, also lasse ich es sein, drehe mich um und greife zu meinem Handy.

ICH: *Steht das Angebot mit dem Frühstück noch? Ich verhungere.*

HANNAH: *OMG, das kommt gerade zur richtigen Zeit! Warte. Melde mich.*

HANNAH: *Alles klar. Bin raus. In letzter Minute. Schaffe es bis 10:30 zum Pier. Treffen dort?*

ICH: *Okay. Du machst mich neugierig. Was war los bei deinem Bienenzüchter?*

HANNAH: *Später!*

Ich mache mich auf den Weg ins Zentrum Brightons. Es ist so eine lebendige, bunte, junge Stadt, und ich – neunundzwanzig Jahre alte Zahnmedizinerin aus Newcastle – komme mir alt und grau darin vor. Es ist nicht so, dass es in meiner Heimatstadt keine jungen Menschen gäbe, immerhin ist auch Newcastle eine Universitätsstadt. Aber im Gegensatz zu Brighton wirkt sie mehr altbacken, weniger verspielt. Ganz genauso, wie ich mich manchmal fühle.

Hannah führt mich in ein kleines Beach-Café mit Blick aufs Meer, und als ich ihr so gegenübersitze, denke ich, dass wir beide genauso sind wie die Orte, in denen wir aufgewachsen sind. Sie bunt und schrill und atemlos. Ich langweilig, vorzeigbar, solide.

»Also, erzähl: Wie war dein Termin? Weshalb kam meine Nachricht genau zur richtigen Zeit?«

»Weil ich mich nie aus den Fängen dieses Bienenzüchters hätte befreien können. Zum Glück musste ich zu deinem emotionalen Notfall eilen.«

»Emotionaler Notfall, ja?« Ich hebe die Brauen.

»Zehn Minuten länger und er hätte mich zu seiner Bienenkönigin gemacht. Ehrlich, der Typ war unheimlich.« Sie schüttelt sich ein bisschen.

»Oje. Ist wenigstens eine gute Geschichte dabei herausgekommen?«

Hannah verdreht die Augen. »Es ist Lokaljournalismus, Julie. Das heißt, es ist, was es ist.«

»Verstehe.«

Hannah seufzt, dann greift sie nach der Speisekarte. »Trostessen ist angesagt«, verkündet sie. »Viel davon.«

Ich schnappe mir ebenfalls eine Karte. Heute ist Omelette-Tag, beschließe ich, oder nein – French Toast. Natürlich wäre ein pochiertes Ei auf einer Brioche auch eine wirklich gute Option. Nein, Julie. Fang nicht schon wieder an. Omelette war dein erster Gedanke, so soll es sein. Und dazu werde ich gleich eine ganze Kanne Darjeeling bestellen. Ich mag Tee, aber zum größten Erstaunen meiner sehr traditionell englischen Eltern bevorzugt am Wochenende. Vielleicht weil unter der Woche nie wirklich Zeit war für ein Heißgetränk, das sich weniger leicht herunterkippen lässt als Cappuccino. Allein wegen seiner Temperatur nicht. Zahnärzte müssen wirklich früh aufstehen. Für all die Patienten, die sich noch vor Arbeitsbeginn eine Füllung oder eine Brücke machen lassen wollen. Und nicht jedem gelingt das so spielend wie meinen Eltern.

»Was?«, fragt Hannah. »Du siehst aus, als hättest du Leber auf der Karte entdeckt. Oder Haggis.«

»Vielleicht sollte ich auch Bienenzüchterin werden«, überlege ich laut.

»Du hast also immer noch keine Idee, was du tun sollst, wenn du keine Zahnärztin mehr bist?«

»Nicht die geringste.«

Eine Kellnerin nimmt unsere Bestellung auf. Ich entscheide mich spontan für French Toast. Zur Hölle mit Proteinen! Hannah bestellt einmal das volle englische Frühstück und zusätzlich das französische Gedeck, bestehend aus Croissant und Marmelade.

»Wow«, kommentiere ich. »Der Typ hat dir wirklich zugesetzt, oder?«

»Das hat er. Brrrr. Ich überlege, ob ich so einer schleimigen Kreatur tatsächlich den Platz in unserer Zeitung einräumen möchte oder mir lieber einen anderen Bienenzüchter suche. Oder besser eine Bienenzüchterin. Die würde mir vermutlich auch nicht dauernd auf die Brüste glotzen, nachdem sie mich zu einem viel zu engen Schutzanzug überredet hat.«

»Oh nein, du Ärmste! Sie sind hoffentlich nicht alle anzüglich und schmierig.«

»Hoffen wir es. Um deiner schmierfreien Ausbildung willen zur patentierten Bienenflüsterin.«

Ich lächle. Dann reibe ich mir doch lieber die Stirn. »Ich bin jetzt schon fünf Wochen hier, und nach wie vor habe ich keinen Plan, wie es weitergehen soll in meinem Leben. Ich sitze vor meinem Laptop, scrolle durch die Stellenangebote, und nichts spricht mich an. Ich meine, für das meiste fehlt mir ohnehin jegliche Grundlage – ich müsste eine Ausbildung anfangen oder noch ein Studium dranhängen oder mich für etwas ganz anderes entscheiden, für das man weder fachliche Qualifikation noch Berufserfahrung braucht. Es ist …« Ich seufze. »Es wäre einfacher gewesen, sich nach der Schule frei zu entscheiden. Dummes Teenager-Ich! An mich war die Jugend tatsächlich verschwendet.«

»Übertreib nicht. So alt bist du noch nicht.«

»Bald dreißig.«

»Siehst du.« Hannah tätschelt mir beruhigend die Hand. »Noch weit entfernt vom Seniorenstift.«

Beim Wort »Seniorenstift« springen meine Gedanken augenblicklich zu Alex und seiner Großmutter, und wie auch immer sieht Hannah mir dies offensichtlich an.

»Ich hab dich noch gar nicht gefragt, weshalb du heute Morgen Zeit für mich hast. Und wie es gestern Nacht noch ausging.«

»Nein, hast du nicht.« Ich lehne mich in meinen Stuhl zurück, während die Kellnerin unseren Tee serviert. Als sie gegangen ist, füge ich hinzu: »Aber die Antwort wäre auch furchtbar unaufregend gewesen. Alex war heute früh schon weg, als ich aufgewacht bin, und gestern Nacht haben wir geschlafen. Er in seinem, ich in meinem Bett, mit einem Paravent zwischen uns.«

»Er hat dir keine Nachricht hinterlassen?«

»Nein. Warum auch? Wir sind schließlich kein Paar.«

»Noch nicht.« Hannah grinst.

Ich verdrehe die Augen.

»Also gut. Kommen wir zurück auf dein derzeit drängendstes Problem – was tun mit deinem einzigartigen und wertvollen Leben?«

Ich schnaube. »Genau das ist es ja. Ganz offensichtlich ist da nichts in meinem Leben, das es einzigartig macht. Deshalb sollte mir schleunigst etwas einfallen.«

»Ich wüsste da was«, beginnt Hannah. »Es ist groß, hat schmutzig blonde Haare …« Als sie meinen warnenden Blick auffängt, unterbricht sie sich. »Fangen wir noch mal an: Du magst Menschen, aber keine Zähne, richtig?«

Ich nicke. »Richtig.«

»Du interessierst dich nicht zufällig fürs Schreiben?«

»Nein, tut mir leid.«

Hannah zuckt die Schultern. »Dann sind Zahlen eher dein Ding?«

»Ah, um Himmels willen, nein!«

»Tiere?«

»Schon eher.«

»Welche Jobs gibt es mit Tieren … Tierärztin vielleicht?«

Ich verziehe das Gesicht. »Ich denke manchmal, womöglich wäre es schön, gar nicht mehr für irgendjemanden irgendetwas zu tun, sondern selbst etwas auf die Beine zu stellen.«

»Zum Beispiel?«

»Zum Beispiel …« Das Essen wird serviert, sodass ich fürs Erste um eine Antwort herumkomme, denn natürlich fällt mir kein Beispiel dafür ein, was ich machen könnte, wenn ich mich verselbstständigen würde, und für den Augenblick sind wir beide von den köstlich aussehenden Speisen abgelenkt. Der French Toast ist durchzogen von Ahornsirup, mit einer dicken Schicht Puderzucker obenauf, sowie ein paar Alibi-Früchten am Tellerrand, und für einen seltenen Moment der inneren Ruhe halte ich meine Speisenwahl tatsächlich für die beste und richtige.

»Die Arbeit bei Orlando macht mir Spaß«, platze ich plötzlich heraus, vermutlich hat mich das Essen darauf gebracht.

»Ja, kellnern ist schön und nett«, stimmt Hannah zu, »aber es kann wohl kaum eine Lebensperspektive sein, oder? Es sei denn, man hat ein eigenes Restaurant, in das man investiert.«

»Ein Restaurant.« Ich spieße eine Blaubeere auf die Gabel und male damit Kreise in die Siruppfütze. »Nein. Lieber nicht.« Ich seufze.

Hannah sagt: »Dann gibst du dir eben noch ein bisschen Zeit. Du musst nichts von jetzt auf gleich entscheiden, auch nicht innerhalb von vier Wochen.«

»Ich weiß nicht. Ich komme mir gerade extrem nutzlos vor, so wie …« Ich hebe die Schultern. »Ein spätpubertierender Mittzwanziger, der bei seinen Eltern unterm Dach wohnt und Tag und Nacht YouTube-Videos von Nacktkatzen konsumiert. Etwas in der Art.«

Hannah beginnt zu lachen, im selben Moment leuchtet das Display meines Smartphones in der geöffneten Handtasche auf und ich erstarre zur Salzsäure, bevor sich meine Atome quasi in ihre Bestandteile zersetzen.

Ich greife nach dem Telefon.

»Was ist jetzt wieder?«, fragt Hannah. »Du siehst aus,

als wäre dir der Geist aus Apartment 3B über den Weg gelaufen.«

»Das könnte zum geflügelten Wort werden in der Chestnut Road«, murmle ich, während ich mit dem Daumen über das Display wische, um die komplette Nachricht lesen zu können.

ALEX: *Guten Morgen, Mitbewohnerin. Danke für die Milch gestern Nacht. Ich würde mich gern revanchieren und etwas für uns kochen. Würde dir nächste Woche Samstag passen? Dinner bei uns?*

Ich starre so lange auf das Display, bis Hannah mir das Telefon aus der Hand reißt.

»Was, um Himmels willen?«, fragt sie, doch erst als ich nicke, liest sie die Zeilen auch.

»Wow.« Mit offenem Mund starrt sie mich an, bevor sich ihre Lippen zu einem Grinsen verziehen. »Ich wusste es.«

»Du wusstest gar nichts.« Ich schnappe mir mein Telefon und stecke es zurück in die Tasche.

Von dort befördert Hannah es wieder auf den Tisch. »Oh, nein, meine Liebe. Mr. Milch und Honig wartet sicher schon ungeduldig auf eine Antwort.« Sie hält mir das Smartphone unter die Nase, und ich greife erneut danach.

»Heiße Milch, ja?«

»Hör auf, ihm lächerliche Namen zu geben.«

»Stört es dich?«

»Ja.«

»Aha!« Zufrieden verschränkt sie die Arme vor der Brust.

»Nichts aha, ich denke lediglich … Ach, dann lässt du es halt nicht.« Erneut öffne ich den Chat mit Alex und starre auf die Nachricht. Dann beginne ich zu tippen.

»Was schreibst du ihm?«, fragt Hannah.

»*Okay?*« Es klingt wie eine Frage, weshalb Hannah auch sofort antwortet.

»Okay?« Sie schnaubt. »Du bist wirklich eingerostet, wenn es ums Flirten geht, habe ich recht?«

»Das spielt eigentlich gar keine Rolle, denn hier geht es nicht ums Flirten, es geht um … Es geht um …«

Hannah lacht. »Ja, worum geht es hier, Julie Cooper?«

»Um … um …« Ich passe eine Sekunde lang nicht auf, schon hat mir Hannah zum zweiten Mal das Telefon entwendet. »Hey!«

Frenetisch beginnt sie zu tippen.

»Hannah, nicht!« Ich greife nach dem Handy, doch sie dreht sich zur Seite, während sie ungerührt weiter auf meinem Display herumhackt.

»Wehe, du schreibst ihm irgendwelche Anzüglichkeiten!«, warne ich. »*Ich* muss ihm das hinterher erklären, nicht du.«

»Da.« Hannah hält mir das Handy hin.

Im Textfeld steht:

Ich war noch nie so froh über eine nicht vorhandene Laktoseintoleranz. Gerne Samstagabend. Ich freue mich.

Ich starre auf die Nachricht. Dann sehe ich Hannah an. Schließlich sage ich: »Okay« und drücke auf *senden.*

Alex' Antwort kommt binnen Sekunden.

ALEX: *Selbst wenn ich laktoseintolerant wäre – ich hätte die Milch auf jeden Fall getrunken. Bis dann!*

18
Alex

Es hatte absolut nichts mit der Milch zu tun und dann irgendwie doch alles. Es ging um das Gefühl, das diese warme, dampfende Tasse in mir auslöste. Dieses Gefühl, dass sich … ah, Gott, ich traue mich gar nicht, es auszusprechen, es ist absolut albern, doch dieses Gefühl, dass sich jemand um einen kümmert – um *mich* kümmert –, das hatte ich schon völlig aus meinem Gedächtnis verbannt. Weshalb ich in dem Augenblick, in dem der erste Schluck meine Kehle hinunterrann, an nichts anderes denken konnte als daran, dass sich in meinem Leben irgendetwas verändern muss. Damit das Sich-zu-Hause-Fühlen nicht länger Fremdwort für mich bleibt.

An dem Job lässt sich nichts ändern, sosehr ich mir das wünschen würde. Auch die Tatsache, dass Gran sich nach wie vor nicht wohlfühlt in ihrem neuen Heim, ist nichts, was sich von heute auf morgen zum Besseren wenden wird. Bleibt meine eigene Wohnsituation. Das halbe Zimmer, in dem ich mehr hause als lebe, in das ich mich nur zum Schlafen zurückziehe und das ich ansonsten eher fluchtartig verlasse … Ich weiß, ich habe Julie gesagt, für mich sei diese Art zu wohnen ideal, weil ich ohnehin kaum da bin. Aber die Sache ist die: Dieses Zimmer in der Chestnut Road ist gar kein Zuhause. Wenn es eines werden soll, liegt es eindeutig an mir, es zu einem zu machen.

Das hat nichts mit Julie Cooper zu tun. Ich meine, nicht nur. Mit jedem anderen würde ich ebenfalls versuchen, eine Art Beziehung aufzubauen, die das Zusammenleben leichter macht. Mit Julie fällt es mir womöglich nur gerade etwas weniger schwer als mit irgendeiner anderen Person … Weil sie … weil sie Julie ist, nehme ich an.

Ich blicke auf mein Handy und lese ihre gestrige Nachricht ein weiteres Mal.

JULIE: *Ich war noch nie so froh über eine nicht vorhandene Laktoseintoleranz. Gerne Samstagabend. Ich freue mich.*

Was meint sie damit? Worüber ist sie froh? Worüber *konkret*?

»Alex? Ist irgendetwas passiert? Mit Ihrer Großmutter?«

»Nein?« Hastig stecke ich das Handy ein. Richte dann meine Aufmerksamkeit wieder auf Melinda Briar, die neben mir sitzt und dennoch mindestens einen Meter entfernt, Firmenlimousine sei Dank.

»Ich dachte nur«, sagt sie, und es soll vermutlich leichthin klingen, ist jedoch alles andere als das. »Sie wirken so abgelenkt von Ihrem Smartphone.«

Rüffel Nummer eins, dabei sind wir noch keine zehn Minuten unterwegs.

»Es ist nichts Ernstes«, erwidere ich freundlich. »Danke der Nachfrage.«

Dann klappe ich meinen Laptop auf und vergesse wieder, wer ich bin.

Die folgenden Tage sind angefüllt mit aufreibenden Meetings und zermürbenden Gesprächen, denn die Treffen mit Entlastungszeugen sind reichlich, was in meinen Augen die Schuld unseres Klienten nur noch unterstreicht. *Er hat es getan*, denke ich mindestens zwölf Mal am Tag, doch ausgesprochen wird es nie, zumindest nicht, wenn ich anwesend bin. Die Gespräche mit Verwandten, Freunden, Angestellten drehen sich darum, den Charakter des Klienten in möglichst rosafarbenem Licht darzustellen, was angesichts der arroganten Arschigkeit, die Stetton anhaftet, nicht so leicht sein dürfte.

In manchen Augenblicken habe ich den Eindruck, Melinda hat mich mitgenommen, um einen Gegenpol zu ihm zu erzeugen – wahlweise zu ihr selbst.

Man braucht eine gewisse Abgebrühtheit, um in Fällen wie diesem den Kopf über Wasser zu halten. Ich fürchte, so weit bin ich noch nicht. Ich fürchte, Melinda sieht das ähnlich. Und ich denke, dieser Aufenthalt in London ist genauso ein Test, wie er eine Geschäftsreise ist. War ich naiv, als ich mich für Jura entschied und dachte, es wäre mir auf diese Weise möglich, für Gerechtigkeit zu sorgen? Ja. Ziemlich sicher war es das. Womit sich mir die Frage stellt, was von meiner Naivität übrig geblieben ist. Und was ich bereit bin, zu tun, um auch noch den Rest davon zu überwinden.

Es ist der dritte von insgesamt fünf Abenden meines London-Aufenthalts, der mich zum ersten Mal wieder so etwas wie Fröhlichkeit empfinden lässt. Julies Nachricht ist bereits anderthalb Stunden alt, als ich sie um kurz vor zehn auf meinem Smartphone entdecke. Ich bin eben erst ins Hotelzimmer gekommen. Auf mein Telefon habe ich sicher seit drei Stunden nicht mehr gesehen.

JULIE: *Was gibt es am Samstag zu essen? Ich bin jetzt schon am Verhungern.*

Ich lächle das Display an, bis es mir auffällt, und ich mich stattdessen räuspere.

ICH: *Wird nicht verraten. Allerdings nehme ich zu diesem Zeitpunkt durchaus noch Anregungen entgegen. Präferenzen? Abneigungen? Lebensmittelunverträglichkeiten?*

Ich werfe das Telefon aufs Bett, entledige mich meines Jacketts und öffne die oberen Knöpfe an meinem Hemd. Ich fühle mich steif – innerlich und äußerlich –, und ich sehne mich nach heißem Wasser.

Ein Blick auf mein Handy. Julie hat noch nicht geantwortet. Also ziehe ich mich schnell aus, stelle mich unter die Dusche, bemerke, dass ich mich aus Vorfreude beeile.

Ich Idiot.

Wenn mir nur eine Textnachricht von Julie so gute Laune macht, verstehe ich nicht, weshalb ich ihr nicht längst geschrieben habe.

Weil das keine Zukunft hat, schnarrt die Stimme in meinem Kopf. *Und weil du sie da besser nicht mit reinziehst.*

Ich rubble mir die Haare grob mit einem Handtuch trocken, dann schlüpfe ich in Boxershorts und T-Shirt. Als ich mich – Handy in der Hand – aufs Bett fallen lasse, leuchtet Julies Antwort von meinem Display.

JULIE: *Nein, nein und nein. Ich will deine Kreativität auf keinen Fall ausbremsen. Also nein zu allem.*

JULIE: *Wie ist es in London?*

Mit dem Rücken lehne ich mich an das gepolsterte Kopfteil und schlage die Füße übereinander. Ganz kurz ziehe ich in Erwägung, sie anzurufen, dann entscheide ich mich dagegen. Es wäre schön, ihre Stimme zu hören, aber irgendwie auch das falsche Signal.

Richtig?

Richtig, antwortet die Stimme.

ICH: *Es ist frühlingshaft in London, was untypisch ist, aber sehr angenehm. Darüber hinaus ist es Arbeit. Viel Arbeit, wenig Sightseeing. Aber ich bin ja auch leider kein Tourist.*

ICH: *Wie geht es unserem Raumteiler?*

Gott. Ich schreibe nur Scheiße.

JULIE: *Du sprichst davon, als wäre er ein gemeinsames Haustier :-)*

ICH: *Das liegt sicher daran, dass ich noch nie mit jemandem zusammen ein Möbel angeschafft habe.*

JULIE: *Ich auch nicht! Und es war mit das Erste, das mir einfiel, als wir in dieses Geschäft gegangen sind – dass ich noch nie mit jemandem Einrichtungsgegenstände gekauft habe. Also, von meinen Eltern einmal abgesehen, falls du das mitzählen willst.*

ICH: *Meine Großmutter hat mir mal ein Bett gekauft.*

ICH: *Und gerade frage ich mich, ob mir das vielleicht peinlich sein sollte.*

JULIE: *Vor wem? Der Frau, die bei ihren Eltern gewohnt hat, bis sie vierundzwanzig war?*

ICH: *Und was geschah dann? Bist du mit deinem Freund zusammengezogen?*

Keine Ahnung, weshalb ich bei dieser Frage die Luft anhalte. Ah, wem mache ich was vor, natürlich weiß ich es. Es ergibt nur keinen Sinn. Hätte Julie einen Freund, wüsste ich das doch inzwischen, immerhin wohnen wir zusammen. Ich hätte ein Telefonat mitbekommen müssen, oder die beiden hätten sich gegenseitig besucht. Bestimmt hätte sie sich auch nicht mit Dante verabredet. Und trotzdem …

JULIE: *Ich bin in ein Apartment gezogen, das ich immer noch abbezahle.*

JULIE: *Und mein Ex-Freund hat eine Weile bei mir gewohnt. Er hatte seine Möbel so lange eingelagert. In weiser Voraussicht.*

Autsch.

ICH: *Da war jemand … vorsichtig?*

JULIE: *Psychiater.*

ICH: *Jetzt musste ich gerade sehr laut lachen. Heißt das, Psychiater rechnen mit allem?*

JULIE: *Oder mit dem Schlimmsten …*

JULIE: *Was ist mit dir? Hast du schon mal mit jemandem zusammengewohnt?*

Mir fällt durchaus auf, dass es hier nicht mehr um gemeinsame Möbelkäufe geht, aber sei's drum. Julie hat sich nicht anmerken lassen, dass meine Frage nach einem Freund plump war, wieso sollte ich ihr nicht auch ehrlich antworten?

ICH: *Mit niemandem, von meinem Ex-Mitbewohner Harris einmal abgesehen.*

JULIE: *Der Zimmergenosse aus Studienzeiten?*

ICH: *Genau der.*

JULIE: *War es angenehmer, mit ihm zusammenzuwohnen als mit mir?*

ICH: *Ist das eine Fangfrage?*

ICH: *Und nein, ganz und gar nicht.*

JULIE: *Möchtest du nicht mit deiner Freundin zusammenwohnen?*

ICH: *Welche Freundin meinst du?*

JULIE: *Tessa?*

ICH: *Tessa?*

Tessa. Wer soll das sein? Ich kenne überhaupt keine … Ah! Stirnrunzelnd starre ich auf mein Handy. Tessa! Die Immobilienmaklerin, die Gran beauftragen wollte, uns eine gemeinsame Wohnung zu suchen.

JULIE: *Ich dachte, ich hätte den Namen mal aufgeschnappt, als du telefoniert hast.*

ICH: *Ich weiß, wen du meinst. Tessa ist die Tochter einer Bekannten meiner Großmutter. Ich habe mit ihr am Telefon über sie gesprochen.*

JULIE: *Oh! Okay! Und ich dachte schon … egal. Tut mir leid, dass ich gelauscht habe. Unwissentlich.*

ICH: *Natürlich.*

ICH: *Was dachtest du?*

JULIE: *Ich dachte … Also, um ehrlich zu sein, dachte ich, du warst nicht besonders nett zu Tessa. Am Telefon. Ich meine, bei dem Gespräch, das ich zufällig aufgeschnappt habe.*

ICH: *Dann ist es vermutlich ein Glück für Tessa, dass ich nie mit ihr telefoniert habe.*

JULIE: *:-D*

ICH: *Ich habe keine Freundin.*

Wieder starre ich das Handy an. Zu viel Information, richtig?

ICH: *Im Augenblick fehlt mir die Zeit für eine feste Beziehung. Mit Gran, dem Umzug von London nach Brighton, dem Start in der Kanzlei …*

JULIE: *Ich verstehe. Geht mir genauso. Ich meine, ich weiß ja im Augenblick nicht mal, wie es mit mir selbst weitergeht, richtig?*

JULIE: *Das war eine rhetorische Frage.*

ICH: *Verstehe.*

ICH: *Wie sind wir gleich wieder auf dieses Thema gekommen?*

JULIE: *Nun ja, es ist Nacht. Um dich herum flirrt die Großstadt. Der Tag ist lang und hart gewesen.*

Ich sehe auf die Uhr. Es ist schon nach elf.

ICH: *Du hast recht, es ist spät. Ich sollte dich nicht länger vom Schlafen abhalten.*

JULIE: *Dito. Eigentlich wollte ich ja auch nur wissen, was es Samstag zu essen gibt.*

ICH: *Lass dich überraschen, Julie Cooper!*

JULIE: *Mir wird wohl nichts anderes übrig bleiben. Gute Nacht, Alex Logan!*

ICH: *Gute Nacht.*

19
Julie

Nie ist eine Woche langsamer vergangen, nie habe ich weniger an das gedacht, was mich eigentlich beschäftigen sollte. Während Alex in London Wichtiges, wenn auch offenbar nicht sonderlich Erbauliches zu erledigen hatte, blieben mir nichts weiter als ein paar Schichten im *Little Italy*, eine Mani- und Pediküre, zu der mich Hannah überredete, sowie ein Facetime-Gespräch mit meinen Eltern, bei dem ich sie mit an den Strand nahm.

Ich vermisse sie allmählich, was auf Gegenseitigkeit beruht, und ich nehme mir vor, sehr bald schon für ein paar Tage nach Newcastle zu fahren, um die zwei zu besuchen, in meinem Apartment nach dem Rechten zu sehen und eventuell einen Abend mit meiner Freundin Adele zu verbringen, so sie sich denn von ihrer Kleinfamilie lösen kann. Ich habe ewig nichts von ihr gehört und sie nichts von mir – sie weiß nicht einmal, dass ich seit ein paar Wochen nicht mehr in Newcastle wohne.

Jetzt und hier, wo ich mehr Zeit zum Nachdenken habe als in all den Jahren zuvor, ist mir klar geworden, dass die Schuld daran zu einem großen Teil bei mir liegt. Ja, Adele ist Mutter dreier Kleinkinder, wovon sie so gut wie nie eine Pause machen kann, doch ich hatte es mir mit Neil auch reichlich bequem gemacht. Mit Neil und dem Job. Und wie es wohl einfach ist, wenn man erwachsen wird und der Alltag einen jeden von uns verschlingt, haben meine beste Freundin und ich uns auseinandergelebt. Nun, daran werde ich in Zukunft etwas ändern. Spätestens, wenn ich zurück in Newcastle bin.

Mittlerweile ist Samstag. Samstagnachmittag, um genau zu sein. Samstag, sehr später Nachmittag. Ich habe mich mehrmals umgezogen, dann auf die erste Wahl zurückgegriffen – ein flaschengrünes Oversized-Sweatshirt zu einer schwarzen Leggings, die Haare habe ich zu einem flachen Knoten im Nacken gefasst, dazu nur leichtes Tages-Make-up.

Hilfe, was stimmt nicht mit mir? Ich komme mir mittelmäßig verzweifelt vor, dabei ist das heute nicht einmal ein richtiges Date! Es ist das Treffen zweier Mitbewohner, von denen einer ausnahmsweise mal für den anderen kocht, anstatt fluchtartig das Apartment zu verlassen. Weil … ja, warum eigentlich? Und … ha! Ich habe es schon wieder getan! Alex' Absichten analysiert und hinter der harmlosen Einladung mehr vermutet, als tatsächlich dahintersteckt.

Er müsste jeden Augenblick hier sein.

Treffpunkt um 16:00 Uhr in der Küche, lautete seine letzte Nachricht; er sei den Vormittag über in der Kanzlei, werde dann fürs Abendessen einkaufen und …

Ein Schlüssel dreht sich im Schloss. Die eine Tür fällt zu, die zu unserem Zimmer wird geöffnet.

Ich widerstehe dem Drang, aufzuspringen und ihm entgegenzulaufen. Doch ich sehe von meinem Computer auf und klappe ihn zu, als Alex den Raum betritt.

»Nanu«, sagt er zur Begrüßung. »Wo ist denn der Retter unserer Privatsphäre geblieben? Hat er etwa schon den

Geist aufgegeben, so kurz, nachdem wir ihn gekauft haben?«

Er spricht von dem Paravent, den ich heute ausnahmsweise zusammengeschoben und in der Nische neben meinem Kleiderschrank verstaut habe. »Ich dachte, so haben wir mehr Platz zum Essen«, erkläre ich, wobei ich spüre, wie mir Hitze in die Wangen steigt, was lächerlich ist. Es war eine kluge, rationale Entscheidung für mehr Platz im Raum. Das war's.

»Das Zimmer sieht gleich ganz anders aus«, stellt Alex fest. Dabei blickt er sich gar nicht um, sondern mich an. Seine Augen sind warm und irgendwie abenteuerlustig, die Abgeschlagenheit, die ihn sonst umgibt wie eine Regenwolke, ist verflogen.

Ich sollte gar nicht erst darüber nachdenken. Je mehr ich darüber nachdenke, was das hier ist und was nicht, desto unnatürlicher wird dieser Abend werden.

»Sollen wir das in die Küche bringen?« Endlich stehe ich auf und greife nach einer der drei Tragetaschen, die Alex nach wie vor in Händen hält. Er gibt sie nicht frei.

»Ich hab sie«, sagt er, »aber ja, lass uns in die Küche gehen. Kümmern wir uns erst mal um ein Getränk.«

»Richtig.« Ich nicke, während ich Alex aus dem Zimmer in den Flur folge. »Ein Getränk.« Aaah. Ich bin verwirrt. Und nervös. Und …

»Ich würde ja sagen, Wein, aber …« Er stellt die Einkaufstaschen auf den Tisch und beginnt dann, darin nach etwas zu suchen. »Aber«, wiederholt er schließlich, während er zwei Flaschen aus einem der Beutel zieht, »es handelt sich in diesem Fall um Bier.« Womit er mir eine Flasche New Castle Brown Ale überreicht.

Sofort beginne ich zu strahlen. »Viel besser als Wein. Wo hast du es her?«

»Es wird dich vielleicht überraschen, aber im Gegensatz zu manchen Bars haben sich die Supermärkte des Landes noch nicht gegen dein Lieblingsgetränk verschworen.«

Alex öffnet erst meine, dann seine Flasche, bevor er mir zuprostet. »Auf einen entspannten Abend«, sagt er, und ich kann nicht umhin, mich zu fragen, ob es traurig ist, wenn Entspannung das Wichtigste ist, das man sich für den Abend wünschen kann.

Woran hast du denn gedacht, du Huhn, meldet sich eine Stimme in meinem Kopf. *Auf einen fantastischen Abend? Einen romantischen womöglich? Auf einen ekstatischen Abend?*

Schnell nehme ich einen Schluck Bier. »Ich habe tatsächlich noch nicht im Supermarkt nach Newcastle Brown Ale gesucht, denn, das wird *dich* nun womöglich überraschen, es ist *nicht* mein Lieblingsgetränk. Ich trinke wirklich kaum Alkohol.«

»Was ist es dann?« Alex beginnt damit, seine Einkäufe auf dem Küchentisch zu verteilen – Dosentomaten, Zwiebeln, Gemüse, diverse Plastiktüten, Fertigteig.

Für einen Moment bin ich abgelenkt. »Was wird das?«, frage ich. »Willst du mir immer noch nicht verraten, was wir kochen?«

Mehr Bier landet auf dem Tisch, bevor Alex erklärt: »Es gibt eine Steak-&-Ale-Pie, nur ohne Steak. Es ist ein vegetarisches Rezept, mit Graupen und Pilzen und einer speziellen Sorte Haferflocken. *Aber* – es wird mit Newcastle Brown Ale gemacht.«

Für einen Augenblick lässt er den Blick prüfend über den Tisch schweifen, dann dreht er sich zu mir um. »Also – was ist dein Lieblingsgetränk?«

Ich überlege keine Sekunde. »Eisschokolade.«

Alex lächelt, allerdings hauptsächlich mit den Augen, und allein dieser Ausdruck schafft es, mich von innen zu schmelzen.

Das muss unbedingt aufhören. Ganz dringend sogar. Wir haben längst darüber gesprochen: Keiner von uns ist bereit für eine Beziehung. Er nicht, weil er keine Zeit dafür hat. Ich nicht, weil ich nicht auf Dauer hier leben werde. Was auch immer *das* hier ist – es darf nicht auf mehr hinauslaufen.

»Ein andermal«, sagt er schließlich, bevor er sich wieder auf die Einkäufe konzentriert. »Ich habe Weiß- und Rotwein gekauft, und selbstverständlich noch mehr Bier.«

»Das dürfte reichen.« Ich nicke.

»Rot oder weiß für dich?«

»Weiß.«

»Gut. Für mich auch.«

»Ehrlich? Ich dachte, Alkohol kommt für dich generell nicht infrage?«

»Ganz selten mache ich eine Ausnahme. Ich meine, man kann sich nicht stundenlang in die Küche stellen und dann den ganzen köstlichen Aufwand mit einem Glas Wasser runterspülen, korrekt?«

»Korrekt.« Ich deute mit meiner Bierflasche in seine Richtung. »Und was ist damit? Kochbier?«

Er zuckt mit den Schultern. »Du hast einen schlechten Einfluss auf mich, schätze ich.«

Ich grinse. »Das schätze ich auch.«

Alex sieht mich an, und für einige Sekunden scheinen wir beide vergessen zu haben, weshalb wir in die Küche gekommen sind.

»Zwiebeln oder Pilze? Schneiden, meine ich?«, platzt er plötzlich heraus.

Ich lache. »Und gerade habe ich überlegt, welch seltsame Multiple-Choice-Fragen du mir noch stellen wirst. Ich mache alles«, behaupte ich schließlich. »Gib mir einfach die Aufgaben, die dir am meisten weiterhelfen.«

Es ist sehr angenehm, den Nachmittag mit Alex in der Küche zu verbringen und so zu tun, als wären wir eine richtige WG, in der man sich über seinen Tag austauscht und gemeinsame Sache am Herd macht. Nicht dass ich schon einmal in einer WG gelebt hätte. Doch so in etwa stelle ich es mir vor. Ich sitze auf der olivgrünen Eckbank und schneide Karotten am olivgrünen Holztisch (ja, so gut wie alles in diesem Raum ist olivgrün …), während Alex am Waschbecken steht und Pilze säubert. Dabei unterhalten wir uns übers Essen und über Restaurants, was zwangsläufig zum *Little Italy* führt und Alex Grund gibt, sich nach dem Stand meiner Beziehung zu Dante zu erkundigen.

»Es ist so«, erkläre ich ihm großmütig, »wenn Dante diesen Herbst überleben will, sollte er besser von Orlandos Mitarbeiterinnen ablassen.«

»Ah«, macht Alex, während er mir über die Schulter einen Blick zuwirft. »Und davon lässt sich Casanova aufhalten?«

Ich zucke mit den Schultern. »So wild scheint er am Ende doch nicht auf mich gewesen zu sein.«

»Dieser Junge wird nie erwachsen.«

Lautlos ist Mrs. Gastrell aufgetaucht – wie üblich also –, und beide zucken wir beim Klang ihrer Stimme zusammen. »Ich kenne Dante Esposito, seit er ein kleiner Junge war, und bereits da hat er den Mädchen schöne Augen gemacht. Und offenbar nie damit aufgehört.«

»Nun ja.« Ich lasse die Hand, die vor Schreck auf meiner Brust gelandet ist, wieder sinken. »Sooo schlimm ist er nicht. Er ist … wie ein Welpe, der sich noch austoben muss. Aber er beißt nicht.« Ich weiß nicht, warum ausgerechnet ich mich bemüßigt fühle, Dante zu verteidigen, aber Mrs. Gastrells schneidender Tonfall scheint mir irgendwie unfair zu sein.

Die alte Dame zuckt mit den Schultern. »Ich kann nur wiedergeben, was ich höre. Es gab schon Eltern von unglücklichen Töchtern, die bei Orlando und Maria vor der Tür standen und ihr Leid klagten. In manchen italienischen Familien versteht man auch heute noch keinen Spaß, wenn es darum geht, dass ihre Töchter vor der Heirat entehrt werden.«

Ich war gerade dabei, einen Schluck Bier zu nehmen, und verschlucke mich daran.

Alex klappt den Mund auf, um etwas zu sagen, schließt ihn aber wieder.

Unauffällig tauschen wir einen Blick, nur um schnell wieder wegzusehen, bevor wir beide in Lachen ausbrechen.

»Was gibt es denn Schönes?«

»Ähm. Eine Pie.«

»Ah.«

Das war's. Schon hat sie sich umgedreht, um sich so leise in ihre Räume zurückzuziehen, wie sie aufgetaucht ist.

»Ich bringe Ihnen gern ein Stück, es dauert aber noch ein paar Stunden«, ruft Alex ihr nach.

»Danke, das wird nicht nötig sein.«

Ich sehe Alex an, während ich mir auf die Lippen beiße, um nicht laut loszuprusten.

Was war das?, fragt er lautlos.

Keine Ahnung, gebe ich ebenso tonlos zurück.

Dann schließen wir sicherheitshalber die Küchentür.

Das Gemüse wird angebraten, dann mit Bier abgelöscht, schließlich unter anderem mit Marmite gewürzt. Ich weiß, viele Engländer lieben diese komische Würzpaste, essen sie sogar auf Toast zum Frühstück – mir hat sich dies allerdings nie erschlossen. Es schmeckt wie … wie … Ich finde überhaupt keinen Vergleich dafür, wie dieses Zeug schmeckt, abgesehen von scheußlich.

»Bist du sicher, dass Marmite in die Sauce gehört?«, frage ich skeptisch, und Alex wirft mir einen alarmierten Blick zu.

»Moment.« Er sieht auf seinem Handy nach, murmelt sich durch die Anweisungen und erklärt schließlich: »Marmite, zwei Teelöffel. Glück gehabt.« Er legt das Telefon zur Seite.

»Das ist also kein altes Familienrezept?«, ziehe ich ihn auf.

»Nein, und auch nicht etwas, das ich aus dem Handgelenk schütteln könnte. Ich koche nicht sonderlich oft.«

»Wow. Dann fühle ich mich fast schon geehrt, dass du es heute für mich tust.«

»Das musst du nicht. Ich dachte einfach …« Er sieht mich an, und mit einem Mal ist jede Verschmitztheit aus seinen Augen verschwunden. »Ich weiß nicht, was ich dachte. Es war eine harte Woche, und ich wollte es zur Abwechslung einmal ein bisschen weniger hart haben, vermute ich.«

Einige Sekunden lang ist es mir nicht möglich, meinen Blick von seinen Augen zu lösen, in denen sich mit einem Mal so viele Gefühle widerspiegeln, dass es mir schier die Luft abschnürt. Erschöpfung, Traurigkeit, aber auch Hoffnung und eine Spur Verzweiflung, alles auf einmal. Meine Lippen öffnen sich, doch kein Ton kommt heraus. Dann beendet Alex die Situation, indem er sich umdreht und abermals sein Handy zurate zieht.

»Es tut mir leid, dass deine Woche so furchtbar war«, ist alles, was ich schließlich hervorbringe.

Alex zuckt mit den Schultern. »Augen auf bei der Berufswahl.«

»Ja, wem sagst du das.«

Er sieht von seinem Smartphone auf und wir lächeln einander an. Wer hätte bei unserer ersten Begegnung gedacht, dass wir so viel gemeinsam haben, Alex Logan und ich?

»Tja, also ...« Mir schwirrt der Kopf in dem Bemühen, das Gespräch auf ein weniger deprimierendes Thema zu lenken. »Jedenfalls überlege ich die ganze Zeit, ob es bei uns so etwas wie ein Familienrezept gibt, aber mir fällt keines ein.«

Einige Sekunden lang antwortet Alex nicht, schließlich sagt er: »Meine Großmutter hat mir früher Milch mit Honig ans Bett gebracht, wenn ich nicht schlafen konnte.«

Mir stockt der Atem. Doch schon fährt Alex fort: »So, jetzt der Teig. Wir müssen ihn ausrollen und über die Form legen, bevor das Ganze in den Ofen kommt.«

»Ich ... Okay.«

Alex übernimmt das mit dem Teig. Ich sehe ihm unschlüssig zu, nicht ganz sicher, wie ich auf die Sache mit der Milch reagieren soll. Ich meine ... Wieso hat er das erwähnt? Und wieso erst jetzt und nicht schon in dem Augenblick, in dem ich sie ihm angeboten habe?

Als könnte er meine Gedanken lesen und sei nun seinerseits erpicht darauf, die Gesprächsthemen in ungefährlichere Gefilde zu lotsen, fragt er: »Du hast auch keine Geschwister?«

»Nein.« Ich klinge beinah dankbar. Als wäre ich froh darüber, keine Geschwister zu haben, dabei geht es mir lediglich darum, mich nicht seltsam zu fühlen. »Ich bin ein absolut verhätscheltes Einzelkind. Was auf der einen Seite sicherlich fantastisch war, und auf der anderen Seite eben eher unaufregend. Niemand zum Spielen, niemand zum Streiten. Niemand, der an meiner Stelle hätte Zahnmedizin studieren können. Haha.« Ich ziehe ein Gesicht. »Jedenfalls – genau aus diesem Grund war ich während der Schulzeit gern bei meiner Freundin Adele zu Hause. Sie hat sieben Geschwister! Sieben! Und obwohl einige von denen uns das Leben echt schwer gemacht haben, war wenigstens immer etwas los.«

»Das kann man sich kaum vorstellen. So viele Kinder.«

Ich würde zu gerne wissen, was mit seinen Eltern ist, schießt es mir durch den Kopf. Alex spricht immer nur von seiner Großmutter. Er ist bei ihr aufgewachsen, aber was war mit seinem Vater und seiner Mutter? Es konnte eigentlich nur eine Erklärung dafür geben, dass Alex nicht bei ihnen großgeworden war … und das sollte ich besser nicht ansprechen.

Alex' Handy gibt einen Ton von sich. Nicht das erste Mal an diesem Nachmittag. Er wirft einen flüchtigen Blick aufs Display und wischt die Nachricht dann weg, um weiter das Rezept zu studieren.

»Bei 180 Grad eine Stunde in den Ofen. Alles klar. Dann können wir gegen halb sieben essen.«

»Fantastische Planung, Herr Anwalt, bravo.«

Alex macht eine kleine Verbeugung, bevor er die Knöpfe des Herds studiert, um die Temperatur einzustellen. »Okay.« Er dreht sich zu mir um. »Mehr Bier, Frau Doktor?«

Ich verdrehe die Augen. »Ich würde lieber erst etwas essen, bevor ich meinem Organismus weiteren Alkohol zumute. Er verträgt ihn nicht wirklich gut.«

Ich grinse. Alex lächelt mich an. Gerade als wir beide gleichzeitig den Mund öffnen, klingelt es an der Tür.

Wir sehen einander an, und Alex zieht die Brauen nach oben.

»Es könnte allerhöchstens Hannah sein«, beantworte ich seine unausgesprochene Frage, doch als ich mich gerade auf den Weg zur Tür machen will, taucht Mrs. Gastrell im Gang auf.

»Erwarten Sie jemanden?«, fragt sie.

»Nein«, erwidern wir im Chor.

»Hm.« Sie drückt auf den Summer, öffnet die Tür, wartet. Wäre es Hannah, hätte sie oben geläutet, deshalb gehe ich nicht davon aus, dass der Besuch für mich ist, und wende mich wieder Alex zu.

»Wo wollen wir eigentlich essen? Hier oder im Zimmer? Nachdem der Paravent …«

Weiter komme ich nicht. An der Tür ertönt eine Stimme, und Alex' Augen weiten sich auf eine Größe, die mich alarmiert.

»Was?«

Er schießt geradezu aus der Küchentür und den Flur entlang. »Gran? Was …«

»Du hast meine Nachrichten nicht beantwortet.« Der Tonfall ist eine Mischung aus vorwurfsvoll und vorfreudig. »Und da dachte ich, ich komme vorbei und bringe dir die Krawatte, die du bei mir vergessen hast.« Eindeutig Vorfreude jetzt.

Ich spähe aus der Küchentür.

Alex hebt hilflos die Hände. »Wegen einer Krawatte hättest du nicht extra herkommen müssen. Wann soll das überhaupt gewesen sein? Ich kann mich nicht mal daran erinnern, wann ich die zuletzt getragen habe.«

Er klingt … Ich runzle die Stirn. Aufgebracht. Ein bisschen verzweifelt womöglich? In jedem Fall wenig erfreut.

Seine Großmutter scheint das nicht zu stören, sie schiebt sich an ihm vorbei weiter in den Gang hinein.

»Ich freue mich sehr, Sie kennenzulernen«, erklärt sie, während sie Mrs. Gastrell die Hand entgegenstreckt. »Mein Enkel hat schon so viel über Sie erzählt.«

»Hat er das?« Von hier kann ich Mrs. Gastrells Gesichtsausdruck nicht sehen, doch es klingt verdächtig nach hochgezogener Augenbraue.

»Ja, doch. Er ist so begeistert von der Wohnung und seinem Zimmer und …« Das ist der Moment, in dem sie ihre Aufmerksamkeit auf mich richtet.

Für eine flüchtige Sekunde sehen wir einander an, dann löse ich mich vom Türrahmen der Küche und steuere auf Alex' Großmutter zu.

»Hallo«, sage ich lächelnd, »ich bin Julie. Ich freue mich so sehr, dass wir uns endlich kennenlernen.«

Sie nimmt meine Hand, doch erst nachdem sie Alex einen Blick zugeworfen hat, der wiederum mich anstarrt, ein Anflug von Panik in den Augen.

»Ooooh«, sagt sie schließlich. »Julie!« Ein weiterer Blick in Richtung ihres Enkels, dann strahlt sie mit einem Mal. »Ich freue mich ebenfalls sehr, dass wir uns kennenlernen. Ich bin Beth! Und ich kann nicht behaupten, dass ich schon sehr viel von *Ihnen* gehört habe, aber das wird sich ja vielleicht bald ändern.«

Alex schließt die Augen.

Und dann herrscht Stille. Einige zähe Sekunden lang.

»Äh, nun ja …«, versuche ich es ratlos, als unser Gast herausplatzt: »Wollen wir eine Wohnungsführung machen? Ich würde wirklich gern sehen, wie mein Enkel so lebt.«

»Gran, das ist jetzt vielleicht nicht der richtige …«, beginnt Alex, das kann jedoch unmöglich sein Ernst sein, seine Großmutter ist extra hergekommen.

»Aber sicher«, unterbreche ich ihn. »Hier entlang.« Ich deute zu unserem Zimmer.

Während wir darauf zusteuern, höre ich Beth Logan flüstern: »Ich kann nicht glauben, dass du mir nie etwas von ihr erzählt hast.«

Und vielleicht ist er das – der Bridget-Jones-Moment in meinem Leben, an dem die Zeit angehalten wird, weil jemand auf Pause gedrückt hat und ein Standbild erscheint, mit einer verwirrt dreinblickenden Frau, bevor sich die tragische Stimme des Erzählers aus dem Off darüberlegt.

In was bist du jetzt wieder hineingeraten, Bridget?

Ich habe ehrlich keine Ahnung.

Zu viert betreten wir das Zimmer. Zahlreiche *Ah*s und *Oh*s seiner Großmutter folgen. Ich bin erleichtert über die Ordnung, die ich ausnahmsweise einmal vollbracht habe, und darüber, nicht mehr im Fokus der Aufmerksamkeit zu stehen. Denke ich, bis Alex' Großmutter sagt: »Wie schön, dass Sie nichts dagegen haben, dass mein Enkel Damenbesuch empfängt, Mrs. Gastrell.«

Ich erstarre. Werfe aus dem Augenwinkel einen Blick auf Alex, der ebenfalls nicht wirklich gesund aussieht.

»Nun ja.« Mrs. Gastrell zögert. Dann sagt sie: »Wir leben schließlich nicht mehr im 19. Jahrhundert, nicht wahr? Es ist absolut zeitgemäß, dass sich zwei Menschen ein Zimmer teilen. Was sollte ich dagegen haben?«

Ihre Lippen zucken.

Das darf doch ehrlich nicht wahr sein.

»Du hast deiner Großmutter nicht erzählt, dass du dir das Zimmer mit mir teilst?«

»Nein. Wieso sollte ich? Du hast es deinen Eltern doch auch nicht gesagt.«

»Ja, aber … Also gut. Touché. Wieso hast du es ihr nicht erzählt?«

»Weil sie mir dann noch mehr damit in den Ohren gelegen hätte, dass es sinnvoller wäre, sie und ich würden uns eine Wohnung teilen. Wie wir es in London getan haben. Aber ich kann nicht gleichzeitig arbeiten und auf sie aufpassen, und sie kann nicht allein leben, ich hätte keine ruhige Minute. Aber das Heim gefällt ihr nicht. Und …« Alex gibt einen ungeduldigen Laut von sich. »Außerdem …«

»Ssssch, nicht so laut«, mahne ich. Wir haben uns in die Küche zurückgezogen, während seine Großmutter in unserem Zimmer auf eine erstaunlich geduldige Mrs. Gastrell einredet und beide darauf warten, dass wir ihnen Tee servieren. »Sie soll doch nicht mitkriegen, dass du sie belogen hast, oder?«

»Ah, mein Gott!« Alex rauft sich die Haare, allerdings sieht es eher danach aus, als würde er sie ausreißen. »Das ist eine Farce. Lass uns einfach rübergehen und das Missverständnis aufklären.«

Ich seufze. Beth Logan hat so glücklich ausgesehen, als sie annahm, ihr Enkel habe eine Freundin. *Wieso eigentlich?*, frage ich mich. Kommt es so selten vor, dass sie Alex mit einer Frau zusammen sieht? Und warum, um Himmels willen, bereitet mir dieser Gedanke Herzklopfen?

»Das wird das Beste sein«, erwidere ich schließlich.

»Gut.« Alex nickt. »Ziehen wir es durch.«

Wir nehmen Tee und Tassen und machen uns auf den Weg, doch genau in dem Augenblick, in dem wir das Zimmer betreten, ruft Beth: »Aaah, wie schön, ihr zwei! Gerade erzählte mir Mrs. Gastrell, was für ein harmonisches, glückliches Paar ihr abgebt! Und ich bin ein bisschen böse mit dir, Alex! Damit hättest du deiner alten Gran doch wirklich eine Freude machen können!«

Für eine Sekunde ist es ganz still, nur das Klappern des Teedeckels ist zu hören, der sanft gegen den Rand der Kanne schlägt, während Alex offenbar versucht, seine Hände ruhigzustellen.

Ich schüttle mich. Was um alles in der Welt … »Ich habe ihn darum gebeten«, sage ich schließlich, denn irgendjemand sollte etwas sagen. »Wir wollten erst sehen, wie gut es funktioniert.«

Mit weit aufgerissenen Augen starrt Alex mich an. Ich sehe ihn schlucken, dann fragt er: »Für Sie auch mit Milch, Mrs. Gastrell?«

20
Alex

»Also, Julie, erzählen Sie mal – was machen Sie beruflich? Leben Sie schon immer in Brighton?«

»Ja, Julie«, echot Mrs. Gastrell. »Erzählen Sie uns ein bisschen mehr über sich.«

Ich werfe meiner Vermieterin einen vernichtenden Blick zu, dann betrachte ich Julie. Ihr Gesicht spiegelt die perfekte Mischung aus Horror und aufgesetzter Höflichkeit wider.

»Nun, ich«, beginnt sie, »ich …«

»Setzen wir uns doch erst mal«, springe ich ein, während ich das Tablett auf dem Tisch abstelle und eilig Kanne, Tassen und Unterteller darauf verteile. »Es fehlen noch Stühle. Julie, hilfst du mir, noch zwei aus der Küche zu holen?«

»Ja! Natürlich!« Sie ruft es, bevor sie quasi aus dem Zimmer sprintet, und beinah fange ich an zu lachen, weil die ganze Situation derart grotesk ist. Als wir beide in der Küche ankommen, tue ich es wirklich, ganz kurz nur.

»Das ist nicht komisch«, erwidert Julie sofort, doch auch sie gibt einen hilflos-hysterischen Laut von sich.

Mit einer Hand reibe ich mir übers Gesicht. »Okay. Fokus. Wir …«

»Ich kann deiner Großmutter auf keinen Fall Lügen auftischen, das bringe ich nicht fertig.«

»Oh, nein? Vielleicht hättest du ihr dann nicht als Erstes sagen sollen, dass du mich darum gebeten hast, ihr noch nichts von uns beiden zu erzählen, weil es noch zu früh dafür sei.«

»Ja, ich weiß, das war Blödsinn«, erwidert sie, und es klingt reichlich zerknirscht. »Aber Mrs. Gastrell hat mich völlig aus dem Konzept gebracht! Wieso behauptet sie, dass wir ein schönes Paar seien? Sie weiß doch ganz genau, dass wir keins sind!«

»Pssst.« Ich schiebe Julie ein Stück weiter in die Küche, schließe die Tür hinter uns und greife mir einen Stuhl. »Unsere Vermieterin scheint im Besitz eines höchst denkwürdigen Humors.«

»Allerdings.« Julie seufzt. »Und nun hängen wir drin. Und das ist zum Großteil meine Schuld, ich …«

»Okay, ganz ruhig.« Ich lege Julie beide Hände auf die Schultern und sehe ihr eindringlich in die Augen. Was … die Situation nicht unbedingt besser, eher noch verwirrender macht, also lasse ich es wieder. »Wir bleiben so nahe an der Wahrheit, wie es geht, okay?«

Julie blinzelt. »Ist das eine alte Anwaltsfloskel?«

»Nein, eine Überlebensstrategie. Du bist aus Newcastle nach Brighton gekommen, um … um … dich neu zu orientieren.«

»Mich neu zu orientieren. Das ist gut. Ich bin orientierungslos und muss mich neu …« Sie hebt eine Hand. »Nein, warte. Lass mich überlegen. Orientierung, Orientierung – wo? In welche Richtung? Wie genau soll das aussehen?«

»Vielleicht fällt uns etwas Einfacheres ein. Du … besuchst eine Verwandte?«

»Ich …«

Die Küchentür öffnet sich und Mrs. Gastrell steht vor uns. »Ich habe noch eine Packung Teegebäck«, erklärt sie laut. »Sie ist im Schrank über der Spüle. Wären Sie so nett, sie mitzubringen?« Sie lächelt freundlich, in etwa wie eine Python, ehe sie uns wieder den Rücken zukehrt.

Julies Augen verengen sich zu Schlitzen.

»Nicht jetzt«, zische ich und drücke ihr den Stuhl in die Hand, bevor ich den Schrank öffne, die Schachtel Biscuits herausnehme und mir den zweiten Stuhl schnappe. »Also, Miss Cooper – jetzt zeigen Sie doch mal, wie gut Sie im Improvisieren sind.«

Es ist eine bemerkenswerte Runde, die sich um den schmalen Holztisch in unserem Zimmer versammelt hat: Da wäre meine Großmutter mit rosa Wangen und glänzenden Augen, ständig verzückt von Julie zu mir schauend, während sie fröhlich Mandelplätzchen verspeist, die Mrs. Gastrell ihr in regelmäßigen Abständen unter die Nase hält. Gran scheint absolut fasziniert von Julie zu sein, die, wie sich herausstellt, eine weit passablere Lügnerin ist, als sie mich zuvor glauben machen wollte. Meine Großmutter kramt tief in ihrem Nähkästchen, um die peinlichsten Geschichten meiner Kindheit hervorzuziehen, und Julie ist um keinen Einwand verlegen, wie sich herausstellt.

»Alex ist ein so guter Junge, aber das ahnen Sie vermutlich schon, sonst hätten Sie sich kaum in ihn verliebt.«

»Ja. Doch. Er ist außergewöhnlich … wohlgeraten.«

Ich verschlucke mich an meinem Tee. Meine Großmutter nippt ungerührt an ihrem. »Mit sechs hat er einmal beim Essen so laut niesen müssen, dass er mit dem Kopf im Suppenteller landete. Es gab Tomatensuppe. So rot habe ich ihn nie wieder gesehen! Wobei er schon noch dann und wann rot wird. Stimmt's, Alex? Zum Beispiel, wenn ich ihn frage, ob er jemanden kennengelernt hat und er lauthals verkündet: NEIN! So als hätte ich den Nagel absolut auf den Kopf getroffen, bloß darf es niemand erfahren.« Sie kichert.

»Oh, bitte«, werfe ich ein, »das ist absolut nicht wahr«, doch ich sehe das Erstaunen in Julies Blick, bevor sie sich räuspert und nach ihrer Teetasse greift.

»Es gibt vieles, was man an Alex mögen kann«, plappert Gran unbeirrt weiter. »Zum Beispiel ist er sehr tierlieb.«

»Gran!«

»Was denn? Das ist eine ganz harmlose Feststellung.« Sie wendet sich wieder Julie zu. »Als Alex ungefähr neun war, machte er Bekanntschaft mit einer streunenden Katze. Was für ein zerzaustes, dürres Ding das war! Alex sammelte sie auf und brachte sie nach Hause, aber alles Päppeln half nicht, und am Ende …«

»Gran!« Mit der ganzen Strenge, die ich aufbringen kann, werfe ich meiner Großmutter einen Blick zu.

Sie hebt die Schultern. »Wie dem auch sei. Alex war ein gutes Kind.«

Ich seufze.

Julie, unter dem erwartungsvollen Blick unseres Gastes, fühlt sich bemüßigt zu sagen: »Und er ist ein guter Mann«, woraufhin Mrs. Gastrell und ich gleichzeitig einen Laut von uns geben, ich verzweifelt, sie höchst amüsiert.

Ich frage mich, ob es noch schlimmer werden kann.

Die Antwort lautet: sicher.

»Sie starb.« Gran seufzt. »Nur ein paar Tage, nachdem Alex sie gefunden hatte. Er wollte danach nie wieder ein

Tier. Manchmal frage ich mich, ob der Tod der kleinen Kitty seine Verlustängste nur noch mehr geschürt hat.«

»So!« Ich springe auf, weil ich mit einem Mal das dringende Bedürfnis verspüre, den Raum zu verlassen und Julie hinter mir herzuziehen, bevor meine Großmutter noch mehr ungefilterte Einsichten in meine Psyche gewährt.

Möglichst unauffällig nicke ich Julie zu. Sie sieht mich an, als wollte sie fragen: *Glaubst du, es ist sicher, deine Großmutter mit Mrs. Gastrell allein im Zimmer zu lassen?*

»Ich … ich … also, ich bin Zahnärztin«, stammelt Julie, und wieder treffen sich unsere Blicke. Es macht etwas mit mir, diese Erkenntnis, dass sie sich selbst den Wölfinnen zum Fraß vorwirft, offenbar um mich zu retten. Ich setze mich wieder.

»Zahnärztin!«, ruft meine Großmutter.

»Sieh an«, kommentiert Mrs. Gastrell.

Gran lacht. »Ich wünschte, ich hätte eine Zahnärztin gekannt, die so reizend ist wie Sie – also, als es noch irgendetwas gebracht hat, sich die Zähne machen zu lassen.« Sie grinst. »Ich wette, zu Ihnen kommen die Patienten freiwillig, um sich den Kiefer aufbohren zu lassen, habe ich recht?«

Für eine Millisekunde verzieht Julie das Gesicht. »Ich bin nicht sicher, ob es wirklich darauf ankommt, wer einem den Kiefer …« Sie blinzelt.

»Und Sie praktizieren hier in Brighton? Haben Sie meinen Enkel so kennengelernt? Lag er auf Ihrem Stuhl?« Wenn überhaupt möglich, wird das Lächeln meiner Großmutter noch einen Tick breiter.

»Nein. Wir … nein. Ich arbeite in der Praxis meiner Eltern in Newcastle.«

Ein leises Krachen unterbricht die Stille, als Mrs. Gastrell auf einen der Kekse beißt. Sie nickt uns aufmunternd zu. *Himmel, diese Frau.*

»Julie ist quasi nur für einen längeren Urlaub in Brighton«, sage ich.

»Ein paar Wochen«, stimmt sie mit ein. »Weil ich schon ewig nicht mehr freihatte.«

»Oh.« Gran scheint kurz zu überlegen, dann sagt sie: »Nun, am Ende weiß man nie, wohin es einen verschlägt, ist es nicht so?« Und schon ist das Grinsen wieder am Platz.

Ich unterdrücke ein Stöhnen.

»Wo wohnen Sie in Brighton? In einem Hotel? Einem B&B?«

»Nein.« Julie schüttelt den Kopf. »Nachdem ich länger bleibe, dachte ich, es sei günstiger, ein Zimmer zu mieten.«

»Verstehe.« Gran nickt zustimmend. »Ist es hier in der Nähe? Das Zimmer, meine ich?«

Schweigen.

Mindestens Julie und ich haben die Luft angehalten; sie überlegt fieberhaft, ich sehe es ihr an. Nicht mehr lange, und dieses Kreuzverhör wird in einer Panikattacke enden.

Mrs. Gastrell lächelt in ihre Teetasse.

Ich öffne gerade den Mund, um irgendetwas zu sagen, da murmelt Julie kaum hörbar: »Ich wohne gar nicht weit von hier.« Sie räuspert sich. Es tut mir unendlich leid, in welchen Schlamassel ich sie hier reingezogen habe.

»Und wie gefällt es Ihnen in Brighton?«, fragt Gran.

»Sehr gut.«

»Was gefällt Ihnen am besten?«

»Nun … das Meer. Der Pier. Die kleinen Häuschen. Die Quirligkeit.«

»Und da dachte ich, Ihre Antwort lautet *Alex.*« Gran lacht.

Julie verzieht ein wenig gequält das Gesicht.

Dieser Nachmittag, so traumhaft er auch begonnen haben mag, entwickelt sich mehr und mehr zu etwas, das einem Migräneanfall gleichkommt.

Die Damen bleiben zum Essen. Zwischen ein paar Bissen der durchaus gelungenen Pie folgt die Geschichte unseres Kennenlernens (*Wir sind in einem Taxi sozusagen übereinander gefallen – Du meinst, ich hab mich auf deinen Schoß gesetzt – So kann man es wohl auch ausdrücken*), und während Julie und ich die Nicht-Geschehnisse Revue passieren lassen, geschieht etwas Merkwürdiges, denn mit einem Mal fühlt sich alles so real an. Obwohl nichts davon je passiert ist. Als würde man eine Geschichte erfinden, die sich im selben Moment zur eigenen Vergangenheit formt.

Das, oder die Kekse von Mrs. Gastrell waren mit etwas anderem versetzt als Arsen.

Apropos Mrs. Gastrell.

»Klingt wie im Film«, kommentiert sie trocken, als wir geendet haben, doch Gran, Hand auf dem Herzen, stört sich nicht an dem Zynismus unserer Vermieterin.

»Lieber Himmel, das tut es«, seufzt sie. »So romantisch! Ich habe ein gutes Gefühl mit euch beiden. Vielleicht bekomme ich ja doch noch Urenkelkinder, wer weiß?«

Entsetzt starre ich meine Großmutter an, während sich diesmal Julie an ihrem Tee verschluckt und selbst Mrs. Gastrell zu husten beginnt. Doch bevor ich meiner Großmutter auch nur irgendwas entgegensetzen kann, fragt sie: »Zu viel? Gut. Dann nehme ich das mit den Urenkelkindern zurück.«

Es dauert eine weitere nervenaufreibende Stunde, bis ich meine Gran in ein Taxi setze, um sie zu verabschieden.

Von Mrs. Gastrell gibt es nicht mehr als ein lapidares »Das war ein fantastischer Nachmittag, euch Turteltauben einen schönen Abend«, das sie beiläufig über ihre Schulter wirft, bevor sie in ihren Räumlichkeiten verschwindet.

Julie und ich sehen einander an, ausgelaugt und völlig fertig. Dann beginnen wir zu lachen.

»Wir waren richtig gut, oder?«, fragt sie schließlich. »Ich meine, richtig überzeugend?«

»Ja. Ich denke schon.«

»Okay.« Sie nickt. »Jetzt müssen wir nur noch dafür sorgen, dass deine Großmutter und ich uns nicht öfter über den Weg laufen. Sonst muss ich mir ein Beatmungsgerät zulegen. Für hinterher.« Sie schließt die Augen, während sie sich Luft zufächelt, und ich muss grinsen. Sie sieht niedlich aus, wenn sie … *Okay, Alex. Fokus.*

»Allerdings bin ich nicht ewig in Brighton. Irgendwann werden wir ihr schonend beibringen müssen, dass das mit den Urenkelkindern wohl eher nichts wird, zumindest nicht … du weißt schon. Bevor sie Pläne für die Hochzeit macht?«

»Ah, verdammt. Es tut mir ehrlich leid. Ich habe keine Ahnung, wo das auf einmal herkam – sie hat in ihrem ganzen Leben noch nicht von Urenkelkindern gesprochen. Oder von Hochzeiten.« Ich reibe mir den Nacken. »Nicht direkt, zumindest.«

Julie lacht. »Weißt du, was ich denke? Ich denke, deine Großmutter hat es ziemlich faustdick hinter den Ohren.«

»Ja«, stimme ich trocken zu. »Das denke ich auch.«

»Wirst du sie aufklären?«

»Sobald mir eingefallen ist, wie wir aus der Situation rauskommen, ohne als verabscheuungswürdige Betrüger dazustehen. Sie hat … Sie hat wirklich glücklich ausgesehen.«

»Hat sie.« Julie nickt. »Und mich hat es auch irgendwie gefreut, dass sie mit mir als Schwiegerenkelin einverstanden ist. Äh, wäre. *Wäre.*«

Wir sehen einander an, ganz offensichtlich beide unschlüssig, ob wir lachen oder uns einfach eine Decke über den Kopf ziehen sollen.

»Oh, mein Gott.« Mit Zeigefinger und Daumen reibt sich Julie schließlich über den Nasenrücken. »Ich weiß, ich habe behauptet, das zwischen dem Alkohol und mir wäre keine intime Langzeitbeziehung, aber …«

»Lass uns gehen.« Ich halte Julie die Tür auf. »Du hattest mich schon bei *Alkohol.*«

21
Julie

Wie an meinem ersten Abend in Brighton landen wir im *Little Italy* an der Bar. Hannah hat Dienst und Orlando einen wissenden Ausdruck im Gesicht. »Na«, eröffnet er, als Alex und ich uns auf je einen Barhocker hieven, »da ist heute wohl etwas Stärkeres gefragt, habe ich recht?«

»Wie macht er das?«, wispert Alex mir zu.

»Jahrelange Erfahrung, schätze ich.« Und dann muss ich kichern.

»Was?«

»Mein Ex-Freund ist Psychiater«, flüstere ich. »Und ich bin versucht, ihm mitzuteilen, dass es eine Ausbildung als Barkeeper auch getan hätte, um die menschliche Psyche zu analysieren, statt des ewig langen Studiums.«

»Dein *neuer* Freund«, beginnt Orlando, »hat jedenfalls keine Ahnung von der menschlichen Psyche, sonst wäre er kaum bei einem so undurchsichtigen Drachen wie Mrs. Gastrell eingezogen.« Er stellt zwei Gläser seines berüchtigten Hausschnapses vor uns ab, weshalb mein Hirn kaum Zeit hat, über das seltsame *neuer Freund* in Aufruhr zu geraten. »Ein Geschöpf der Hölle«, fährt er düster fort. »Man erzählt sich, sie sei keinen Tag gealtert, seit sie hier eingezogen ist. Seit dreißig Jahren nicht!«

»Schön, dass du uns das jetzt erzählst«, kommentiere ich trocken, und Orlando reißt unschuldig die Augen auf, bevor er sich grinsend davonmacht.

»Cheers.« Ich halte Alex mein Glas hin.

Er beäugt seines kritisch, bevor er es gegen meins klirren lässt. »Ach, was soll's. Cheers!«

»Was habe ich verpasst?« Hannah ist neben uns aufgetaucht.

Alex und ich wechseln einen Blick.

»Versprich mir, dass du nicht ausflippst«, sage ich ihr streng. »Kein Gekreische, kein *Oh, wie süß*! Nichts dergleichen. Sonst wirst du es nie erfahren.«

»Süß?« Alex runzelt die Stirn, und ich beeile mich weiterzusprechen, bevor ihm klar wird, was damit gemeint sein könnte. Nämlich, dass Hannah und ich schon früher über ihn als potenzielles Love Interest spekuliert haben. Mist.

Hannah nickt mir eifrig zu.

»Alex' Großmutter war zu Besuch«, beginne ich, »und hält uns nun fälschlicherweise und mit großzügiger Unterstützung unserer Vermieterin für ein Paar. Gerade eben haben wir zu viert Tee und eine vegetarische Pie hinter uns gebracht, während quasi schon die Hochzeit mitsamt Urenkelkindern geplant wurde.«

Für drei Sekunden sieht Hannah mich sprachlos an, dann fängt sie haltlos an zu kichern.

»Ja«, sage ich und grinse gequält. »Ich dachte mir, dass dir das gefällt. Du musstest diese skurrilste aller Situationen ja auch nicht ertragen.«

»Ach, komm schon!« Hannahs Augen funkeln, ich werfe ihr einen mahnenden Blick zu, woraufhin sie – ebenso wie

Orlando Minuten zuvor – die Augen aufreißt, als könne sie kein Wässerchen trüben.

»Ihr zwei ein Paar!«, ruft unser Wirt verzückt, von wo auch immer er gerade aufgetaucht ist.

»Kein richtiges Paar!«, erwidern Alex und ich gleichzeitig, womöglich ein wenig zu laut, weshalb ich mich unruhig nach Zuhörern umsehe.

»Wo ist Dante?«, flüstere ich Hannah zu.

»Nicht da«, wispert Hannah zurück. »Warum flüstern wir?«

Ich räuspere mich. »Also gut. Themawechsel.«

»Ich muss sowieso weitermachen. Tut nichts, was ich nicht auch tun würde.« Mit einem letzten anzüglichen Wimpernklimpern greift Hannah nach ihrem Tablett, um sich wieder den Gästen zuzuwenden. Orlando ist hinter der Bar beschäftigt, Alex und ich sind allein.

Beinah gleichzeitig seufzen wir, beginnen zu lachen, schütteln den Kopf. Eigentlich sollte es sich nicht anders anfühlen zwischen Alex und mir, immerhin ist diese ganze Wir-sind-jetzt-zusammen-Geschichte erstens vorbei und zweitens nur ausgedacht, und doch ist es seltsam, hier so dicht neben ihm zu sitzen, seltsam und irgendwie … aufregend.

Schnell wende ich den Blick ab.

»Oh, Romeo ist heute da.« Ich sehe zu dem zweiten Kellner neben Hannah, der gerade am Ende der Bar mit seinem Vater spricht.

»Aaaah. Das ist also der sagenumwobene Romeo.« Alex mustert ihn erstaunt.

»Hast du ihn bisher noch gar nicht gesehen?«

»Kein einziges Mal.«

»Huh«, mache ich. »Nun ja, er ist nicht wirklich oft hier, das stimmt. Ich glaube, im Gegensatz zu seinem Ich-flirte-alles-nieder-Bruder Dante fällt ihm das mit der Gastronomie nicht so leicht. Er ist eher introvertiert. Schweigsam irgendwie, zurückhaltend.«

Als hätte Romeo unsere Blicke auf sich gespürt, sieht er nun seinerseits in unsere Richtung. Ich lächle ihm aufmunternd zu und bekomme ein höfliches, eher zaghaftes Lächeln zur Antwort.

»Schüchtern«, bestätigt Alex. »Das kann man von seinem Bruder wirklich nicht behaupten.«

»Sage ich ja«, bekräftige ich.

Einen Moment lang blicken wir uns schweigend an, schließlich sehen wir beide weg, es ist ... Argh! Ich bekomme diese seltsame Stimmung einfach nicht zu fassen.

»Ihr zwei seid ja wirklich Turteltäubchen«, kommentiert Hannah, als sie uns das nächste Mal passiert, woraufhin wir beide die Augen verdrehen, als würden wir seit Jahren nichts anderes tun, als zur selben Zeit die gleichen Gesten zu vollführen.

Es ist Sonntag.

Ich werde von einem nervtötenden Brummen geweckt, und das Erste, was ich sehe, als ich die Augen aufschlage, ist ein verschwommener Alex, der im gegenüberliegenden Bett offenbar schlaftrunken nach seinem Handy tastet.

Ich setze meine Brille auf.

Ganz offensichtlich wurde gestern vergessen, den Paravent wieder an seine Stelle zu rücken, und wenn ich jetzt so darüber nachdenke, kommt es mir irgendwie schicksalhaft vor, dass ich ihn zur Seite geschoben hatte, bevor Alex'

Großmutter hier aufgetaucht ist. Als sollte es so sein, ihr ein völlig falsches Bild zu vermitteln, warum auch immer.

Genau.

Warum auch immer.

Das ergibt überhaupt keinen Sinn. Womöglich wäre es gut, erst mal richtig wach zu werden, bevor ich mein Gehirn mit derart abstrusen Gedanken torpediere.

»Gran?« Alex' Stimme klingt rau und schläfrig und sexy und so, wie ich sie noch nie gehört habe.

Ich ziehe mir die Bettdecke bis unter das Kinn.

Alex bemerkt die Bewegung aus dem Augenwinkel und sieht zu mir herüber. Sein Lächeln ist ... Oh, Gott. Ich versinke ein Stück weiter in die Kissen, als er sich abwendet und ich mich so unauffällig wie möglich meiner Beißschiene entledige, um beim nächsten Mal anständig zurücklächeln zu können.

»Alex? Bist du noch dran? Ist Julie bei dir? Guten Morgen, Julie!«

Seine Großmutter ist sogar für mich so deutlich zu hören, dass Alex das Handy ein Stück von seinem Ohr weghalten muss. »Bitte«, sagt er, »du musst nicht so schreien. Ich denke, der Rest des Hauses ist jetzt wach.«

»Ist Julie da?«

Ein Blick zu mir. »Nein.«

»Grüß sie von mir!«

Danach ist nur mehr Murmeln zu hören. Ich sehe, wie Alex langsam ein- und ausatmet, und exakt in diesem Moment geht mir auf, dass sein Oberkörper nackt und die Decke bis hinunter zu seiner Hüfte gerutscht ist.

Ich stecke in Schwierigkeiten, schießt es mir durch den Kopf. Es ist das eine, mit einem Mann zusammenzuleben, den man kaum kennt und darüber hinaus nicht sonderlich mag, und etwas völlig anderes, seinen Mitbewohner sexuell anziehend und außerdem auch noch furchtbar nett zu finden.

Mist. Viel davon.

»Sicher wird Julie schon etwas anderes vorhaben … Nein, habe ich nicht – das Thema hat sich noch nicht ergeben.«

Alex sieht zu mir. Für einen Moment war ich abgelenkt und habe entsprechend keine Ahnung, worüber gerade gesprochen wird.

»Es ist doch auch gar nicht weiter … Gran.« Seufzen. »Also gut, ich stelle dich laut, obwohl das eigentlich gar nicht notwendig ist bei deinem Stimmvolumen. Du kannst jetzt mit Julie sprechen.«

Ergeben streckt Alex die Hand mit dem Telefon in meine Richtung, während er sich gleichzeitig aufsetzt, sorgsam darauf bedacht, seinen Schoß weiterhin unter der Bettdecke zu verbergen. Viel mehr allerdings nicht.

Ablenkungen. Allüberall.

»Julie?«

Ich räuspere mich. »Guten Morgen, Mrs. Logan.«

»Guten Morgen, Kindchen. Hast du gewusst, dass unser Alex am kommenden Mittwoch Geburtstag hat? Er wird dreißig!«

Überrascht sehe ich Alex an. Der macht ein gequältes Gesicht und zuckt mit den Schultern.

»Nein, das wusste ich tatsächlich noch nicht. Wir … ähm, wir sind …«

»Ihr seid noch nicht dazu gekommen, über so etwas zu sprechen, das verstehe ich, meine Liebe.«

Alex reibt sich die Stirn, und ich verkneife mir ein Grinsen.

»Wie dem auch sei«, fährt seine Großmutter überaus geschäftsmäßig fort, »und wie ich meinem Enkel vorhin schon erklärt habe, würde ich euch beide gern zum Essen einladen. Du hast doch am Mittwoch noch nichts vor?«

»Ich …« Wieder werfe ich einen Blick auf Alex, um mich zu vergewissern, dass ich nichts Falsches sage, doch der spiegelt lediglich meinen fragenden Gesichtsausdruck, als wüsste er selbst nicht, wohin uns diese ganze Geschichte noch führen wird. »Ich möchte mich auf keinen Fall in eine Familienfeier drängen«, sage ich schließlich.

»Oh, papperlapapp – *ich* komme mir so vor, als würde ich mich aufdrängen. Immerhin ist Alex erwachsen, hat eine Freundin, wieso sollte er da mit seiner alten Großmutter feiern wollen?«

»Weil … Ich bin mir sicher, er würde niemals ohne Sie Geburtstag feiern.«

Alex verdreht die Augen, doch er sieht absolut ergeben dabei aus. Zum Dahinschmelzen. *Was?* Hab den Faden verloren.

»… ihr zwei habt schließlich noch die ganze Nacht.«

»Ähm, wie bitte?«

»Okay, gut jetzt.« Alex drückt eine Taste und führt das Handy zurück an sein Ohr. »Wo möchtest du essen, Gran? Ich reserviere einen Tisch. Und ich lade ein. Ja. Nein, das ist in Ordnung. Mittwoch, 19:00 Uhr. Klar, ich komme trotzdem später vorbei. Bis dann.«

Alex lässt das Telefon neben sich fallen, bevor er die Hände im Nacken verschränkt, als wäre er gerade Marathon gelaufen.

»Wir brauchen eine Strategie für diesen Abend«, sagt er.

»Die brauchen wir ganz dringend.«

Er sieht mich an, sehr ernst, sehr lange, dann schweift sein Blick zu meinem Nachtkästchen. »Ist das …?« Mit gerunzelter Stirn wedelt er in die Richtung.

»Oh, Mist.« Schnell greife ich nach meiner Beißschiene und verstecke die Hände dann wie ein Schulkind hinter dem Rücken. »Das ist … Ich knirsche mit den Zähnen, und …«

Ich sehe den Moment genau, in dem Alex seine Contenance verliert, bevor er in schallendes Gelächter ausbricht.

Ich werfe mein Kissen nach ihm.

Es ist bei Weitem der glücklichste Sonntagmorgen, den ich seit Langem hatte.

»Das hätten wir längst tun sollen.«

»Ich auf jeden Fall. Bei dir bin ich mir nicht so sicher. Wie lange lebst du schon in Brighton?«

»Bin hier aufgewachsen.« Hannah greift in ihre Handtasche und zieht eine kleine Tüte Walkers-Chips Salt & Vinegar hervor. »Aber das ist es ja gerade: Wenn du in einer Stadt groß wirst, hast du nie das Bedürfnis, so eine touristische Bus-Tour mitzumachen. Was eine Schande ist! Man erfährt so unglaublich viel über seine Heimatstadt.« Sie öffnet die Chips und hält mir die Tüte hin: »Möchtest du?«

Ich nehme mir eine kleine Handvoll. »Dabei hörst du gar nicht hin.«

»Ich höre genug!« Mit diesen Worten steckt sie sich zumindest einen Kopfhörer-Stöpsel zurück ins Ohr und lässt zufrieden kauend den Blick schweifen.

Es ist ein ganz gewöhnlicher Dienstag. Der Dienstag nach dem bedeutsamen Wochenende, um genau zu sein; Hannah hat sich einen Tag freigenommen, und so sitzen wir nebeneinander im obersten Stock des Doppeldeckerbusses, um – Hop-on, hop-off – an einer ganz gewöhnlichen Stadtrundfahrt teilzunehmen.

Es ist ziemlich kalt hier oben. Mitte April hat der Wind noch einmal ordentlich aufgefrischt, und ich bin heilfroh um den Schal, den ich wohlweislich aus dem hintersten Winkel meines Schranks hervorgekramt habe. Immerhin regnet es nicht.

Für die überdimensionale Sonnenbrille, die sich Hannah auf die Nase gesetzt hat, besteht dennoch kein Grund. Sie hat sich mit ihrem Touri-Ausflugsoutfit wahrlich Mühe gegeben: Sonnenbrille, Sommerkleid, immerhin eine Steppjacke darüber, und Boots, doch über allem thront ein ausladender Strohhut, den sie zwischen uns auf die schmale Bank des Busses quetscht, weil der Fahrtwind ihn ihr ansonsten vom Kopf reißen würde.

»Dieser George der Vierte«, sagt sie, »der hatte wirklich einen an der Klatsche.«

Ich blicke an ihr vorbei auf den Royal Pavilion, vor dem der Bus gehalten hat. Wir könnten hier aussteigen, um uns das königliche Anwesen mit seinen Säulen und Zwiebeltürmen genauer anzusehen, doch Hannah und ich haben beschlossen, die Rundfahrt einmal vollständig zu absolvieren, bevor wir im alten Fischerviertel *The Lanes* aussteigen, um uns mit einer Shopping-Tour zu belohnen.

»Man kommt sich vor wie in Tausendundeiner Nacht«, fügt Hannah hinzu, »nicht wie in England.«

»Es ist eine gigantische Touristenattraktion. Das ist doch auch schon was.«

»Möchtest du reingehen?«

Ich zucke mit den Schultern. »Wer weiß? Heute aber nicht. Heute bin ich zu …«

»… aufgeregt?«

»… abgelenkt«, korrigiere ich.

Hannah dreht sich zu mir. »Weil du mit deinem höchsteigenen Prinzen morgen ein Date hast«, singt sie.

»Weil mir und meinem Mitbewohner morgen wieder ein Abend bevorsteht, an dem wir einer liebenswerten alten Frau etwas vorschwindeln, und das nun schon zum zweiten Mal.«

»Ich kann nicht glauben, dass Mrs. Gastrell euch da dermaßen reingeritten hat. Wieso hat sie das getan? Wieso hat sie Alex' Großmutter gesagt, ihr wärt ein harmonisches Paar?«

Hannahs Gesichtsausdruck wechselt zwischen Erstaunen, Faszination und so etwas wie irrer Freude.

»Lass das«, befehle ich ihr.

»Was genau?«

»Dieser Ausdruck auf deinem Gesicht. Er gefällt mir nicht.«

Hannah lacht. »Aber *mir* gefällt das alles ganz außerordentlich. Kennst du diese Liebesromane über zwei, die so tun, als wären sie ein Paar? Und die sich dann tatsächlich verlieben, Hals über Kopf?«

»*Nein.*« Ich sage es resoluter als beabsichtigt, denn diese ganze Geschichte zwischen Alex und mir macht mich nervöser, als ich Hannah – oder auch mir selbst – eingestehen möchte.

Seit dem Besuch seiner Großmutter und der Einladung am nächsten Morgen ist die Situation zwischen uns beiden noch ein winziges bisschen verquerer geworden. Der Paravent ist wieder am Platz, doch unser Zusammenwohnen ist in Schieflage geraten. Ich weiß jetzt, wie es sich anfühlt, mit Alex zu flirten, ihm nah zu sein, rein hypothetisch natürlich, und kann mir nicht erklären, woher dieses Herzklopfen kommt, das es verursacht.

Diese Wärme in seinem Blick, wenn er mich ansieht, sie ist neu und beunruhigend und verwirrend zugleich. Ich denke, Alex ist die Veränderung ebenfalls bewusst. Wenn sich unsere Blicke auf diese Art treffen – diese neue, sanfte, zugewandte Art –, sind wir beide schnell darin, wegzusehen. Weil uns gleichermaßen klar ist, dass das, was wir seiner Großmutter vorspielen, kein echtes Vorspiel sein kann? Dass es unsagbar leichtsinnig wäre, die Ansätze einer Freundschaft, die wir gerade so gepflanzt haben, sofort wieder herauszureißen, um sie durch etwas Größeres, nicht so leicht Zurücknehmbares, zu ersetzen? Weil wir beide wissen, dass es im Grunde zu nichts führen kann, zu gar nichts, gemessen daran, dass ich nicht einmal mehr sechs Wochen in Brighton sein werde?

Alex gefällt mir, wenigstens das kann ich mir eingestehen. Es ist einfach so passiert, durch jede Menge Textnachrichten, Zimtschnecken zum Frühstück, Pies zum Dinner, und Blicke, die meine Knie weich werden lassen. Doch mein Leben, so wie es sich gerade verhält, ist verworren genug. Ich darf es nicht durch eine Affäre mit einem Mann verkomplizieren, der zwar nett, aber auch eindeutig nicht auf der Suche nach jemandem ist. Und ich denke, Alex geht es ähnlich. Da ist etwas zwischen uns, doch wir werden uns beide hüten, genauer hinzusehen.

»Julie?«

»Oh, sorry.« Mit einem Schlag wird mir wieder bewusst, wo ich mich befinde.

Sie grinst. »Wo warst du gerade mit deinen Gedanken, Frau Doktor? Doch nicht etwa bei Mr. Wir-tun-nur-so-als-ob?«

Ich ignoriere die zugegebenermaßen treffende Annahme. Stattdessen frage ich: »Was ist eigentlich mit dir? Du hast gesagt, du bist Single, bisher war nichts Passendes für dich dabei, du hast den Richtigen noch nicht gefunden, und so weiter, und so fort – wie wäre es mal mit ein paar Details aus deinem Liebesleben? Anstatt immer nur über mein nicht vorhandenes zu spekulieren?«

»Oh, ich weiß, was du vorhast«, erwidert Hannah sofort, »und es wird dir nicht gelingen. Von wegen, nicht vorhandenes Liebesleben.« Sie schnaubt.

Dann wendet sie den Blick unserer Umgebung zu, der Strandpromenade und dem Meer dahinter, das sich heute dunkelgrau und schwer auf den groben Kiesstrand wirft. Ich muss an Dante denken, wie er nackt in dieses schwarze Wasser gesprintet ist – und ich in Richtung Taxi davon. An dem Abend habe ich Alex zum ersten Mal mit anderen Augen gesehen, und es kommt mir vor, als wäre das ewig her und nicht erst ein paar Wochen.

Gewaltsam zwinge ich meine Gedanken zurück ins Hier und Jetzt. Ich sollte wirklich aufhören, andauernd über Alex und mich nachzugrübeln, es bringt mich keinen Schritt weiter.

»Also?«

Sie seufzt. Dann knüllt sie die leere Packung Chips zusammen und stopft sie in ihre Handtasche zurück. Ihr Blick fällt auf den Sonnenhut, dann auf mich, über den Rand ihrer Sonnenbrille hinweg. »Finde den Fehler«, sagt sie.

Ich runzle die Stirn. »Was? Welchen Fehler?«

Noch mehr Seufzen. »Ach, ich weiß nicht.« Hannahs Schultern heben sich. »Manchmal denke ich, ich bin nicht der Typ Frau, den Männer so ansehen – so, wie Alex dich ansieht, zum Beispiel.«

Ich öffne schon den Mund, um zu protestieren, da fährt sie fort: »Ja, ja, schon gut.« Ein kurzes Lächeln, dann: »Ich meine, *ich* bin keine Frau, die von Männern so angesehen wird. Aus irgendeinem Grund bin ich offensichtlich nicht diejenige, mit der sich Männer eine Beziehung vorstellen können – keine feste zumindest. Oh ja, ich habe Sex, gar nicht wenig, um ehrlich zu sein. Es gibt durchaus Männer, die mich attraktiv finden. Nur wollen sie meistens mit mir schlafen und darüber hinaus nicht viel mehr. Ich denke manchmal, ich bin zu laut, zu forsch ... einfach *zu viel* womöglich.« Sie zuckt mit den Schultern. »Die meiste Zeit über ist es mir egal. Manchmal macht es mich traurig. Aber niemand kann aus seiner Haut. Richtig?«

Einen Moment lang sehe ich Hannah wortlos an, dann schüttle ich vehement den Kopf. »Du bist nicht zu viel, zu forsch oder zu laut. Du bist offen, lustig, liebenswert und sehr, sehr smart. Die Männer, die lediglich mit dir ins Bett wollen, sind erstens dumm und dir zweitens nicht gewachsen. Es ist ziemlich schwer, jemanden zu finden, der einem ebenbürtig ist. Versuch und Irrtum, aber ich bin mir ganz sicher, dass es jemanden gibt, der deinen unfassbar liebenswerten und klugen Charakter zu schätzen weiß und deiner Liebe würdig ist.«

Hannah verzieht zweifelnd das Gesicht. »Danke für dieses Wort zum Sonntag, aber ...«

»Ich meine es ernst«, betone ich. »Such den Fehler um Himmels willen nicht bei dir! Fünfundneunzig Prozent der Männer sind es nicht wert, dass wir an uns zweifeln.«

Wir sehen einander an, während der Bus eine leichte

Kurve nimmt und Hannah automatisch ein Stück näher an meine Seite gedrückt wird. Sie lehnt den Kopf an meine Schulter. Ich neige meinen ebenfalls in ihre Richtung.

»Ich bin froh, dass du nach Brighton gekommen bist«, sagt Hannah schließlich.

»Das bin ich auch.«

»Du kommst doch ab und zu zurück, wenn du wieder in Newcastle lebst?«

Mein Herz zieht sich zusammen bei ihren Worten, aus den unterschiedlichsten, verworrensten Gründen. »Ganz sicher«, verspreche ich dennoch. »Auf jeden Fall.«

Wir verlassen den Bus nahe des Brighton Square, von wo aus wir durch das ehemalige Fischerviertel *The Lanes* bummeln wollen. Die Ansammlung von kleinen Straßen und Gassen ist der älteste Teil der Stadt und bietet eine riesige Auswahl an unabhängigen Shops und Boutiquen, die in farbenfrohen, verwinkelten Häuschen untergebracht sind. Ich liebe die Gegend auf Anhieb, die bunten Fähnchen, die sich über die Gassen spannen, das wuselige Treiben darunter. Hannah hat sich bei mir untergehakt, und wir grinsen uns an, während wir von Schaufenster zu Schaufenster schlendern, auf der Suche nach allem und nichts.

»Denkst du, ich sollte mir für morgen etwas Neues zum Anziehen kaufen?«, frage ich Hannah, als wir vor einer kleinen Boutique stehen bleiben.

»Ich weiß nicht«, erwidert sie in gespielter Ratlosigkeit. »Ist es denn ein so besonderer Abend für dich?«

Ich schubse sie sachte zur Seite, und sie lacht.

»Ich meine es ernst – wer weiß, wo wir hingehen. Es ist sein Geburtstag. Ich möchte ungern underdressed dort auftauchen.« Zweifelnd sehe ich an mir hinunter. Das übliche formlose Kleid, diesmal in einem erdigen Grünton, über schwarzen Leggings, dazu meine dunkelbraunen Chelsea-Boots. *Solide.*

»Wenn du mich fragst, ist underdressed viel besser als overdressed, und ganz abgesehen davon: Du bist immer sehr gut gekleidet. Alex mag dich offensichtlich genau so, wie du bist, also …« Reichlich süffisant hebt Hannah die Schultern, und ich schubse sie ein zweites Mal, diesmal ein kleines bisschen fester.

Sie lacht nur noch mehr.

»Ich werde das dunkelblaue Kleid anziehen«, sage ich schließlich. »Mit einem hellgrünen Tuch.«

»Perfekt.«

»Solide.«

»Ein großartiges Geschenk. Er wird ganz verrückt danach sein, es auszupacken.«

Von jetzt auf gleich bleibe ich wie angewurzelt stehen. »Oh, mein Gott – ein Geschenk!«

»Du bist ganz blass geworden.«

»Das ist nicht witzig! Ich habe komplett vergessen, dass ich auch noch ein Geschenk brauche!«

»Nach allem, was er dir an diesem Abend abverlangt – ich sage nur: Großmutters Lieblingsschwiegerenkelin –, könnte man meinen, du wärst Geschenk genug.«

»Bin ich nicht.« Beinah panisch sehe ich mich um. »Okay, Planänderung: Geschenksuche statt Schaufensterbummel.«

»Tee zuerst«, sagt Hannah. »Über einer schönen Tasse Darjeeling fällt uns sicher schneller etwas sein.«

Den Rest des Nachmittags verbringen Hannah und ich mit der Suche nach einem passenden Geschenk und hitzigen Diskussionen über was, warum und welche Bedeutung dem beizumessen ist.

»Du hast folgende Möglichkeiten«, erklärt Hannah. »Du schenkst ihm etwas, damit er sich mehr zu Hause fühlt, zum Beispiel ein Bild, eine Tasse ... Pantoffeln!«

»Oh, mein Gott.«

»Oder aber, du greifst auf die Klassiker zurück. Wie wäre es mit einer Geldbörse? Socken?«

Ich stöhne. »Du bist keine Hilfe, Hannah. Gar keine.«

»Das tut mir leid.« Sie grinst. »Es ist nur so schön, dich so zu sehen. So ...«

»Sag es nicht!«

»Ich sage es nicht.«

Dass ich am Ende des Ausflugs doch noch das richtige Geschenk für Alex finde, habe ich mehr einer plötzlichen Eingebung zu verdanken als der Unterstützung meiner absurden Freundin.

Verliebt, denke ich. Das war das Wort, das Hannah kichernd hinter einem Hüsteln verbarg, bevor ich sie rigoros weiterzog. Bin ich verliebt in Alex Logan?

Um Himmels willen, Julie, denke ich. *Hast du nicht schon genug Probleme?*

22
Alex

Julie sieht umwerfend aus.

Ich frage mich ehrlich, weshalb ich ihre Kleider zu Beginn als zu sackartig, zu unförmig empfunden habe, wo ich mittlerweile nichts anderes sehe als ein in klassischem Boheme-Chic gekleidetes Wesen, das mich aus großen, dunklen Augen anfunkelt, das Lächeln breit und wunderschön auf ihren Lippen.

Ich habe uns ein Taxi gerufen. Wir sind auf dem Weg zur Residenz, um Gran abzuholen, anschließend wollen wir in ein französisches Lokal in Kemptown, das mir ein Kollege empfohlen hat. Nicht dass irgendjemand in der Kanzlei geahnt hätte, dass heute mein Geburtstag ist. Ich schätze, nach dem offiziellen Bewerbungsdrill schert sich niemand mehr um private Daten oder so etwas Profanes wie Wiegenfeste.

Ich lasse meinen Blick nach links schweifen, zu ihr.

Julie war bisher die Erste und Einzige, die mir gratuliert hat – mit einem runden Teacake, in dem eine kleine Kerze steckte und den ich auf meinem Nachttisch vorfand, als ich heute Morgen die Augen öffnete. Sie muss in der Nacht aufgestanden sein, um ihn dort zu platzieren. Die Karte und das Geschenk daneben warten nach wie vor ungeöffnet auf einen ruhigeren Moment, den wir hoffentlich haben werden, wenn der Abend hinter uns liegt.

Ich merke, wie mein Bein unkontrolliert zu hibbeln beginnt, doch ich bringe nicht wirklich die Energie auf, es zu stoppen. Ich bin nervös, ich weiß nicht, warum. Ich meine, ich weiß, warum, es ist der Grad der Nervosität, der mich überrascht.

Julie legt eine Hand auf mein Knie, und ich zucke zusammen. Sie zieht sie sofort wieder weg, doch das Hibbeln hat aufgehört, und einem spontanen Impuls folgend, greife ich nach ihren Fingern und drücke sie. Ich halte sie fest. Julie lässt mich.

Es fühlt sich absolut richtig an.

Ich räuspere mich. »Sollten wir noch irgendetwas durchsprechen, bevor Gran zusteigt? Ich weiß nicht, irgendwelche Absprachen treffen?«

»So wie ich deine Großmutter kennengelernt habe, wird sie uns sicher mit etwas überraschen, auf das wir uns gar nicht vorbereiten könnten«, erwidert sie.

Ihre Hand liegt zart und warm in meiner und ich kann nicht verhindern, dass Hitze in mir aufsteigt. *Himmel noch mal, Alex – jetzt reiß dich zusammen.*

Ich sehe aus dem Fenster. »Wir sind gleich da.«

»Du bist nervös.«

Ich drücke ihre Hand. »Eins zu null für dich, Sherlock.«

»Wieso weiß deine Großmutter eigentlich nicht, dass du Taxi fährst?«

Für einen Augenblick bin ich in Versuchung, Julie irgendeine Floskel zu füttern, so etwas wie *Sie muss ja nicht alles wissen,* blabla – doch dann entscheide ich mich schlicht für die Wahrheit: dass die ersten Jahre als Anwalt die härtesten sind und leider auch die am schlechtbezahltesten.

»Ich will sie nicht beunruhigen. Sie weiß nicht, wie es um meine Finanzen steht, und so soll es auch bleiben.«

»Du kommst für ihre Unterbringungskosten auf, richtig?«

Ich nicke.

»Und ... die meisten haben am Ende ihres Studiums noch jede Menge Miese auf dem Konto, die zurückgezahlt werden müssen.«

Diesmal hebe ich die Brauen. »Willst du damit sagen, dass ich mir keine Mühe zu geben brauche, weil Gran sich ohnehin zusammenreimen kann, wie sich meine derzeitige Finanzsituation darstellt?«

Julie lächelt, und sofort fühle ich mich besser. »Ich will damit sagen, dass du ein fantastischer Enkel bist, mehr nicht.«

Ich sehe sie an. Und dann tue ich etwas, wovon ich später sicher nicht mehr werde sagen können, warum ich es getan habe: Ich hebe Julies Hand an meine Lippen und küsse sie sanft.

Mit halb geöffnetem Mund starrt Julie erst ihre Hand an, dann mich. Und mit einem Mal ist die Atmosphäre in diesem Auto wie geladen, als habe uns ein Blitz gestreift.

»Wir sind da«, ruft der Fahrer.

Im nächsten Augenblick steigt meine Großmutter ins Taxi, sieht von einem zum anderen und beginnt zu grinsen. »Oh, ihr zwei! Wieso seht ihr aus, als hätte ich euch bei etwas ertappt?«

Der Abend ist anstrengend, aber auch sehr, sehr schön. Mittlerweile fällt es mir leicht, zuzugeben, dass es mir gefällt, Julie um mich zu haben: Sie lächelt oft, lacht noch mehr – mit mir, über mich, je nachdem, welche Anekdoten meine Großmutter gerade zum Besten gibt.

»Als ich dreißig war«, sagt sie gerade, »da haben wir in Schlaghosen getanzt, in verrauchten Clubs zu heißer Discomusik.«

»Heiße Discomusik?« Ich wechsle einen amüsierten Blick mit Julie. »Sieh an.«

»Jedenfalls hätte ich meinen Geburtstag nicht mit meiner Großmutter gefeiert!«

»Warum nicht?«, frage ich. »War sie nicht so cool und locker und *heiß* wie meine?«

Gran schnaubt. »Das war nicht die Generation für cool und locker, glaub mir. Ich bin mitten im Krieg geboren, und … Ach.« Sie macht eine wegwerfende Handbewegung. »Genug davon. Heute geht es um dich, Alex! Dreißig! Liebe Güte, wie die Zeit vergeht. Ich weiß noch sehr genau, wie deine …«

Sie stockt, und ich halte den Atem an. Ich kann mir vorstellen, was sie als Nächstes sagen wollte, und hoffe inständig, dass sie es nicht tut. Nicht heute. Nicht an meinem Geburtstag.

Julie sieht Gran abwartend an, dann blickt sie zu mir, und der Ausdruck auf ihrem Gesicht verändert sich.

Und ich fühle mich durchschaut. Ich bin nicht sicher, wie es passiert ist, doch offensichtlich hat Julie Cooper in den vergangenen Wochen gelernt, mich zu lesen wie ein aufgeschlagenes Buch. Großdruck! Was mich zu dem Schluss bringt, dringend an meinem Pokerface zu arbeiten, immerhin verdiene ich mein Geld damit.

»Dreißig ist zumindest eine Marke«, bricht sie schließlich

das Schweigen und grinst mich an. »Ist das nicht so ein Meilenstein, wo man schon tausend Dinge im Leben erreicht haben sollte? Einen Baum pflanzen, eine Tradition schaffen, ich weiß nicht … irgendetwas Verrücktes angestellt haben?«

»Ah, verrückte Dinge hat Alex zur Genüge angestellt.« Gran tätschelt meine Hand. »Erinnerst du dich daran, wie du andauernd das Badewasser trinken wolltest, weil dir der Duft so gefallen hat? Ich konnte dich nicht davon abbringen, obwohl dir regelmäßig davon übel geworden ist.«

»Gran.« Ich stöhne.

Julie grinst breit.

»Und dann dieser Spleen, dir andauernd die Kleider vom Leib zu reißen und nackt durch die Gegend zu rennen? Das war urkomisch! Aber auch recht delikat, je nachdem, wer gerade zu Besuch war.«

»*Gran!*«

Jetzt lacht Julie lauthals auf. »Wie alt war er da? Sechzehn, siebzehn?«

Aus sehr schmalen Augen werfe ich ihr einen strafenden Blick zu. »Fünf! Ich war fünf! Und mit Sicherheit nicht das einzige Kind, das mit Nacktsein keine Probleme hatte.«

»Mit Nacktsein und …«

»Großmutter! Stopp. Genau hier.«

Sie kichert. »Also gut. Genug von den heiklen Geschichten. Vielleicht sollten wir erst einmal bestellen.«

Sie schlägt die Speisekarte auf, die bislang ungeöffnet vor uns gelegen hatte, Julie und ich tun es ihr nach.

»Das ist … eine interessante Auswahl«, sagt Julie.

»Höchst fischlastig«, stimmt Gran zu.

»Es ist ein bretonisches Restaurant«, erkläre ich, gleichermaßen durch den Ton der beiden verunsichert als auch von der Speisenauswahl. Ich meine, Austern, klar – ich hasse die labbrigen Dinger, aber es ist und bleibt nun mal ein französisches Lokal. Allerdings … weiße Blutwurst auf geröstetem Brot?

»Ich nehme *Moules et frites*«, erklärt Julie, bevor sie die Speisekarte zuschlägt.

»Muscheln und Fritten.« Gran nickt. »Das nehme ich auch. Dazu einen Cidre.«

»Sehr gute Wahl. Machen wir zwei draus.«

In stummer Übereinkunft sehen mich die beiden abwartend an. »Ich … nehme ein Steak, schätze ich.« Sie haben tatsächlich Froschschenkel auf der Karte. Froschschenkel! Wer isst so was? »Cider klingt gut.«

»Cidre heißt das hier.«

»Cidre.« Ich werfe meiner Großmutter einen strengen Blick zu. Sie wirkt eindeutig zu fröhlich. Ich möchte nicht wissen, was da noch kommt.

»Wer hat dir dieses Restaurant gleich noch mal empfohlen?« Ihre Stimme klingt süßlich und um Längen zu harmlos. »Ein lieber Kollege?«

Wusste ich es doch. »Stimmt. Ein Kollege. Ich habe ihn gefragt, wo man in Brighton zu einer besonderen Gelegenheit essen geht, und das kam dabei heraus.«

»Scheint einen erlesenen Geschmack zu haben. Allerdings …« Gran legt den Kopf schief und die Stirn in Falten. »Wer es fertigbringt, winzige Vögelchen zu verspeisen und Fröschen die Beine auszureißen, meint es womöglich nicht wirklich gut mit dir. Ist er nett?«

Mein Blick huscht zu Julie. Sie verkneift sich ein Lächeln. Ich seufze. »Er ist in Ordnung, schätze ich. Anwalt eben.«

Julie beginnt zu prusten, bevor sie ihr Lachen hinter einem vorgetäuschten Husten verbirgt. Meine Großmutter aber sieht mich an, mit einer Mischung aus Schalk und Ernst im Blick. Dann sagt sie: »Ich würde es Alex wirklich nicht verdenken, wenn er endlich zugeben würde, dass ihn der Job in dieser Kanzlei unglücklich macht.«

Ich erstarre, einige zähe Sekunden lang.

Dann rettet mich glücklicherweise erst der Kellner, der unsere Bestellung aufnimmt, und danach Julie, indem sie fragt: »Was haben Sie gemacht, als Sie dreißig waren? Haben Sie gearbeitet?«

»Und ob, Kindchen! Und wie gern! Ich habe Köchin gelernt in einem kleinen Restaurant in Chelsea, später bin ich in eine Hotelküche gewechselt. Dort habe ich auch John kennengelernt, er hat für eine Gärtnerei gearbeitet, die uns Gemüse und Obst lieferte. Er war …«

Ich merke, wie ich mich bei der Erwähnung meines Großvaters verspanne. Julie scheint es ebenfalls zu spüren, ihr Gesicht neigt sich in meine Richtung, doch sie sieht mich nicht an.

»Es war Liebe auf den zweiten Blick, doch dann war sie groß«, sagt Gran. »Und ich im Nullkommanichts schwanger.« Sie lacht, kurz allerdings nur, dann tritt der mir allzu bekannte Schmerz in ihre Augen, der Zug um ihren Mund wird bitter. Ich bin leider nicht der Einzige, den meine Mutter im Stich gelassen hat. »Später habe ich nebenbei in einer kleinen Frühstückpension mitgeholfen. Porridge gekocht, Eier pochiert, solche Sachen, nichts Besonderes. Aber ich habe es immer sehr gemocht, zu arbeiten. Bis … bis es eben aus organisatorischen Gründen nicht mehr länger möglich war.« Sie wirft mir einen Blick zu, widmet sich dann ihrem Cidre.

Neben mir atmet Julie tief ein. Und spontan, weil ich ihr dankbar bin, dass sie keine Fragen stellt, dass sie mitspielt, dass sie mir diesen Abend gleichermaßen versüßt und erträglich macht, greife ich nach ihrer Hand und drücke sie.

Überrascht sieht sie mich an, lächelt dann, und meine Großmutter gibt ein zufriedenes Brummen von sich.

»Manchmal funktioniert auch die Liebe auf den ersten Blick.« Sie nickt uns bedeutungsvoll zu und schenkt dann ihre Aufmerksamkeit dem Kellner, der unser Essen serviert.

Bis wir beim Dessert angekommen sind – Zitronentarte für Julie und mich, Crème brûlée für Gran –, ist sie leergeredet und müde und wir beschließen den Abend auf dieselbe Art, wie wir ihn begonnen haben, mit nur einem Unterschied: Als das Taxi vor dem Eingang Hallbeck Hill zum Stehen kommt, beschließen Julie und ich spontan, ebenfalls auszusteigen und zu Fuß weiterzugehen. Es ist eine schöne Nacht, klar und nicht extrem kalt, also verabschieden wir uns von Gran und schlendern dann in Richtung Innenstadt.

»Einen Absacker?«, schlage ich vor. »Kaffee wäre mir recht.«

»Unbedingt«, erwidert Julie. »Zurück zum Kaffee. Exakt das richtige Getränk, um auf deinen Geburtstag anzustoßen.«

»Höre ich da eine gewisse Spitzfindigkeit heraus?«

»Ich weiß nicht, ich meine – in deinem Alter! Würdest du sagen, du hörst noch gut?«

Ich greife nach Julie, um sie spielerisch in den Schwitzkasten zu nehmen, und so stolpern wir ein paar Schritte lachend die Straße entlang. Und dann, als wir uns aufrichten, lasse ich sie einfach nicht mehr los. Ich habe den Arm um ihre Schultern gelegt, sie hat ihren um meine Taille geschlungen. Und während wir auf das Pub zusteuern, zwinge ich mich dazu, nicht darüber nachzudenken, was passieren wird, wenn wir später gemeinsam nach Hause gehen.

»Auf dich. Happy Birthday, Alex!« Julie hält mir ihr Cider-Glas entgegen. Wir haben beschlossen, dabei zu bleiben, weil er immerhin weniger Alkohol enthält als Bier oder Wein und – Julies Meinung nach – wenigstens annähernd wie ein Getränk aussieht, mit dem sich auf einen runden Geburtstag anstoßen lässt.

»Vielen Dank.« Ich lasse mein Glas gegen das von Julie klirren. »In so netter Gesellschaft ist es ein wahres Vergnügen zu altern.«

Wir trinken. Ich ertappe mich dabei, wie ich auf Julies Lippen starre, die voll sind und schimmern, und an der Tatsache, dass sie errötet, wird klar, sie hat es bemerkt.

Ich reibe mir die Stirn und versuche nicht mal, die Geste zu unterdrücken. Ich bin leicht angetrunken, dazu in seltsam gefühlsduseliger Stimmung, für die ich die Geschichten meiner Großmutter verantwortlich mache, und ganz nebenbei würde ich Julie furchtbar gern küssen. Wirklich, ich würde sie wahnsinnig, über alle Maßen liebend gerne küssen.

»Deine Großmutter ist so nett.«

Julie wirkt leicht fahrig. Und kann sie neuerdings Gedanken lesen?

»Es ist so schön zu sehen, wie liebevoll ihr miteinander umgeht.«

»Das ist wohl so, wenn man nur noch einander hat.« Ich zucke mit den Schultern. »Gran ist alles, was ich habe, und vice versa. Meine Mutter hat mich bei ihr abgegeben, als ich fünf war. *Es soll jetzt einmal nur um mich gehen.* Das waren ihre Worte. Mein Großvater hielt das für keine gute Idee, er hat Gran daraufhin sitzen lassen. *Uns*, besser gesagt. Eine Aushilfsköchin und ein Kleinkind, die sehen mussten, dass sie allein zurechtkamen.«

»Oh, mein Gott, Alex.« Julie sieht mich erschrocken an. »Das tut mir so leid. Wieso … Ich meine, deine Mutter …«

»So, wie sie es sagte: Es sollte *einmal* nur um sie gehen.« Ich lache auf, aber es klingt bitter. So bitter, dass ich die Worte auf der Stelle zurücknehmen und das Thema wechseln möchte. Doch dann tue ich es nicht.

»Sie war neunzehn, als sie schwanger wurde, unglücklicherweise ohne eine Ahnung, von wem. Mit vierundzwanzig gab sie mich bei Gran ab, und ich habe sie erst fünf Jahre später wiedergesehen.« Ich schlucke, greife dann nach meinem Cider. Als ich ihn abstelle, nimmt Julie meine Hand.

»Sie wollte mich zurück, ich wollte bei meiner Großmutter bleiben. Sie zettelte einen Rechtsstreit an, bekam den Zuspruch, es war die Hölle. Ein paar Monate später verliebte sie sich in irgendeinen Spanier und brachte mich zu Gran zurück.«

»Meine Güte.« Julie lehnt ihre Stirn an meine Schulter, und aus einem Reflex heraus neige ich den Kopf und drücke ihr einen Kuss aufs Haar. Sie riecht nach Erdbeershampoo. Als sie den Kopf hebt, küsse ich sie beinah auf den Mund.

Beinah.

»Sie kam noch einmal zurück, ein paar Jahre später, doch da war ich schon zu alt, als dass sie mich noch mal hätte verschleppen können.«

»Wo ist sie jetzt?«

Ich zucke mit den Schultern. »Weit weg, hoffe ich, aber ich weiß es nicht genau. Mein letzter Stand ist, dass sie in einer Art Hippie-Kommune in Kalifornien lebt, aber das ist schon anderthalb Jahre her.« Mit einer Hand greife ich in Julies Haar, ich kann nicht widerstehen, und sie lässt es geschehen. »Ich hasse sie sehr«, sage ich leise. »Ich hasse es, was sie mir angetan hat, aber auch, was es mit Gran macht. Sie hat nicht nur mich verlassen.«

»Ich kann mir gar nicht vorstellen, meine Mutter oder meinen Vater wirklich zu hassen.« Julies Stimme klingt belegt, ihre Augen funkeln verräterisch, und ich kann an nichts anderes mehr denken als daran, dass ich jetzt gern woanders mit ihr wäre.

»Es ist nicht leicht«, sage ich. »Aber irgendwann hat man den Dreh raus.«

Wir gehen Hand in Hand nach Hause.

»Weißt du«, sagt Julie, als wir in die Chestnut Road gehen, »irgendwie habe ich mir das mit dieser Fake-Beziehung anders vorgestellt.«

»Wie hast du es dir vorgestellt?«

»Nun ja, nicht so.« Sie hebt unsere ineinander verschränkten Hände, wirft mir dann einen Blick zu. »Zum Beispiel dachte ich, Händchenhalten ist nur vor Publikum angebracht. Genauso wie …«

»Wie?« Ich bleibe stehen.

»Genauso wie …«, beginnt Julie, doch sie stockt, als ich mich zu ihr hinunterbeuge.

Exakt in diesem Moment hupt uns ein Auto an, mit einer Gruppe grölender junger Leute darin.

Erschrocken fahren wir auseinander.

»Nehmt euch ein Zimmer!«, ruft jemand, und wir brechen in Gelächter aus.

»Zu dir oder zu mir?« Julie sieht mich grinsend an, während sie die Tür zu unserem Zimmer öffnet.

»Zu mir.« Ich nicke in Richtung meines Nachttischs, auf dem nach wir vor Julies Päckchen und der mit einer Kerze gespickte Tea-Cake auf mich warten. »Ich muss noch mein Geschenk auspacken.«

»Oh, da fällt mir ein … Warte!« Sie läuft zurück in den Gang, und ich höre sie in der Küche rumoren.

Sekunden später kommt sie mit einer kleinen Flasche und zwei Gläsern zurück.

»Die hatte ich noch im Kühlschrank.«

»Champagner?« Ich lächle sie an.

Julie beißt sich auf die Unterlippe, öffnet die Flasche, schenkt zwei Gläser ein. Wortlos prosten wir uns zu. Wir nippen an dem Champagner, ohne einander aus den Augen zu lassen.

»Und jetzt pack aus!« Julie lässt sich aufs Bett fallen, der Schaumwein schwappt gefährlich in ihrem Glas, während sie es auf meinem Nachttisch abstellt und gegen das Geschenk eintauscht. Sie streckt es mir entgegen.

Ich ziehe meine Jacke aus, nehme Julie das Präsent aus der Hand und setze mich neben sie. Sie schält sich ebenfalls aus ihrem Mantel, und die Bewegung weht mir einen Hauch ihres Parfüms entgegen. Ich halte die Luft an, bevor ich über mich selbst den Kopf schüttle. Ich habe keine Ahnung, woher diese plötzliche Anspannung kommt, dieses kaum bezähmbare Verlangen, Julie in meine Arme zu reißen und sonst was mit ihr anzustellen. Das Bedürfnis ist stärker und stärker geworden. Und jetzt … jetzt ist es kaum mehr zu ertragen.

»Was ist? Weshalb schüttelst du den Kopf?«

»Nichts«, sage ich schnell.

Ich wickle mein Geschenk aus. Es ist eine hellbraune Sofortbildkamera.

Julie sagt: »Du hast so wenig Zeit, um innezuhalten, da dachte ich, so eine Kamera hält flüchtige Augenblicke vielleicht am besten für dich fest.«

Ich sehe sie an.

»Du weißt schon, um dich später an die besonderen Situationen zu erinnern …«

Sie schluckt, als ich die Hand hebe und ihre Wange berühre. Für einen Wimpernschlag sieht es so aus, als wäre Julie zu Stein erstarrt, dann beugt sie sich in einer Geschwindigkeit nach vorn, die mich überrumpelt, und drückt ihre Lippen auf meine.

23
Julie

Für eine Sekunde frage ich mich, ob ich mich geirrt habe, Alex' Blicke und die zärtlichen Gesten falsch gedeutet haben könnte, doch dann schließen sich seine Arme um meinen Körper und er erwidert meinen Kuss genauso haltlos, wie ich mich fühle. Was auch immer sich in den vergangenen Tagen und Wochen zwischen uns zusammengebraut hat, entlädt sich hier und jetzt in ungezügelter Entschlossenheit.

Finger krallen sich in Stoff. Hände schieben sich darunter. Unkontrollierte Laute werden ausgestoßen, bevor sie in unterdrücktes Kichern, in *Ssssch, Mrs. Gastrell*, in leises Stöhnen übergehen. Bis zu dem Moment, in dem ich nackt neben Alex in seinem Bett liege, scheinen Stunden vergangen zu sein und sämtliche Gedanken aus meinem Kopf geflogen – es gibt nur noch ihn, mich, die Luft, die zwischen uns knistert wie Brause. Nicht einmal die Tatsache, dass er Kondome in seinem Geldbeutel mit sich herumträgt, kann mich dazu veranlassen, an irgendetwas anderes zu denken als daran, dass ich ihn spüren und nicht mehr damit aufhören möchte.

»Julie?« Alex flüstert meinen Namen. Es klingt wie eine Frage, und zur Antwort schlinge ich meine Beine enger um ihn, umarme ihn so fest ich kann, damit kein weiterer Zweifel besteht.

Die kleine Kerze auf dem Tea-Cake ist längst abgebrannt. Im Dunkeln liegen Alex und ich nebeneinander, der Schein der Straßenlaterne vor dem Fenster wirft Schatten auf seine Haut. Meine Wange liegt auf seiner Brust. Sein Arm malt träge Kreise auf meinen Rücken.

»Weißt du, woran ich gerade denken muss?«, flüstert er.

»Woran?«

»Dass ich noch nie etwas mit einer Ärztin hatte. Das verleiht der Vorstellung von Doktorspielen doch gleich einen ganz anderen Charakter.«

Ich schnaube. »Das ist das Erste, was dir gerade eingefallen ist, ja? Alles klar.«

Ich fühle Alex' Lachen mehr, als dass ich es höre, dann spüre ich einen Kuss auf meinem Haaransatz.

»Nein, Julie Cooper, das ist nicht das Erste, das mir gerade eingefallen ist. Das *Erste* war, dass ich mich nicht erinnern kann, je einen besseren Geburtstag gehabt zu haben. Danke.«

Mit den Fingerspitzen hebt er mein Kinn an und küsst mich, erst ganz sacht, dann mit mehr Nachdruck. Ich spüre, wie ich binnen Sekunden in Flammen aufgehe, und als Alex seine Lippen von meinen löst, entdeckt er zweifellos in meinen Augen, was er geschürt hat, jedenfalls grinst er. Schief und äußerst amüsiert.

»Wer hätte gedacht«, kommentiere ich atemlos, »dass Juristen so scharf sein können?«

»Du findest mich scharf?«

»Zumindest halte ich dich nicht mehr für einen Typen, der Sekunden nach dem Koitus aufspringt, um sich aus dem Staub zu machen.«

Alex rückt ein Stück von mir ab. »*Das* hast du geglaubt?«

Ich zucke mit den Schultern. »Wo sonst hättest du bis zwei Uhr morgens sein können, jede Nacht?«

»Wow.«

»Ja. Tessa hat mir schon ziemlich leidgetan, muss ich gestehen.«

»Tessa.« Alex runzelt die Stirn.

»Na, du weißt schon – Tessa! Die Tessa, die ich ursprünglich für deine Freundin gehalten habe. Die, mit der du wilde Sexnächte zelebriert hast, bevor du sie mit den Worten *Danke, schöne Nacht noch* allein und frierend im Bett zurückgelassen hast. *Die* Tessa.«

»Aaaah, ja. Natürlich. Ich erinnere mich. Arme Tessa.« Alex schüttelt den Kopf, bevor er die Augen verdreht. »Hast du Orlando deshalb erzählt, ich würde Frauen schlecht behandeln? Jetzt wird mir einiges klar.«

Ich verziehe das Gesicht. »Das tut mir leid. Wir Zahnärztinnen haben nun mal jede Menge Fantasie …«

»Möchte ich wissen, wie das zusammenhängt?«

Diesmal grinse ich ihn an. »Nein. Da fällt mir ein – du schuldest mir noch eine Antwort darauf, was das Peinlichste ist, das du je getan hast.«

»Das Peinlichste, das ich je getan habe …«, wiederholt Alex nachdenklich, bevor er mir einen Kuss auf die Nase drückt. »Findest du es sehr eigen von mir, wenn ich der nackten Frau neben mir gerade keine Geheimnisse anvertrauen möchte, die sie eventuell dazu bringen könnten, fluchtartig mein Bett zu verlassen?«

»Du meinst, sie würde aufspringen und drei Meter ins gegenüberliegende Bett flüchten?«

»Exakt.«

»Und das wäre schlimm für dich?«

»Mehr noch. Unerträglich.« Er drückt mich fester an sich.
»Alex?«
»Hm?«
»Das, was wir vorhin gemacht haben …?«
»Ja?«
»Wir können das gerne noch mal tun.«

Ich bin nicht sicher, was mich geweckt hat, doch als ich am nächsten Morgen die Augen öffne, kommt es mir vor, als hätte ich keine drei Minuten geschlafen. Ich fühle mich schwer und träge und warm und auf eine absolut geniale Weise verkatert. Ich öffne die Augen, darüber hinaus bewege ich mich nicht. Alex hält mich umklammert, seine Arme und Beine, sein gesamter Körper umschließt mich wie ein Kokon. Schon ewig habe ich mich nicht mehr so warm und geborgen gefühlt.

Irgendwas brummt.

Ich hebe das Kinn, ganz leicht nur, und sehe, wie sich Alex' Handy auf dem Nachttisch bewegt. Er selbst rührt sich nun auch ein wenig, ganz sachte nur. Ich kann es nicht beschwören, aber ich denke, er reibt seine Nase an meinen Haaren und schnüffelt. Dann stöhnt er. Definitiv wach.

Ich drehe mich in seinen Armen, und wir lächeln uns an.

»Guten Morgen.«

»Guten Morgen.«

Alex streichelt mein Gesicht, dann streift er mit seinen Lippen meine Wange. Gerade als ich meinen Arm hebe, um ihn ebenfalls zu berühren, schreckt er zurück.

»Scheiße. Wie spät ist es?« Abrupt setzt er sich auf, um über mich hinweg nach seinem Handy zu greifen, und ich lasse mich auf den Rücken sinken.

»Oh, Mist. Verdammt. Ich komme zu spät.«

Er stolpert geradezu aus dem Bett und flüchtet in Richtung Tür, um ins Bad zu gehen, nehme ich an, und ich kann ihn gerade so in letzter Sekunde aufhalten.

»Alex!«

Er bleibt stehen, kommt zu mir zurück, küsst mich erneut auf die Wange, will wieder zur Tür.

»ALEX!« Ich deute auf seine wirklich ansehnliche, im Augenblick halb erfreute Körpermitte. »Mrs. Gastrell!«

»Oh, Mist.«

Kichernd ziehe ich mir die Decke bis unter die Nase, während Alex in eine frische Boxershorts steigt.

»Ja, lach du nur«, sagt er mit einem schiefen Grinsen. Ein letztes Mal beugt er sich über mich, küsst mich – diesmal auf die Lippen – und verschwindet in Richtung Badezimmer.

»Ist es wirklich so schlimm in der Kanzlei?«, frage ich ernst, während Alex sich anzieht. Ich bin in seinem Bett geblieben, unter seiner Decke, atme seinen Duft, der sich mittlerweile mit meinem vermischt hat. Ich liebe die Synthese. Die vergangene Nacht hätte unglaublicher nicht sein können.

Alex schlüpft in die Anzughose. Er greift nach einem Hemd in seinem Schrank, knöpft es zu. Ich beobachte jede einzelne seiner Bewegungen.

»Genießt du die Show?«

Ertappt. »Sehr.«

Alex lächelt. Es wirkt gehetzt. Er nimmt sein Handy vom Nachttisch, wirft einen Blick darauf, dann hält er es mir hin. Da steht:

MELINDA BRIAR: *Ist bereits Wochenende, oder weshalb nehmen Sie nicht an unserem Morgenmeeting teil, Mr. Logan?*

»Uff.« Ich gebe Alex das Handy zurück. »Wie genau sieht der Ärger aus, den du jetzt bekommst?«

»Höfliche Abstrafung, nehme ich an. Aber der gefriergetrocknete Umgangston ist sicher nicht das Schlimmste in diesem Laden.«

»Nicht? Was ist es dann?«

Er schlüpft in sein Jackett, beugt sich zu mir herunter, küsst mich erneut. Ziemlich sicher könnte ich mich an Alex' Bedürfnis gewöhnen, seine Lippen bei jeder Gelegenheit auf meine zu drücken.

»Das erzähle ich dir, wenn mehr Zeit ist, in Ordnung? Beweg dich nicht, bis ich zurück bin, ja?«

Ich schnaube. »Kein Problem. Ich bleibe einfach nackt in deinem Bett liegen, bis du heute Abend kommst und dich auf mich legst.«

»Was für ein perfider, perfekter Plan.«

Ich bekomme einen letzten anhaltenden Beweis dafür, dass er es tatsächlich nicht lassen kann, dann ist er weg.

Sobald die Eingangstür hinter Alex ins Schloss gefallen ist, krame ich am Fuß des Bettes aus meiner Tasche das Handy hervor, um Hannah zu schreiben.

Meine Nachricht lautet: *Bridget Jones hier mit einem heißen Mann zwischen den Schenkeln. Und bei dir so?*, und Hannahs Antwort folgt in Sekundenschnelle.

HANNAH: *OMG! Ich will alles wissen! Jedes Detail! Wollen wir zusammen mittagessen? Ich klingle bei dir, sobald ich den Artikel fertig habe.*

Während ich Hannah eine Bestätigung schicke, ploppt eine weitere Nachricht auf:

ALEX: *Ich wünschte, ich könnte die Zeit anhalten. Dann läge ich jetzt noch neben dir. A.*

Kitschig, stimmt's? Und dennoch schmelze ich augenblicklich dahin.

»Ich kann es nicht glauben! Du und Mr. Ich-wollte-dich-schon-immer-und-wusste-mir-nur-nicht-zu-helfen! Und dann so schnell! Ich meine, wie lange dauerte eure Fake-Lovestory an? Drei Stunden? Und peng! Pengpeng!«

»Es waren ein paar Tage«, erwidere ich. »Aber peng ... Ja, das trifft es ganz gut.«

Hannah steht der Mund offen, und ich grinse, wie ich es schon den gesamten Morgen tue. Ich war zappelig und überdreht, bis Hannah bei mir läutete, bis wir im Café unten an der Ecke saßen und ich ihr endlich von letzter Nacht berichten konnte. Normalerweise bin ich nicht so ... so ... Nun ja, normalerweise habe ich nicht das Verlangen, von meinen sexuellen Abenteuern ohne Umschweife oder Scham zu erzählen, aber *normalerweise* habe ich ja auch gar keine sexuellen Abenteuer, und wenn, dann keine, die mich derart glücklich machen. Ich bin in Hochstimmung! Es ist nicht zu leugnen.

»Es war also fantastisch?« Mit weit aufgerissenen Augen beißt Hannah in ihren Bagel.

»Das war es.«

»Keine Spur von Anfangsholprigkeit oder Herumgestöpsel?«

Ich schüttle den Kopf. »Kein Herumgestöpsel.«

»Und du bist gekommen?«

»Hannah!« Gequält verziehe ich das Gesicht. »Das sind jetzt genug nebensächliche Details, kommen wir zum Wesentlichen.«

»Das da wäre?«

»Ich habe mit Alex Logan geschlafen.«

Hannah zieht eine Braue nach oben.

»Ich meine – hättest du das je für möglich gehalten?« Mein Blick bohrt Löcher in Hannahs Gesicht und ich bin sehr froh, dass ich mich selbst nicht sehen kann, denn ganz sicher erwecke ich den Eindruck einer komplett Wahnsinnigen. Glänzende Augen, leuchtende Wangen, irrer Blick, ich spüre es.

»Und weiter? Du möchtest darüber sprechen, was das jetzt für dich bedeutet?«

»Wie?« Ich grinse immer noch.

»Na, für deine Pläne? Schließlich willst du Brighton in ein paar Wochen wieder verlassen, du suchst einen Job in Newcastle …« Hannah wedelt mit ihrem Bagel in der Luft herum. »Hat sich daran etwas geändert? Ziehst du in Erwägung hierzubleiben?«

Ich höre die Hoffnung in Hannahs Stimme, und mit einem Mal bin ich wie vor den Kopf gestoßen: In meiner postkoitalen Glückseligkeit habe ich noch keinen einzigen Gedanken daran verschwendet, was es tatsächlich bedeutet, dass ich mit Alex geschlafen habe. Ich meine – bedeutet es überhaupt irgendetwas? In Anbetracht dessen, dass ich ohne Zweifel nicht viel länger in Brighton sein werde als die nächsten Wochen und … Ich sacke auf dem Stuhl zusammen, als von einer Sekunde zur anderen jegliche Energie aus meinem Körper weicht.

»Nein«, erwidere ich schließlich kleinlaut. »Selbstverständlich suche ich noch einen Job in Newcastle, ich brauche doch einen.« Ich klinge verwirrt, ich höre es selbst.

»Okay.« Hannah wirkt ebenfalls kleinlauter als noch wenige Augenblicke zuvor. »Natürlich. Was rede ich? Und seit wann bin ich Beziehungsexpertin? Man kann sehr wohl miteinander schlafen, ohne großartige Zukunftspläne zu schmieden, wer weiß das besser als ich? Ha! Genieße es einfach.«

»Solange es dauert«, füge ich matt hinzu.

»Nein. Solange es dich glücklich macht.«

Während Hannah sich nach unserem Treffen wieder an ihren Computer setzen muss, um weiterzuarbeiten, entscheide ich mich für einen Spaziergang durch das auffallend sonnige Brighton. Der Tag strahlt, im Grunde ganz genauso wie ich am Morgen, als hätte sich der Himmel meiner Gemütslage angepasst. Nun, denke ich trocken, wenn das Wetter wirklich von mir abhängt, müssten sich eigentlich bald ein paar dunkle Wolken über das Firmament schieben.

Tatsächlich habe ich mir keine Sekunde lang überlegt, was es für Folgen haben könnte, wenn ich in Brighton jemanden kennenlerne – jemanden, für den es sich eventuell lohnt, zweimal über eine Rückkehr nach Newcastle nachzudenken. Weil es absurd war, absolut unrealistisch. Ich meine, mein Leben ist in Newcastle, meine Eltern sind dort, meine engsten Freunde, ich habe ein halb abbezahltes Apartment in dieser Stadt. Und natürlich habe ich keinen Augenblick über eine solche Situation nachgedacht, weil die noch viel abwegiger war als all diese Gedanken zusammen. Ich bin kein Teenager mehr, der wegen einer ersten Verknalltheit und einer einzigen Nacht denkt, es müsse für immer halten. Der sich ausmalt, gemeinsam Kinder großzuziehen, die womöglich aussehen wie der niedliche Kerl, mit dem man gerade durch die Kissen gerollt ist.

Ich schüttle den Kopf, sehr vehement. Über mich selbst und ganz allgemein. Ich meine – ich könnte schon meinen Aufenthalt in Brighton verlängern, richtig? Vorübergehend könnte ich mir sogar hier einen Job suchen. Es muss ja nicht für immer sein. Was ist schon für immer? Ein Job sicher nicht. Ich könnte Orlando fragen, ob er mich noch ein bisschen öfter einteilen kann … Nein, dann nehme ich am Ende noch Hannah ihren Zusatzverdienst weg. *Himmel, was ist los mit dir?*, frage ich mich entnervt. Es war eine Nacht, Herrgott noch mal. Das kann alles bedeuten oder auch gar nichts.

Gerade als ich nach einem Spaziergang, der mich kein bisschen entspannt hat, in der Chestnut Road ankomme, erreicht mich eine neue Nachricht.

ALEX: *Ich muss heute etwas länger arbeiten, um die Verspätung reinzuholen. Abendessen um acht? Meine Taxischicht beginnt erst um zehn.*

Oder es bedeutet etwas. Was weiß ich schon?

Letztlich wird nichts aus dem Abendessen, weil Alex länger als gehofft in der Kanzlei festgehalten wird. Nach Stunden voller irrationaler Vorfreude bin ich enttäuscht, allerdings nur bis zu dem Moment, in dem er um kurz nach neun durch die Tür kommt.

Er sieht müde aus und gestresst, doch in der Sekunde, in der unsere Blicke sich treffen, beginnen seine Augen zu leuchten. Er fängt an zu grinsen, und das auf eine Weise, die mir auf der Stelle Hitzewallungen verursacht.

Wir sprechen nicht viel, während wir uns ausgiebig und sehr, sehr körperlich begrüßen, weshalb uns am Ende nur noch zwanzig Minuten bleiben, um uns einen kalten Rest Lasagne zu teilen, die ich vor zwei Tagen aus dem *Little Italy* mit nach oben gebracht habe. Wir essen im Bett. Nie hat ein Nudelgericht besser geschmeckt. Nie hat mich jemand überzeugender über eine Verspätung hinweggetröstet.

»Es tut mir leid, dass ich schon wieder losmuss«, sagt Alex, als er seinen leeren Teller auf dem Nachttisch abstellt, mir meinen aus der Hand nimmt und mich anschließend zurück an seine Brust zieht. Die ein guter Ort ist übrigens, ein sehr guter Ort. All das Joggen hat sich wohl bezahlt gemacht, und, wer weiß, vielleicht trainiert er heimlich Liegestütze, ich werde das nicht hinterfragen. Stattdessen schmiege ich mein Gesicht an seine Haut, bevor ich kleine warme Küsse darauf verteile.

Alex seufzt. »Das macht es so gar nicht leichter«, murmelt er.

»Soll es auch nicht. Es soll dich daran erinnern, was dich am Ende deiner Schicht erwartet.«

»Am Ende meiner Schicht?« Er gibt mir einen Kuss auf die Stirn. »Eine schnarchende Julie?«

»Nicht frech werden, Logan.«

Statt einer Entgegnung bekomme ich seinen Mund, heiß und hingebungsvoll, er schmeckt nach Lasagne und nach Alex und schlichtweg perfekt.

24
Alex

Vor mehr als zwei Wochen habe ich das erste Mal mit Julie geschlafen, und seitdem ist kein Tag vergangen, an dem ich mir nicht gewünscht hätte, ich wäre bei ihr geblieben, statt mitten in der Nacht aufzustehen, um zu joggen und anschließend ins Büro zu hetzen. Ich tue es trotzdem. Weil ich den Ausgleich brauche, und weil ich denke, dass es vernünftiger ist, nach zwei Wochen nicht gleich alle Routinen über den Haufen zu werfen. Denn das ist gefährlich, richtig? Und dennoch bin ich versucht, genau das zu tun, das ist das Schlimmste daran.

Ich kann mich nicht erinnern, wann ich das letzte Mal so … ich weiß nicht. Hingerissen war. Oder … verfallen. Das klingt negativer, als es ist, beziehungsweise sollte es überhaupt nicht negativ klingen, das Gefühl ist fantastisch. Es ist, als würde ich nach einem unerträglich heißen Tag in einen azurblauen Pool eintauchen, oder umgekehrt, von einem klirrend kalten Winterspaziergang an ein knisterndes Feuer treten, über dem Marshmallows gegrillt werden und einen süßen, zuckrigen Duft verströmen.

Bin ich verrückt geworden? Vermutlich.

Abgelenkt bin ich in jedem Fall, und bereits nach zwei Wochen fühle ich, wie dieser Zustand an mir zerrt. Ich werde auseinandergerissen von dem, was ich für das Richtige halte, und dem, was mir das Liebste wäre – rund um die Uhr mit Julie zusammen zu sein, anstatt mich auf meine sogenannte Karriere zu konzentrieren. Ich muss in der Tat verrückt geworden sein. Zumindest glaube ich nicht, dass ein normaler Mensch sich derart untalentiert anstellt, wenn es darum geht, seinen Job mit einer möglichen Beziehung in Einklang zu bringen.

Ich schnaube. Ja, genau – Beziehung. Mit einer Frau, die in weniger als vier Wochen nicht einmal mehr in derselben Stadt leben wird wie ich. Nicht dass wir darüber gesprochen hätten. Wie es weitergeht, meine ich. Mit uns. Julie und mir.

Vielleicht sind wir auch einfach zu alt für so etwas. Man muss nicht in alles etwas hineininterpretieren. Muss sich nicht nach ein bisschen Sex und ein paar Dates fragen, ob man die nächsten Jahre zusammenbleiben will oder noch länger. Auch nicht nach viel und richtig gutem Sex. Und nach wirklich fabelhaften Dates.

Es ist Samstag, und ich bin in der Kanzlei. Am Vormittag waren Gran und ich frühstücken – Gran, Julie und ich, um genau zu sein, und allein beim Gedanken daran zieht sich mein Magen zusammen von etwas, das sich vermutlich nur als schmerzhafte Sehnsucht beschreiben lässt. Die Hoffnung in Grans Augen. Die Wärme in Julies. Noch nie ist es mir so schwergefallen, nach einem Samstagmorgenfrühstück in die Kanzlei zu gehen, und das darf einfach nicht sein. Es macht alles, wirklich alles, nur immer komplizierter.

Ich raufe mir ausgerechnet in dem Augenblick die Haare, in dem Melinda überraschend in meiner Tür steht. Mir war nicht mal klar, dass sie heute da sein würde. Gehört habe ich zumindest nichts. Was nur ein weiterer Beweis dafür ist, wie abgelenkt ich in diesen Tagen bin.

»Kann ich Sie einen Moment sprechen, Alex?«

»Klar. Sicher.« Ich melde mich von meinem Computer ab, um das Passwort zu aktivieren, sicher ist sicher. Schön, wenn man den Kollegen nicht einmal dann vertraut, wenn sie gar nicht anwesend sind, stimmt's?

Ich folge Melinda den Gang hinunter in ihr Büro. Sie hält mir die Tür auf. Schließt sie hinter uns, und das, obwohl ohne uns beiden vermutlich niemand hier ist.

»Setzen Sie sich doch.« Sie deutet auf einen der beiden Sessel vor ihrem Schreibtisch, und ich folge ihrer Aufforderung. Doch statt auf der anderen Seite des Tischs Platz zu nehmen, setzt Melinda sich neben mich. Und das ist der Moment, in dem mich ein mulmiges Gefühl beschleicht und ich mit einem Mal ahne, worum es hier geht.

»Alex, ich wollte die Gelegenheit nutzen, um Sie zu fragen, ob bei Ihnen alles in Ordnung ist.«

»Bei mir?« Ich runzle die Stirn und gebe mich absolut unwissend. »Ja, sicher, alles bestens. Wieso fragen Sie?«

»Nun, ich kann mich natürlich irren, aber in den vergangenen Wochen hatte ich den Eindruck, dass Sie mit den Gedanken oft ganz woanders sind.«

Melinda bedenkt mich mit einem ihrer Röntgenblicke, die Messerklingen verbiegen können und normalerweise eher für die Gegenseite bestimmt sind. Ist das der Ort, an dem ich mich gerade befinde? Bin ich neben der Spur und dann auf die andere Seite geschlittert? Für den Bruchteil einer Sekunde erlaube ich mir die Frage, ob es mir da nicht besser gefällt. Dann denke ich an Gran, die Residenz, ihre

Gesundheit und all das, was uns noch bevorsteht, und besinne mich wieder.

Jeden Gedanken an Julie schiebe ich weg, als ich Melinda antworte: »Nein, es ist alles in Ordnung. Ich kann mir nicht erklären, woher der Eindruck kommt, den ich offenbar erweckt habe. Vielleicht die Kopfschmerzen. In den letzten Tagen hatte ich welche, womöglich der Wetterumschwung, jetzt, da es allmählich sommerlicher wird.«

Ich begegne Melindas Blick so gut ich kann. Mein Pokerface mag schon mal besser gewesen sein, doch ich denke, es reicht, um meine Chefin zu überzeugen.

Am Ende bedankt sie sich mit ihrem kühlen Lächeln. »Sehr schön, Alex. Ich wollte Sie dennoch wissen lassen, dass wir nicht davor zurückscheuen, Ihnen auch privat behilflich zu sein, damit wir wieder Ihre hundertprozentige Aufmerksamkeit haben. Sie können sich jederzeit an uns wenden.«

Mein Herz klopft mir bis zum Hals, doch ich lasse mir nichts anmerken. Hat ein Angebot für freundliche Unterstützung je mehr nach einer Drohung geklungen?

Der Rest des Samstags ist Arbeit, dicht an Melindas Seite, unter ihren prüfenden Blicken, bis jeglicher Gedanke über die Bürowände hinaus abgestorben, jegliche Gefühle abgestumpft sind.

Entsprechend erschöpft verlasse ich das Büro; erschöpft, aufgewühlt, verwirrt und wie immer viel zu spät. Geplant war, den Abend mit Julie zu verbringen, ohne eine lauernde Taxischicht, in einem guten Restaurant, doch nun ist es schon beinah neun, und sicher hat sie bereits gegessen. Bei mir bin ich mir nicht einmal sicher, ob ich noch Hunger habe.

Als ich das Zimmer betrete, ist Julie gerade am Telefon.

»Ja, ich weiß. Oh Gott, ich bin eine furchtbare Tochter.« Sie lacht, und als sie mich sieht, strahlt sie noch ein bisschen mehr. »Nein, ich komme womöglich schon nächstes Wochenende. Verlass dich drauf. Ja, es geht mir gut.« Ihr Blick liegt auf mir, als sie hinzufügt: »Mir geht es blendend, um genau zu sein. Ja, prima. Bis dann. Grüß Dad von mir. Ich dich auch. Bye.«

In einer einzigen fließenden Bewegung drückt Julie das Gespräch weg, lässt das Handy auf ihr Bett fallen, kommt mir entgegen und schlingt die Arme um mich. Ihre Hände umfassen meinen Nacken, und mit den Daumen massiert sie die steifen Muskeln, bevor sie mir einen sehr unschuldigen und doch sehnsuchtsvollen Kuss auf die Lippen drückt.

»Du bist spät dran«, sagt sie, und es liegt nicht der Hauch eines Vorwurfs in ihrer Stimme, nur die warme Freude darüber, dass ich endlich da bin.

Mein Herz zieht sich zusammen. Und womöglich, um den Schmerz zu unterdrücken oder weil ich gar nicht anders kann, küsse ich sie mit einer Dringlichkeit, als würde ich es zum letzten Mal tun.

»Wow.« Julies Lippen glänzen ebenso wie ihre Augen, als wir uns nach einer gefühlten Ewigkeit voneinander lösen. »Das nenne ich mal einen herausragenden Start in deinen freien Abend. Denkst du, sie haben uns den Tisch frei gehalten? Oder sollen wir gleich ins *Little Italy* gehen?«

»Du hast noch nicht gegessen?«

»Natürlich nicht, ich hab auf dich gewartet.«

Ich sehe Julie an. Betrachte ihr schönes Gesicht mit den großen, dunklen Augen, schiebe eine Haarsträhne von ihren Wangen, dann die Brille ein Stück die Nase hinauf. Sie zieht sie daraufhin kraus, weil sie es nicht mag, wenn ich das tue, das weiß ich inzwischen. Mittlerweile weiß ich so viele Dinge über Julie, größere und kleinere, und alle zusammen haben dafür gesorgt, dass ich den Fokus verliere.

Was wunderbar wäre, zu jedem anderen Zeitpunkt in meinem Leben, nur nicht jetzt. Nicht gerade jetzt.

»Was ist?« Julies Lächeln wird schwächer, und ich hasse es.

»Gar nichts. Gehen wir essen, hm? Zu Orlando?«

»Gut. Einverstanden.« Sie klingt verunsichert, und ich will nicht, dass sie sich Sorgen macht, jetzt noch nicht. Ziemlich sicher wird das hier nicht mehr lange gut gehen, ich weiß das, und womöglich bin ich egoistisch, ganz sicher sogar, und dennoch würde ich an dem Guten, das da zwischen uns ist, gern noch ein kleines bisschen länger festhalten, nur noch einen Moment.

Arm in Arm betreten wir das *Little Italy*. Dante sieht uns hereinkommen, verdreht die Augen und deutet dann auf den abgeschiedenen Platz hinter der Tür.

»Ah, Jules, ich bin soooo enttäuscht von dir«, sagt er, als er uns die Speisekarten bringt. »Was hat er, was ich nicht habe?«

»Mich.« Julie grinst ihn an. Dann wendet sie sich mir zu.

Mein Herz, mein Herz.

Dante schüttelt in gespieltem Entsetzen den Kopf, bevor er sich gut gelaunt dem nächsten Tisch zuwendet.

»Für mich Weißwein und die Gnocchi mit Pesto«, ruft Julie ihm nach, ohne die Speisekarte überhaupt aufzuschlagen.

»Wow. Das nenne ich mal entscheidungsfreudig. Hattest du nicht gesagt, das sei keine Stärke von dir?«

»Ist es auch nicht. Aber ich glaube, ich bin ausgeglichener als noch vor zwei Wochen.« Sie wackelt mit den Brauen und sieht unfassbar niedlich dabei aus. »Wirkt sich positiv aus. In allen Lebensbereichen.«

»Ach?«

Unter dem Tisch streicht Julies Fuß an meinem Bein entlang nach oben, bevor sie zischt: »Ah, Mist, ich bekomme einen Krampf.«

Ich muss lachen.

Dante kommt zurück und nimmt den Rest unserer Bestellung auf. Es sieht so aus, als würde es nach diesem beschissenen Tag doch noch ein schöner Abend werden, da fragt Julie: »Sag mal, ihr scharfen Anwälte – habt ihr eigentlich auch mal ein Wochenende frei? Ich würde kommenden Samstag gern meine Eltern besuchen, die wissen gar nicht mehr, wie ich aussehe. Möchtest du mitkommen?«

Ich blicke in Julies hoffnungsvolles Gesicht, und das Lachen vergeht mir. Ich räuspere mich.

»Ich … denke nicht, dass das geht, nein. Tut mir leid.«

»Oh.« Ihr Lächeln weicht der Enttäuschung. »Okay. Schade. Du hast wohl gerade sehr viel zu tun?«

»Ja. Mehr noch als sonst.«

»Okay.« Sie nickt. »Vielleicht ein andermal?«

»Wieso willst du deine Eltern eigentlich besuchen? Ich meine, wenn du doch ohnehin bald zurück nach Newcastle gehst?«

Für einige Sekunden herrscht Schweigen zwischen uns, weshalb ich Dante, der mit einem seiner üblichen schlechten Scherze die Getränke serviert, beinah dankbar bin. Julie und ich haben noch nicht darüber gesprochen, wann genau sie zurück nach Newcastle geht – ob überhaupt. Dass ich es einfach so unterstelle, scheint ihr einen sanften Schock zu versetzen, doch ich nehme es nicht zurück. Ich weiß gerade nicht, wo mir der Kopf steht, wie ich all das, meine Gefühle, Julie, die Kanzlei, unter einen Hut bringen kann. Ich weiß gerade selber nicht, wie es weitergehen soll.

»Ich hab noch nicht darüber nachgedacht, wann ich zurückgehe«, sagt sie schließlich.

»Ah, okay. Verstehe.«

»Alex …« Sie zögert. »Ist irgendetwas?«

»Nein. Was soll sein?« Ich bin so ein Idiot.

»Ich weiß nicht, du wirkst so …« Sie schüttelt den Kopf.

Ich seufze. Es tut mir im Magen weh. »Es ist gerade viel los in der Kanzlei. Ich habe den Eindruck, sie erwarten mehr von mir statt weniger. Und gerade bin ich offenbar nicht ganz so gut in Form wie sonst.« Ich zucke mit den Schultern. »Es ist egal. Mach dir keine Gedanken deswegen.«

»Was kann ich tun? Können wir gemeinsam irgendetwas tun, damit es dir besser geht?«

Ich starre sie an. Sie ist … Ich sehe weg. Dann wieder zu ihr. »Nein.« Quäle mir ein Lächeln ab. »Ich fürchte nicht.«

»Hast du je daran gedacht, dir vielleicht doch einen Job in einer anderen Kanzlei zu suchen? In einer, in der du womöglich lieber arbeiten würdest?«

»Um dort noch mal ganz von vorn anzufangen? Ich glaube nicht, dass es das besser macht. Julie … Ich weiß nicht. Ich denke eher, ich muss mich damit abfinden, dass ich künftig noch ein bisschen weniger Zeit haben werde als jetzt. Vielleicht wird es besser, wenn du wieder in Newcastle bist.«

Schweigen. Dann:

»Wie meinst du das?« Julie sieht mich aus großen Augen fragend an, und mir bleibt fast das Herz stehen.

Ich will nicht, dass sie geht, natürlich nicht. Aber fest steht auch, dass gerade nicht der richtige Moment ist, um an einer echten, dauerhaften Beziehung zu arbeiten. Ich brauche Zeit, um diesen Job auf die Reihe zu bekommen, diese zwei Jahre sind die härtesten, das ist mir von vornherein klar gewesen. Bis ich mich etabliert habe, in einer anständigeren Kanzlei mit einem guten Gehalt zu akzeptablen Arbeitszeiten unterkomme, das dauert noch. Aber erst dann kann ich mich darauf konzentrieren, mich privat zu verwirklichen. Vorher sehe ich es einfach nicht. Ich wüsste nicht, wie ich das schaffen sollte …

»Ich denke, wir könnten eine Art Fernbeziehung probieren?« Der Gedanke formt sich in dem Moment, in dem ich ihn ausspreche. »Und irgendwann sehen wir, wie es weitergeht.«

»Du möchtest eine Fernbeziehung?«

»Ich *möchte* keine Fernbeziehung. Aber in Anbetracht dessen, dass ich im Augenblick kaum Zeit habe, warm zu essen, scheint mir der Gedanke daran gar nicht mal so befremdlich.«

Einige Sekunden lang erwidert Julie nichts.

Dante serviert das Essen, das auffallend kurz auf sich warten ließ, vermutlich sind die meisten Gäste um diese Zeit schon beim Dessert.

Die Gnocchi bleiben unangetastet, bis Julie plötzlich fragt: »Wann ist irgendwann?«

»Wie bitte?«

»Du sagtest, *und irgendwann werden wir sehen, wie es weitergeht*. Wann soll das sein?«

»Ich weiß nicht. In …«

»In ein paar Monaten? Ein paar Jahren?« Julies Stimme klingt unaufgeregt, sie sagt es ganz ruhig: »Du bist noch beinah zwei volle Jahre im Ausbildungsstatus. Dann musst du erst mal eine neue Stelle finden. Dort musst du dich einarbeiten. Wie lange wird von einem jungen Anwalt erwartet, dass er *sein Privatleben an der Garderobe abgibt,* wie du es formuliert hast, bevor es ihm gestattet wird, eines zu haben?«

»Julie …«

»Wir sind noch nicht einmal richtig zusammen, Alex. Vor zwei Wochen sind wir uns nähergekommen, vor zwei Monaten kannten wir uns noch gar nicht. Wir sind … Wir *waren* allerhöchstens am Anfang, am Anfang von … keine Ahnung, wovon. Doch schon jetzt träumst du von einer Fernbeziehung, damit es dich nicht belastet, dass jemand auf dich warten könnte.«

»Ich *träume* nicht von einer Fernbeziehung. Ich denke bloß, dass es zurzeit vielleicht das Beste für uns beide ist. Du musst nicht auf mich warten. ICH fühle mich schlecht, weil ich dich warten lassen muss.«

Müde sieht Julie mich an.

»Ich möchte mit dir zusammen sein, Julie. Das möchte ich wirklich. Ich weiß nur gerade einfach nicht, wie.«

Wir widmen uns dem Essen, das ohnehin fast kalt ist. Mir ist der Appetit vergangen. Jedes Mal, wenn ich Julie ansehe, schmerzt mein Magen ein bisschen mehr. Ich bin mir sicher, ich habe etwas Falsches gesagt, bin die Dinge völlig verkehrt angegangen, doch im Augenblick fehlt es mir an besseren Ideen.

Julie isst nicht einmal die Hälfte ihrer Gnocchi, dann legt sie die Gabel weg. »Ich würde gern darüber nachdenken, was wir gerade besprochen haben«, sagt sie, und es klingt wie die Stimme eines Roboters, was meinem Puls nicht gerade Gutes tut. »Möglichst allein.«

»In Ordnung.« Ich hole tief Luft. »Okay. Ich gehe … irgendwohin.«

»Nein, lass. Hannah ist zu Hause. Bestimmt kann ich dort eine Nacht bleiben, sie hat es mir oft genug angeboten.«

»Julie …«

»Ich weiß, Alex. Du hättest es auch gern anders, aber es ist nun mal, wie es ist.«

Noch nicht einmal richtig zusammen, wie Julie selbst so trefflich festgestellt hat, und schon in einer Krise.

Ich hasse mich dafür. Dafür, dass mein Leben eine einzige Aneinanderreihung von Mist ist und immer schon war. Dafür, dass ich verantwortlich bin für Julies erschöpften, traurigen Blick. Dafür, dass ich ganz offensichtlich nicht aus meiner Haut kann, wenn es darum geht, Prioritäten zu überdenken. Ich kann es einfach nicht.

»Es tut mir leid«, sage ich, weil es mehr nicht zu sagen gibt.

»Mir auch.« Sie kramt nach ihrem Geldbeutel.

Ich halte sie davon ab zu zahlen, sie betrachtet meine Hand, die ich auf ihre gelegt habe, drückt sie dann, und weg ist sie.

Als ich am nächsten Tag nach Hause komme, nach einem kurzen Besuch bei Gran und nur ein paar Stunden in der Kanzlei, habe ich keine Ahnung, wo wir stehen, aber den festen Vorsatz, es irgendwie wiedergutzumachen. Es muss eine Lösung geben, es geht nicht anders. Schon die vergangene Nacht ohne Julie war so einsam wie keine davor.

Ich atme tief ein, bevor ich die Tür zu unserem Zimmer öffne, bereite mich darauf vor, zu erklären, dass ja, ich ein Idiot bin, allerdings einer, der sie dennoch auf keinen Fall verlieren möchte.

Der Raum ist leer, als ich ihn betrete. Gespenstisch leer. Leerer als sonst.

Auf meinem Bett liegt ein Zettel.

Bin zu meinen Eltern gefahren. Ich melde mich, wenn ich weiß, wann ich zurückkomme. Julie

25
Julie

»Ich kann nicht glauben, dass ihr das getan habt.« Ich starre meinen Vater an, dann meine Mutter, schließlich wieder Dad. Die Nachricht, mit der mich die beiden empfangen haben, drängt immerhin vorübergehend die Gedanken an Alex, Brighton, an alles andere aus meinem Hirn.

Mein Vater sagt: »Wir hätten das längst tun sollen. Beziehungsweise es zumindest in Erwägung ziehen. Dann wärst du vermutlich auch nicht ohnmächtig auf der Kante des Behandlungsstuhls gelandet.« Er grinst sein typisch schiefes Grinsen, doch ich bin immer noch zu perplex, um darauf zu reagieren.

Meine Eltern haben die Praxis verkauft. Ihr Lebenswerk, ihr Vermächtnis, ihr … ich weiß nicht, Baby?

»Aber … aber …«, beginne ich, »wieso habt ihr mir denn nichts gesagt? Ich meine, ich hätte doch … vielleicht …«

Meine Mutter sieht mich abwartend an, schließlich legt sie mir lächelnd die Hand auf die Schulter.

»Wir haben darüber nachgedacht, Liebes. Aber wir wollten dich nicht in die Situation bringen, dich womöglich aus schlechtem Gewissen gegen die Entscheidung zu stellen. Dein Vater und ich haben viel zu lange weggesehen. Denkst du, wir haben nicht gemerkt, dass dir der Job nicht leichtgefallen ist? Von Spaß gar nicht zu reden.«

»Wir wollten es womöglich nicht wahrhaben.« Mein Vater drückt meine andere Schulter. »Und jetzt fragen wir uns: Wieso eigentlich? Es ist nichts dabei. Du möchtest die Praxis nicht weiterführen, und das ist völlig in Ordnung.« Er zuckt mit den Schultern. »Sie ist verkauft.«

Ich starre ihn an. Erst ihn, dann meine Mutter. Die sagt:

»Ich mache uns erst mal einen schönen, starken Tee. Der wird uns jetzt allen guttun.«

»Das Haus habt ihr aber nicht verkauft, oder?«, rufe ich ihr hinterher, und sie beginnt zu lachen.

»Nein, Liebling, natürlich nicht. Wir wollen doch irgendwann nach Hause zurückkommen.«

Irgendwann, denke ich.

»In einem halben Jahr vermutlich«, präzisiert mein Vater. »Wir haben die Reise noch nicht bis ins letzte Detail durchgeplant.«

In Ordnung. Okay. Das ist nun offensichtlich das, was aus meinem Leben in Newcastle geworden ist. Meine Eltern eröffnen mir, sie haben die Praxis verkauft und im selben Atemzug ein Konto für mich angelegt, mit einem ziemlichen Batzen Geld darauf, denn »du wirst ja nun irgendwo neu anfangen müssen, woran wir nicht ganz unschuldig sind«.

»Es ist nicht eure Schuld!«, protestiere ich sofort.

»Deine aber auch nicht.«

»Weißt du denn schon, was du jetzt machen willst?«

»Ähm, nein. Nicht genau.«

»Wir möchten, dass du dir alle Zeit der Welt nimmst. Dir wird das Richtige einfallen, Julie, da sind wir ganz sicher.«

Während also Teeblätter aufgegossen und Unschuldsbekundungen von hier nach dort geschoben werden, planen meine Eltern ihre lang ersehnte Weltreise, die sie in die USA, nach Asien und Australien führen soll und hoffentlich auch wieder zurück.

»Glaub es oder nicht, aber wir haben uns noch nie so erleichtert gefühlt wie in dem Augenblick, in dem wir den Vertrag für die Praxisüberschreibung unterzeichnet haben«, sagt mein Vater ehrfürchtig.

»Es fühlte sich an, als wäre eine zentnerschwere Last von uns abgefallen«, stimmt meine Mutter zu.

»Genau«, sagt Dad. »Als hätten wir jahrzehntelang unter einem Nashorn gelebt, das sich nun endlich aufgerappelt hat, um weiterzuziehen.«

Meine Mutter nickt. »Wir hoffen, dass es dir genauso geht, Julie, aber wir sind ziemlich sicher, dass es so ist.«

Nun, denkt besagte Julie, nur leicht verwirrt von der Nashorn-Metapher, dafür, dass ich unbedingt rauswollte aus dem Zahnärztinnenkittel, um weiß der Himmel was zu tun, bin ich jetzt doch reichlich verunsichert durch die Tatsache, dass ich nicht dorthin zurückkann. In den sicheren Hafen, sozusagen. Es ist, als hätte mir jemand den Boden unter den Füßen weggezogen. Als hätte mich jemand meiner Lebensgrundlage beraubt. Als hätte mich jemand, ohne zu zögern, in ein Becken mit Piranhas gestoßen. Was … hervorragend ist, richtig? Es ist schließlich genau das, was ich wollte. Ich muss mich nur erst daran gewöhnen.

»Sie sieht nicht aus, als sei sie erleichtert«, sinniert mein Vater.

»Die Information muss sich erst mal legen«, versichert Mum. »Hier, trink einen Schluck.«

»Hm-hm.« Ich nippe an meinem Tee.

»Du bist ganz blass, Liebes«, sagt Dad.

»Können wir dich überhaupt allein lassen?«, fragt meine Mutter. »Wann kommst du zurück aus Brighton? In vier Wochen? Da sind wir auf alle Fälle noch hier.«

»Wir können so lange bleiben, bis du dich wieder eingewöhnt hast«, versichert mein Vater.

»Und wir müssen dich vorher unbedingt noch besuchen. Jetzt, da es endlich warm wird. Es gefällt dir doch dort, oder? Wann waren wir zuletzt in Brighton, Darling?«

»Oh, das ist ewig her. Fünfzehn, sechzehn Jahre?«

»Ein tolles, quirliges Städtchen. Ich kann es kaum erwarten, wieder mal ein paar Tage den Pier unsicher zu machen.«

Über den Rand meiner Teetasse hinweg folge ich der Unterhaltung wie einem Pingpong-Match, während meine Gedanken mittendrin stecken geblieben sind.

Brighton.

Wie lange bleibe ich noch dort?

Gehe ich überhaupt dahin zurück?

»Ich weiß noch nicht, wie es weitergeht«, sage ich schließlich, »aber ihr müsst nicht wegen mir in Newcastle bleiben. Was als Nächstes kommt, ist etwas, das ich ganz allein herausfinden muss.«

Ich bleibe bis zum Abendessen, dann verlasse ich das Backsteinhaus im Westen Newcastles, in dem ich aufgewachsen bin, um in mein Apartment zu fahren, das sich eine Viertelstunde entfernt in Richtung Innenstadt befindet.

Ganz ehrlich? Am liebsten hätte ich mich in mein Kinderzimmer verkrochen, das nach wie vor genauso aussieht, wie ich es bei meinem Auszug verlassen habe, inklusive Single-

Bett, Lichterkettenvorhang und den Postern von Marilyn Monroe an den Wänden. Dennoch lasse ich es zu, dass mein Vater mir ein Taxi ruft. Nur um dann ein kleines bisschen enttäuscht zu sein, weil nicht Alex hinter dem Steuer sitzt.

Alex.

Nachdem ich heute Morgen in den Zug gestiegen bin, habe ich bis zum Nachmittag nichts von ihm gehört. Dann erreichte mich diese Nachricht:

ALEX: *Habe gerade deinen Zettel gefunden. Bitte grüße deine Eltern von mir. Weißt du schon, wann du zurückkommen wirst?*

Bis jetzt habe ich mich nicht bei ihm zurückgemeldet. Ich weiß, das ist schäbig von mir, nur habe ich irgendwie das Gefühl, die Frage nicht beantworten zu können, also lasse ich es.

Mein Apartment kommt mir riesig vor, obwohl es gerade mal dreißig Quadratmeter misst. Alles ist an seinem Platz: Die schmale Küchennische mit den bunten Regalen, der Tisch davor und die zwei Designer-Sessel, die ich mir für sündhaft viel Geld trotz Schlussverkauf geleistet habe. Mein Bett, doppelt so groß wie das in Brighton. Teppich statt Holzboden, eine niedrige Decke statt Stuck.

Ich öffne das Fenster, um frische Luft hereinzulassen, und sofort geht mir der Lärm der Straße auf die Nerven. Ich vermisse das Gekreische der Möwen, das Rauschen des Meeres, obwohl ich beides von der Chestnut Road aus gar nicht hören kann.

Ich vermisse Alex.

Und dann kommt mir ein weiterer Gedanke.

Sosehr ich all das jetzt schon vermisse, sosehr ich mich nach Alex sehne, ich kann nicht zurückgehen nach Brighton, denn dann wäre ich in dem Zimmer in der Chestnut Road mit ihm zusammen, und das würde nicht funktionieren. Weil ich dort sitzen und auf ihn warten würde, genau wie er es vermutet hat, was ihm wiederum ein schlechtes Gewissen bereitet, exakt wie beschrieben. Er hat recht.

Er kann sich gerade keine Zeit für etwas anderes nehmen als seine Arbeit, und ich will ihn nicht in die Situation bringen, sich entscheiden zu müssen. Ich will keinen Konflikt heraufbeschwören. Ich will nicht, dass eine Beziehung schon von Beginn an zum Scheitern verurteilt ist, weil einer der Beteiligten sich innerlich zerrissen fühlt.

Ich lasse mich auf mein Bett sinken.

Eine ganze Weile sitze ich einfach nur da, eine Stunde, womöglich länger. Schließlich ziehe ich mein Handy hervor und rufe Hannah an.

»Ich kann nicht zurückkommen«, sage ich anstelle eines Hallos.

»Okay«, erwidert Hannah zögernd. »Dann hast du eine Entscheidung getroffen? So schnell?«

Der einzige Grund, weshalb Hannah so gut wie kein bisschen überrascht klingt, ist, dass wir das Thema gestern Nacht bereits stundenlang gewälzt haben. Dass Alex einen sehr genauen Plan verfolgt, der – obwohl ich absolut nachvollziehen kann, weshalb – so eng gestrickt ist, dass er kaum Platz für etwas anderes lässt. Und dass ich, auf der anderen Seite, wie ein grobmaschiges Netz durch die Gegend wandle, voller Löcher, die erst noch gestopft werden müssen, ohne dass irgendjemand wüsste, womit, am allerwenigstens ich selbst.

»Ach, Julie«, sagt Hannah, nachdem ich ihr nochmals alle Argumente vorgetragen habe, die dagegensprechen, für die letzten Wochen meiner ursprünglich geplanten drei Monate nach Brighton zurückzukehren. »Ich würde lügen, wenn ich behaupten würde, dass mich das nicht sehr traurig macht.«

»Mich auch, Hannah. Ich habe noch nie so schnell eine so gute Freundin gefunden. Ich werde dich ganz schrecklich vermissen.«

»Ich dich auch. Ganz schrecklich.«

»Newcastle ist nicht aus der Welt.«

»Ich weiß. Da wollte ich immer schon mal hin.«

Ich lächle. »Wenn ich meine restlichen Sachen hole, feiern wir anständig Abschied, in Ordnung?«

»Das machen wir. Am besten im *Little Italy*. Orlando wird allerdings untröstlich sein.«

Ach, herrje. Orlando, Dante. Das *Little Italy*. Ich kann kaum glauben, wie sehr ich mich in so kurzer Zeit in das Haus und die Bewohner der Chestnut Road verliebt habe. In eine Person ganz besonders … Als ich an Alex denke, beginnen meine Augen zu brennen.

»Ich muss es ihm sagen«, würge ich hervor.

»Ich nehme mal an, wir sprechen nicht mehr von Orlando.«

»Nein.« Es klingt wie ein Hauch.

»Gut.« Hannah seufzt. »Sag es ihm. Und … wir beide dramatisieren das nicht, okay? Wir sehen uns wieder. Halten Kontakt. Besuchen einander. Und jetzt los!«

»Ja. Und ja.« Ich schlucke. »Bis bald, Hannah.«

»Erzähl mir, wie's gelaufen ist.«

Ich verspreche es, dann lege ich auf.

Ich starre auf das Display. 22:38 Uhr. Alex sitzt gerade im Taxi, nehme ich an, also schicke ich ihm eine Textnachricht, in der ich ihn bitte, mich anzurufen, egal, wie spät er nach Hause kommt.

Es dauert nicht mal zwei Minuten, dann klingelt das Telefon in meiner Hand, und ich sterbe fast, so sehr erschrecke ich mich.

Wieso ruft er jetzt schon an? Ich hatte noch gar keine Zeit, mir die richtigen Worte zurechtzulegen. Wobei – kann es für das, was ich zu sagen habe, überhaupt richtige Worte geben?

Die Antwort lautet Nein.

Seit dem Vorfall in der Praxis hatte ich keine Panikattacke mehr, doch als ich das Gespräch mit Alex beende, wird mir mit einem Mal schwarz vor Augen. Sekunden später finde ich mich auf dem Fußboden wieder.

Es geht mir nicht gut.

Es geht mir ganz und gar nicht gut.

Das Telefonat war so gefasst, wie ein Telefonat über das Ende einer noch nicht einmal ordentlich geformten Beziehung nur sein kann, schwerwiegende Gesprächspausen, tiefe Atemzüge, schmerzverhangene Sätze.

Ich weiß, auch Alex hält es für das Beste, hier einen Schlussstrich zu ziehen, bevor es am Ende wirklich, richtig, sehr viel mehr wehtun wird (haha), er hat es mehrfach bekräftigt.

Kein Wort mehr über eine mögliche Fernbeziehung. Kein: *Willst du es dir nicht noch mal überlegen, Julie? Ich könnte versuchen, ein bisschen mehr Zeit zu schaffen, es irgendwie hinkriegen, beides, die Kanzlei, eine Beziehung mit dir, irgendwie.* Kein: *Wollen wir nicht wenigstens noch die paar Wochen genießen, die du geplant hattest, in Brighton zu bleiben?* Kein … gar nichts.

Ich nehme es ihm nicht übel, ganz im Gegenteil. Die stoische Übereinkunft darüber, dass das Schrecklichste hier nun mal das Beste ist, hat ein an Schwere nicht zu überbietendes Gespräch minimal leichter gemacht.

Es ist vorbei. Es ist besser so. Wir gehen mit wohlwollenden Erinnerungen aus dieser Geschichte heraus. Es gibt nichts zu bereuen, ganz im Gegenteil.

Ich verbringe die Nacht auf dem Boden vor meinem Bett.

26
Julie

Die Wochen ziehen sich wie Kaugummi, doch am Ende sind immerhin drei vergangen, seit Alex und ich uns am Telefon getrennt haben. Ich war nicht wieder in Brighton. Stattdessen habe ich Hannah gebeten, meine restlichen Sachen in eine Kiste zu packen und mir zuzusenden, was sie mittlerweile getan hat.

Meinen Eltern habe ich gesagt, dass ich vor ihrer Reise noch ein bisschen Zeit mit ihnen verbringen möchte, was absolut nicht gelogen ist. Die Sehnsucht nach meinem Kinderzimmer ist nicht halb so groß wie das Bedürfnis, mich in die Arme meines Dads zu werfen und mir von ihm gut gemeinte Nichtigkeiten in den Haaransatz raunen zu lassen.

Ich treffe mich mit Adele, muss jedoch schnell feststellen, dass es zwischen uns nicht mehr so ist wie früher. Sie ist unsagbar beschäftigt, auch damit, mir zu versichern, wie unglaublich stressig ihr Leben ist, stressig und voll, glücklich, bis zum Rand. Ich erzähle ihr ein bisschen über mich, allerdings nichts Wesentliches, denn die meiste Zeit ist sie nebenbei mit anderen Dingen beschäftigt. Ein Auge ruht immer auf ihren Kindern, und ich verstehe das. Für Hannah und mich ist es einfacher, aufeinander einzugehen, unser Leben besteht nicht zu einhundertzwanzig Prozent daraus, kleine Wesen großzuziehen.

Ich vermisse Hannah. Und das *Little Italy*. Sogar Dante.

Alles darüber hinaus verbiete ich mir.

Beinah täglich scrolle ich durch das Verzeichnis der Studiengänge der umliegenden Universitäten, doch ich fühle mich gänzlich uninspiriert. Nichts spricht mich an.

Ich habe keine Idee, was ich tun soll.

Nur wenn ich mich an die Zeit in der Praxis erinnere, an Absaugschläuche, Bohrer, sogar die Zahnpolitur, dann weiß ich zumindest mit tausendfacher Sicherheit, dass es diese Richtung nicht sein darf.

Dafür werde ich an jedem Bistro, an dem ich vorbeikomme, schwach, wenn ich im Fenster lese, dass Aushilfen gesucht werden. Es hat mir Spaß gemacht, für Orlando zu arbeiten. In der Sekunde, in der ich das denke, fällt mir Alex ein, wie er an der Bar des *Little Italy* sitzt, wie er sich über meine Fähigkeiten als Kellnerin lustig macht, und ich laufe schnell weiter.

Ich studiere die Stellenanzeigen. Überlege, welche Branchen mich interessieren könnten. Landschaftsgärtnerei? Brauereiwesen? Ich habe kein Newcastle Brown Ale mehr getrunken seit dem Nachmittag, an dem Alex und ich die Pie gekocht haben.

Ach, lieber Himmel, ich bin so was von hoffnungslos.

Ich bin in meiner Heimatstadt, aber alles fühlt sich fremd an. Ich versuche, mein Leben auf die Reihe zu bekommen, doch wie ein nasses Stück Seife rutscht es mir immer wieder aus der Hand. Ich trete auf der Stelle, und das seit Monaten schon.

Es ist Samstag, der 25. Mai, 16:37 Uhr, als es an meiner Tür läutet. Ich erwarte niemanden, gehöre andererseits nicht zu denjenigen, die sich weigern, die Pakete der Nachbarn entgegenzunehmen, also drücke ich auf den Summer und öffne die Tür. Nur um dann mit offenem Mund in Schockstarre zu verfallen.

»Was … Wie … Mrs. … *Logan*?«

»Ah, Kindchen, sag Beth zu mir, bitte.« Alex' Großmutter streckt die Hand nach mir aus und tätschelt meine Wange. »Julie, Liebes. Herrje, bist du dünn geworden. Gibt es hier oben im Norden denn nichts Anständiges zu essen?«

»Ich …« Nach wie vor bin ich unfähig, einen Satz zu formulieren, wie es aussieht.

»Willst du mich nicht reinbitten?«

»Doch. Doch, natürlich.« Ich blicke der alten Dame ins Gesicht, dann auf ihren kleinen Rollkoffer, dann über ihre Schulter, den Gang hinunter.

»Er ist nicht hier, Liebes. Er weiß nicht mal, dass *ich* hier bin.« Sie greift nach ihrem Trolley und schiebt sich an mir vorbei in die Wohnung. »Ich bin mit dem Zug hergekommen, um etwas mit dir zu besprechen.«

27
Alex

»Ich habe heute leider keine Zeit für dich, ich bin verabredet.«

»Ach, ehrlich?« Ich runzle die Stirn. Es ist Sonntagvormittag. Gran und ich gehen jeden Sonntagvormittag frühstücken, seit wir in Brighton wohnen, und ich bin tatsächlich überrascht, als sie mich jetzt in fröhlichem Singsang abserviert. »Mit wem?«, hake ich nach.

»Oh, weißt du! Ich frage dich doch auch nicht, mit wem du dich verabredest.«

»Doch, das tust du eigentlich immer.«

»Wie dem auch sei. Ich setze mich gleich mit einer netten Frau zu einem Kaffee zusammen, um ein bisschen zu plaudern. Zufrieden?«

»Sicher.« Ich unterdrücke ein Seufzen. Fakt ist, in meiner momentanen Lebenssituation gehören die Treffen mit meiner Großmutter zu den absoluten Highlights, wie armselig das auch klingen mag für einen Dreißigjährigen. Das ändert leider nichts an der Tatsache, dass ich mich für meine Gran freuen sollte. Immerhin rede ich seit Monaten auf sie ein, dass es das Beste wäre, sie würde sich in der Residenz eingewöhnen, dort Anschluss finden – und jetzt, da sie es offensichtlich endlich tut, sollte ich wirklich der Letzte sein, der sie daran zu hindern versucht. »Ich wünsche dir viel Spaß.«

»Danke dir, mein Lieber, den werde ich haben.«

Sie klingt wirklich ausgesprochen fröhlich. Und verschwendet offenbar keinen Gedanken daran, was ich nun mit dem freien Vormittag anfange.

Gott, Alex Logan, hör dir mal selber zu! Von deiner armen alten Großmutter verlangen, dass sie dich aus deiner selbst verschuldeten Einsamkeit rettet. Du bist erbärmlich, das ist dir klar, oder?

»Wir sehen uns dann vermutlich nicht vor dem nächsten Wochenende«, sage ich so neutral wie möglich. »In der Kanzlei ist gerade wieder der Teufel los. Ich kann ehrlich nicht sagen, ob ich es abends schaffen werde, bei dir vorbeizukommen.«

»Das macht nichts, Alex. Diese Woche ist bei mir auch ziemlich viel los.«

»Ist das so?«

»Allerdings.« Gran kichert. Trotz allen Frusts, den ich zurzeit mit mir herumschleppe, und meiner dauerhaften schlechten Laune muss ich lachen.

»Alles klar. Dann wünsche ich dir noch mal viel Spaß, bei was auch immer.«

»Dir auch, Alex! Wir hören uns bald.«

»In Ordnung, bis …« Noch bevor ich den Satz zu Ende gesprochen habe, wird mir klar, dass sie die Verbindung längst unterbrochen hat.

Sekundenlang lausche ich in die Stille. Wie so oft in den vergangenen Wochen kann ich sie schlechter ertragen denn je. Darüber hinaus bin ich mir ziemlich sicher, dass ich alles andere noch viel schlechter verkraften würde, einen neuen Mitbewohner beispielsweise. Oder eine neue Mitbewohnerin. Weshalb ich Mrs. Gastrell erklärt habe, dass ich künftig die Miete für das ganze Zimmer übernehmen werde, bis ich etwas anderes finde. Ich bin nicht sicher, wie lange ich hier noch bleiben kann, wie lange ich die Leere noch aushalte.

Mein Blick fällt auf Julies Bett, das unberührt und angestaubt an der gegenüberliegenden Wand steht; kalt, unbenutzt, deprimierend. Es weist gewisse Ähnlichkeiten zu mir auf, befinde ich, bevor ich den Gedanken mit einem bitteren Schnauben quittiere. Es ist wahr, ich fühle mich einsamer denn je. Weshalb ich mich dazu zwinge, aufzustehen und an den Ort zu fahren, an dem ich sogar offiziell dazu angehalten bin, ein Niemand zu sein.

In der Kanzlei ist es grauenvoll, wie immer. Nicht zum ersten Mal spiele ich mit dem Gedanken, mir einen Baum im Park zu suchen, in den ich Kerben ritze für jeden miserablen Tag, den ich weiterhin gezwungen bin, dort zu verbringen.

Ich habe keinen Appetit, und mit einem Mal ist auch Orlandos Zauberkraft erloschen, mir immer exakt das zu kredenzen, was mir in dem Augenblick das Leben leichter macht. Ins *Little Italy* gehe ich ohnehin kaum mehr. Die traurigen Blicke, mit denen mich Orlando und sogar Dante quälen, sind nicht zu ertragen. Außerdem habe ich Angst, Hannah zu treffen. Vor einer Woche bin ich ihr zufällig vor dem Haus begegnet und da hat sie mich fürchterlich zur Schnecke gemacht, frei nach dem Motto: Du hattest etwas so Wunderbares mit Julie, wieso hast du es kaputt gemacht, wofür? Dass sie todtraurig sei, weil Julie nicht mehr zurückkomme, und wem habe sie das zu verdanken?

Mittlerweile sind die Larssons ausgezogen, der Spuk war ihnen offenbar zu viel. Es juckt mir in den Fingern, Julie davon zu erzählen, doch ich bringe es nicht über mich, Kontakt aufzunehmen. Dabei würde ich zu gerne wissen, wie es ihr geht. Ich würde ihr gern sagen, dass, ja, alles meine Schuld und es ihr gutes Recht ist, das zu tun, was für sie das Beste ist.

Die Wochen vergehen. Ich vegetiere dahin. Funktioniere wie eine Maschine und fühle mich hohl wie der letzte Strohhalm, an den sich niemand klammern will.

Ungeachtet dessen zeigt sich Brighton in diesen Tagen in all seinem sommerlichen Glanz. Es ist mittlerweile Ende Juni, heiß wie im Hochsommer, der Strand wimmelt nur so von badenden Touristen, die Straßencafés sind vollgestopft mit gut gelaunten Müßiggängern.

Es ist Sonntagmorgen, und ich bin mit Gran in einem Bistro an der Eastern Road verabredet.

»Du siehst schlecht aus« ist das Erste, was sie zu mir sagt, mittlerweile schon ein Standardspruch.

»Dir auch einen sonnigen Morgen«, gebe ich zurück. Es klingt matt. Ich bin die personifizierte Mattigkeit.

Bevor ich mich hinsetzen kann, steht Gran auf und lässt ein paar Pfundnoten auf den kleinen Tisch neben ihre leere Kaffeetasse fallen, dann hakt sie sich bei mir unter.

»Komm mit«, sagt sie.

»Was …« Über meine Schulter blicke ich auf den Tisch, der in Sekundenschnelle von einer Gruppe Jugendlicher belagert wird. »Ich dachte, wir wollten frühstücken.«

»Später.« Resolut zieht sie mich in Richtung Straßenecke, dann zu einem Taxi, das dort offensichtlich auf uns wartet.

»Was soll das?«, frage ich.

Meine Großmutter steigt ein und bedeutet mir, neben ihr Platz zu nehmen.

Als ich sitze, seufzt sie. »Alex – ich sehe mir das nicht mehr länger mit an. Du brauchst Luft. Einen Szenenwechsel. Du brauchst ...«

»Wohin fahren wir, Gran?« Ich starre sie an.

Bitte nicht London, denke ich. Bitte nicht irgendeine Wohnung, die du aufgetan hast oder Tessa oder Tessas Mutter, in der wir gemeinsam leben können. Bitte nicht ...

»Wir fahren ein Stück die Küste entlang. Wie ich schon sagte, etwas frische Luft wird dir guttun.«

Wir sind nicht lange unterwegs, maximal dreißig Minuten außerhalb Brightons, in einem Weiler oberhalb der Klippen von Newheaven. Das Taxi hält am Rande einer kleinen Siedlung, und Gran steuert zielstrebig auf ein Haus zu, das sich am äußersten Rand gegen den Wind stemmt.

Wusste ich es doch. *Ach, Gran.*

»Das ist nicht dein Ernst, oder? Was tun wir hier?« Ich folge ihr den schmalen Kiesweg entlang zu dem groben Steincottage hin, das womöglich einmal weiß gewesen ist und von dessen blauen Fensterrahmen die Farbe blättert. Vom Weiler aus wirkt es, als könnte das Haus im nächsten Augenblick über die Felskante ins Meer stürzen, doch je näher wir dem Gebäude kommen, desto klarer wird der gesunde Abstand zum Abgrund. Wenigstens muss ich mir in den nächsten fünf Minuten keine Sorgen darüber machen, dass meine Großmutter ausrutscht und ihr Leben an dieser Steilküste lässt. Wenn ich es recht bedenke, ist sie ohnehin sehr zügig, sehr sicher unterwegs, und das erste Mal in all der Zeit, die wir in Brighton leben, fällt mir auf, wie stabiler meine Großmutter nun ist, wie viel robuster sie wirkt. Von den verwirrten Momenten, die mir in London noch große Angst gemacht haben, habe ich hier bislang keinen einzigen erlebt.

Ich nehme mir vor, bei den Leuten von Hallbeck Hill danach zu fragen. Ich gehe davon aus, dass man mir im Falle eines ernst zu nehmenden Vorfalls Bescheid gegeben hätte, trotzdem … Wie konnte ich vergessen, mich um das Wesentliche, das Wichtigste zu kümmern?

Es ist windig hier oben, und die frische Luft eine willkommene Abwechslung für mein seit Wochen überhitztes Hirn. Es ist an der Zeit, nach vorn zu sehen, Alex. Nicht andauernd nur zurück. Es hilft niemandem, auf der Stelle zu treten. Es wird Zeit.

Ich atme tief ein. Lasse den Blick schweifen über blühende Büsche und weiße Klippen hinweg zum schier endlosen Horizont über dem tiefblauen Meer. Das ist wahrlich eine Klasse für sich. Dieses Cottage, es muss früher einmal ein exquisiter Ort gewesen sein, bevor die salzige Luft sich den Mauern und Malerarbeiten angenommen hat. Es ist immer noch ein hübsches Haus, angenagt, und dennoch gepflegt.

Meine Großmutter stolziert daran vorbei auf eine Bank zu, von der aus man sicher das spektakuläre Panorama überblickt.

»Gran.« Ich bleibe stehen, als sie es tut. »Was machen wir hier?«

Ein paar Sekunden lang rührt sie sich nicht, bleibt ganz still, genießt die Aussicht. Schließlich dreht sie sich zu mir um. »Dein Geburtstagsgeschenk.«

»Wie bitte?«

»Ich bringe dir ein verspätetes Geburtstagsgeschenk.« Sie blickt über meine Schulter, lächelt, dann winkt sie, und als ich mich umdrehe … Als ich mich umdrehe, steht Julie vor mir.

Für eine Sekunde oder hundert bin ich zu perplex, um einen Ton herauszukriegen. Julie geht auf mich zu, sie sieht aus wie eine Erscheinung in diesem taubenblauen Kleid, dessen weiter Stoff der Wind an ihren Körper schmiegt, an jede Rundung, jede Kontur. Sie streicht sich die dunklen Haare aus dem Gesicht, während ihr Lächeln zu flackern beginnt, ob meines nach wie vor geschockten Gesichtsausdrucks vermutlich.

»Ich verstehe nicht …« Ich räuspere mich. Das macht es nicht besser. »Was …?«

Julie ist vor mir stehen geblieben. »Hi.«

Ich starre sie an. Gran ist vergessen, das Haus ist vergessen, die Umgebung ist es auch. Vergessen, dass ich nach vorn blicken wollte, nicht zurück, nicht in Julies wunderschönes, offenes, liebenswertes Gesicht.

»Was machst du hier?« Ich sehe zu Gran, dann wieder zu Julie.

»Deine fantastische Großmutter hat mich in Newcastle besucht, mir einiges zum Nachdenken gegeben und schließlich mein Leben gerettet.« Sie nickt Gran zu, die nun zwei Schritte hinter mir steht, und lächelt sie liebevoll an. »Und nun dachte ich … Ich dachte, ich komme vorbei und rette deines.«

Ich runzle die Stirn. Tief in den Windungen meines Hirns weiß ich vermutlich, was ich zu tun habe – oder nein. Ich weiß, was ich am liebsten tun würde: Julie packen, sie küssen, sie nie mehr loslassen, doch der rationale Teil dieses gerade höchst nutzlosen Organs hält mich davon ab. »Ich fürchte, ich verstehe immer noch nicht.«

»Ich bin noch nicht zu alt, um allein nach Newcastle zu fahren und dir deine Frau zurückzuholen«, wirft Gran ein.

»Was …«

»Hast du gewusst«, fragt Julie, »dass deine Großmutter von Anfang an über uns Bescheid wusste? Mrs. Gastrell hat ihr alles erzählt, während wir in der Küche verzweifelt Pläne geschmiedet haben, wie wir am besten aus der Situation wieder herauskommen.«

»Wir hatten beide so einen Spaß!«, kichert meine Großmutter. »Mrs. Gastrell und ich.«

»Ja, und du hast wirklich gut gespielt.« Julie lacht.

An diesem Punkt bin ich zu nichts anderem fähig, als meine Großmutter ungläubig anzustarren.

»Aber ich wusste auch«, fährt sie fort, »wann es ernst zu werden begann. Deshalb bin ich zu Julie gefahren. Um sie zurückzuholen.«

Mit einer Hand reibe ich mir über das Gesicht. Scheiß auf In-die-Zukunft-Blicken. Ich greife nach Julie und ziehe sie an mich. Sie schlingt die Arme um meine Körpermitte.

»Wie lange wirst du bleiben?«, murmle ich an ihren Nacken.

»Nun …« Sie rückt ein kleines Stück von mir ab, um mir ins Gesicht zu sehen. »Nachdem ich jetzt Miteigentümerin eines Cottages bin, wer weiß?«

»Du bist … *was*?«

»Wir haben es gekauft«, springt Gran fröhlich ein. »Das Haus.« Sie deutet auf besagtes Gebäude. »Es war ein B&B

und steht erst seit wenigen Monaten leer. Tessa hat es gefunden – ich hab dir ja gesagt, sie kann bestimmt auch in Brighton etwas für uns tun.« Meine Großmutter hat ein selbstgefälliges Grinsen auf dem Gesicht, doch ich bin weit davon entfernt, mich daran zu stören. Ich glaube, ich bin gerade zu gar nichts fähig, ich kann nicht einmal denken.

»Wir hoffen, dass wir für den Sommer noch ein paar Gäste akquirieren können«, sagt Julie. »Im Winter wollen wir modernisieren.«

»Wir«, wiederhole ich tonlos. Ich halte Julie nach wie vor im Arm. Als es mir auffällt, beuge ich mich vor und küsse sie, sehr schnell, sehr flüchtig, auf die Lippen.

Sie grinst. »Beth und ich.«

»Du …« Ich zögere. »Ich wusste nicht, dass es ein Traum von dir sein könnte, ein B&B zu führen.«

»Das wusste ich auch nicht.« Wenn überhaupt möglich, grinst Julie noch breiter. »Aber als ich das Haus gesehen und mir vorgestellt habe, wie es wäre, hier zu arbeiten, wie der Alltag aussehen könnte … Mit einem Mal schien es genau das Richtige für mich zu sein.«

»Für uns alle«, wirft Gran ein. »Im Dachgeschoss ist eine Wohnung, dort haben die Vorbesitzer gelebt – ihr müsst sie renovieren, aber sie hat eine tolle Aussicht. Ich bleibe lieber ebenerdig, es gibt ein freies Zimmer hinter dem Salon. Und die Gästezimmer sind im ersten und zweiten Stock, jeweils drei.«

»Es ist alles ziemlich altmodisch. Und ein kleines bisschen vernachlässigt.« Julie zuckt mit den Schultern. »Aber das kriegen wir schon hin.«

»Ich mache Porridge. Eier mit Speck. Toast.« Grans Augen leuchten.

Julie nickt ihr zu, bevor sie mich ansieht. »Ich kümmere mich um die Zimmer und die Buchungen.«

Ich sehe von einer zur anderen, bleibe wieder an Julies Gesicht hängen. An ihren Augen. Ihren Lippen.

»Alex?«

»Ja?« Abrupt wende ich mich meiner Großmutter zu.

»Du stehst auf dem Schlauch, kann das sein?«

Ich glaube auch. »Ich denke, ich muss das erst mal auf die Reihe kriegen.« Mein Blick landet wieder auf Julie, immer nur Julie. »Du bist hier«, sage ich. »Ihr habt dieses Haus gekauft. Tessa hat irgendwas damit zu tun …«

Meine Großmutter seufzt. »Du hasst deinen Job. Ich will nicht, dass du ihn noch länger machst, Alex.«

Und jetzt ist vermutlich doch der Augenblick gekommen, an dem mich ein überdimensional großer Traumfänger an der Stirn trifft und aus meinen Fantasien reißt. Ich lasse Julie los. Rücke ein paar Zentimeter von ihr ab. Hebe meine Hände. »Okay«, beginne ich. »Noch mal von vorn. Ihr habt ein B&B gekauft. Das ist … Das muss ich erst mal verarbeiten. Aber was hat all das mit meinem Job zu tun?«

»Ich will nicht«, wiederholt Gran, »dass du noch länger in dieser schrecklichen Kanzlei arbeitest. Du hattest das Gefühl, du musst dich um mich kümmern? Das ist jetzt vorbei. Ich ziehe aus der Residenz aus. Ich habe ein Zimmer hinter dem Salon.«

»Gran …«

Julie legt eine Hand auf meinen Arm. »Die Hälfte des Hauses gehört ihr, Alex.«

»Nicht ganz die Hälfte«, erklärt Gran, »aber fast.« Sie zuckt mit den Schultern. Als ich sie ungläubig anstarre, fügt sie hinzu: »Dachtest du, ich will dich mit nichts dastehen lassen, wenn ich mal nicht mehr bin? Ich habe gespart, und nun habe ich gemeinsam mit der fantastischen Julie dieses Haus gekauft. Und hinterlasse dir eben ein B&B.«

»Du hinterlässt mir ein B&B«, wiederhole ich roboterhaft.

»Ein halbes.«

Ich schüttle den Kopf. Greife mir an die Stirn, lasse es wieder.

»Du hasst deinen Job«, wiederholt Gran, eindringlicher diesmal. »Und ich will nicht, dass du das noch länger machst. Sieh dich an! Er macht dich kaputt! Und wenn du keine Lust hast, hier mitzuarbeiten, such dir etwas anderes. Etwas, das dich glücklicher macht. Du musst dich nicht fortwährend für uns beide aufopfern. Das lasse ich keinen Augenblick länger zu.« Sie taumelt ein bisschen, und sofort greife ich ihr unter die Arme, doch Gran schüttelt mich ab. »Es ist alles in Ordnung. Ich muss nur einen Augenblick sitzen. Vorm Haus ist eine Bank.«

Womit sie uns stehen lässt, Julie und mich, ungeachtet der Panorama-Bank, die eine sehr viel nähere Sitzgelegenheit gewesen wäre.

Ich blicke meiner Großmutter nach, bis sie außer Sichtweite ist, dann sehe ich Julie an. Sie wirkt sehr ernst.

»Das war eine schlechte Idee, habe ich recht?«, fragt sie.

»Nein. Nein, natürlich nicht. Ich bin nur … Ich fühle mich gerade, als hätte mich jemand mit einem Bulldozer überrollt. Das gibt sich sicher bald wieder.« Ich versuche ein Lächeln. Ich kann nicht glauben, dass sie hier ist.

»Das tut mir leid. Wir haben es gut gemeint. Und ich dachte …« Julie blickt zu Boden.

»Was dachtest du?«

Sie schüttelt den Kopf.

»Julie.« Ich hebe ihr Kinn an.

Ihre Augen schimmern verdächtig.

Sie glaubt doch nicht etwa, dass ich das nicht will? Dass ich nicht unaussprechlich erleichtert darüber bin, sie wieder hier zu haben, dass ich nicht vor Glück schreien könnte, wenn ich nur erst sortiert habe, was all das hier zu bedeuten hat?

»Julie.« Das Wort klingt wie ein Flehen.

Und dann, im Bruchteil einer Sekunde, kleben wir aneinander, als habe man in unser beider Inneren einen Magneten aktiviert. Julie schlingt ihre Arme um meinen Nacken, ich presse sie an mich, wir küssen uns, als hätten wir monatelang an nichts anderes gedacht als daran, genau dies zu tun. Was vermutlich wahr ist, zumindest was mich angeht. Es ist kein zärtlicher Kuss, er ist wild und ungebremst und steht für alles, was ich mit dieser Frau noch tun möchte, auf der Stelle, und für den Rest unserer Tage.

Als wir nach einer gefühlten Ewigkeit voneinander ablassen, glühen Julies Lippen und ihre Augen, und unser beider Atem geht so heftig, wir könnten damit Luftmatratzen für ein halbes Dorf aufpumpen.

»Hast du ernst gemeint, dass du mein Leben retten willst?«, frage ich sie schließlich. »Denn dann muss ich dir sagen: Das hast du doch längst.«

»Ich möchte, dass wir neu anfangen.« Julie küsst mich kurz. »Wenn du das auch möchtest.«

»Ja.« Ich drücke ihr einen weiteren Kuss auf die Lippen. »Unbedingt.«

»Gut.« Sie küsst mich etwas länger diesmal. »Dann lass uns innehalten und uns überlegen, was wir wirklich wollen.« Mehr Küsse. Ich will ertrinken in Küssen. »Okay?«

»Dich«, sage ich, ohne zu zögern. »Dich, dich, dich.«

Julie lächelt. »Dito«, sagt sie. »Dito, dito, dito.«

Ich betrachte Julies zauberhaftes Gesicht, ihr umwerfendes Lächeln, die ausdrucksvollen Augen hinter leicht beschlagenen Brillengläsern. Ich küsse sie, einmal mehr, unsagbar glücklich, dass ich es kann.

»Du bist wirklich hier«, raune ich an ihren Lippen.

»Und ich gehe nicht wieder weg«, erwidert sie flüsternd.

»Versprochen?«

»Versprochen.«

»Du gehst auch dann nicht weg, wenn ich dir etwas wirklich, wirklich Kitschiges sage?«

Julies Mund, nach wie vor dicht vor meinem, verzieht sich zu einem breiten Grinsen. »Auch dann nicht.«

»Okay.« Ich hole tief Luft und rücke dann einige Zentimeter von ihr ab, um in ihre Augen zu sehen. »Ich hatte keine Ahnung, was ich mir wünsche, bis ich dich traf, Julie Cooper.«

Julie blinzelt. »Wow.«

»Das war's noch nicht.«

»Das war's noch nicht?«

»Nein.« Ich umfasse mit beiden Händen ihren Nacken, streiche mit den Daumen die Konturen ihres Gesichts nach, über ihre Wangen … Am liebsten würde ich nie wieder woanders hinsehen, nie wieder etwas anderes berühren. »Bis ich dich traf, wusste ich nicht, was ich mir wünsche, aber jetzt, wo du hier bist …«

»Ja?«

»Jetzt, wo du hier bist … gibt es nichts mehr, was ich mir wünschen könnte.«

Sie sieht mich an, und ich erkenne alles in diesem Blick, alles, was ich wissen muss, es braucht kein einziges Wort mehr zwischen uns. Also küsse ich sie erneut. Es scheint mir unmöglich, heute damit aufzuhören, und als ich es doch tue, legt Julie ihre Lippen dicht an mein Ohr und wispert ein einziges Wort.

»Dito.«

Epilog
Julie

»Ich kann nicht glauben, was ihr in so kurzer Zeit geschafft habt.«

»Nun ja, es sind immerhin schon beinah vier Monate. Und bisher haben wir nur die Terrasse und den Garten hübsch gemacht und eine Wand in der Dachgeschosswohnung gestrichen.« Ich gieße Hannah Tee ein, während sie den Blick schweifen lässt, von der kleinen Terrasse, die von der Küche abgeht, über die Blumen- und Kräuterbeete, die sich jetzt im Oktober allmählich in den Winterschlaf begeben, zu den Klippen und dem Meer dahinter. Die Aussicht ist so spektakulär wie an dem Tag, als ich sie zum ersten Mal gesehen habe, und nichts, an das ich mich je gewöhnen könnte. Es ist ein wahr gewordener Traum.

»Dreh dich um und wirf einen Blick aufs Haus, dann siehst du, wie viel noch zu tun ist.«

»Ach, das bisschen Streichen.« Hannah grinst, und ich verschlucke mich an meinem Tee. Sie weiß sehr genau, dass dieses Haus immens viele Flächen aufweist, die alle frische Farbe vertragen könnten, an manchen Tagen weiß ich nicht, wo ich anfangen soll. Was uns natürlich nicht daran hindert, weiterzumachen. Ganz abgesehen davon ist Alex im Blaumann ein Anblick für sich. Ihm den Stoff mit farbverschmierten Fingern abzustreifen, ein absolutes Highlight.

Ich räuspere mich, als mich Hannahs wissendes Grinsen trifft.

»Wo ist Mr. Hot-and-Hotter eigentlich?«

»Er ist mit Gran einkaufen gefahren. Offensichtlich will sie an den letzten Gästen der Saison einige Frühstücksexperimente ausprobieren, die Zutaten wie Quinoa und Tempeh beinhalten, was auch immer sie damit anstellen will.«

»Sie ist eindeutig auf dem aktuellen Stand der Ernährungswissenschaften«, sagt Hannah anerkennend.

»Wenn sie nicht in der Küche steht, liest sie Kochzeitschriften.« Und wenn sie einen *dieser* Tage hat, verlegt sie, was sie gerade liest, oder verwechselt Zucker mit Salz oder vergisst die Scones im Ofen, doch diese Tage sind glücklicherweise selten, ihre Frequenz hat sich bisher nicht erhöht, und obwohl Alex sich sehr darum sorgt, schaffe ich es manchmal, ihn zu beruhigen. Vergesslichkeit im Alter ist bis zu einem gewissen Grad normal. Und selbst wenn sie Anzeichen von Demenz zeigt … Gran ist so gut wie nicht mehr allein, weil wir hier zusammen leben und arbeiten. Sie selbst lacht darüber. Und sie ist glücklicher denn je und wird nicht müde, das zu betonen.

Und Alex … Alex ist es auch. Und er ist dankbar. Dafür, dass seine Großmutter ihn dazu gedrängt hat, etwas zu verändern, dafür, dass sie ihm die Möglichkeit gegeben hat, in sich hineinzuhorchen, darüber nachzudenken, was es ist, das er machen möchte. Nächste Woche hat er ein Vorstellungsgespräch bei einer gemeinnützigen Organisation in Eastbourne, die sich um Straßenkinder kümmert. Er müsste pendeln, aber eventuell kann er einen Teil der Arbeit ins Homeoffice verlegen, und … wir werden sehen. Er ist aufgeregt wegen des Gesprächs. Er will den Job unbedingt. Und ich wünsche mir für ihn, dass es klappt, denn was Alex glücklich macht, macht mich glücklich und … so viel Glück hier. Manchmal denke ich, es leuchtet aus all meinen Poren, und ich muss versuchen, es zu dimmen, um andere Menschen damit nicht zu blenden.

Hannah zum Beispiel.

Ich versuche, ihr gegenüber einigermaßen neutral zu wirken, denn ich weiß, bei ihr läuft derzeit nicht alles glatt: Die Arbeit bei der Lokalzeitung ist nicht zu hundert Prozent das, was sie möchte, ihre Schwester droht, nach Kanada auszuwandern, um dort Topmodel zu werden, und ich bin davon überzeugt, dass sie sich manchmal einsam fühlt, auch wenn sie es nie zugeben würde. Ich habe ihr gesagt, sie kann jederzeit kommen und sich in einem der Gästezimmer einquartieren, wenn sie Lust auf Abwechslung hat.

Der Sommer war verrückt, wir hatten so viele Buchungen – aber bald, ab November etwa, wird es ruhiger. Bis auf die anstehenden Renovierungsarbeiten natürlich. Und meine Eltern, die sich für den Spätherbst angekündigt haben. Sie legen einen kleinen Zwischenstopp ein, bevor sie den Winter in der Südsee verbringen.

»Du siehst verdammt glücklich aus«, sagt Hannah. So viel zu meinem Vorhaben, ihr gegenüber einigermaßen neutral zu wirken.

»Das bin ich«, erwidere ich ehrlich. »Vielleicht zum ersten Mal in meinem Leben bin ich wirklich restlos glücklich.«